Die Hetze

ECON Historischer Kriminalroman

Zum Buch:

Die Stadt Köln feiert ausgelassen die letzten Tage vor Beginn der Fastenzeit. Doch einige Menschen haben an dem bunten Treiben der Narren keine Freude: zwei Frauen aus dem Armenmilieu, deren Kinder während der Karnevalstage verschwunden sind ...

Gret hat als Haushälterin von ihrem Arbeitgeber den Auftrag bekommen, die üblichen Gaben an die sogenannten »Hausarmen« zu verteilen und erfährt so aus erster Hand vom Verschwinden der Kinder. Ihre Spur führt zu einem Gasthof – aber hier endet sie und ist nicht mehr wiederzufinden. Inzwischen werden weitere Bettelkinder vermißt ...

Die Autorin:

Barbara von Bellingen hat sich mit ihren kenntnisreich recherchierten historischen Romanen und besonders mit ihrem Vorzeitroman »Tochter des Feuers« einen Namen gemacht. Ihr Hexenroman »Luzifers Braut« ist ebenfalls als Taschenbuch bei ECON erschienen. Dies ist nach »Mord und Lautenklang« und »Hüt' dich, schön's Blümelein« ihr dritter Gret-Grundlin-Kriminalroman.

Barbara von Bellingen

Die Hetze

Ein Kriminalroman
aus dem Mittelalter

ECON Taschenbuch Verlag

Dieses Buch ist gedruckt auf 100% Recyclingpapier.

Originalausgabe

Umschlaggestaltung: Molesch/Niedertubbesing, Bielefeld
Titelabbildung: Picture Book of Devils, Dover Publications, New York

Lektorat: Christian Andreas Hofer
Gesetzt aus der Charlemagne und Bodoni
Satz: HEVO GmbH, Dortmund
Druck und Bindearbeiten: Ebner Ulm
Printed in Germany
ISBN 3-612-25077-9

Die Hetze

Das ganze Haus duftete nach Muzen und Krabben, den süßen Fastnachtskuchen aus Hefeteig, die am Rosenmontag überall in Kölner Küchen gebacken werden. Gret stand unter dem großen Rauchfang, der den gemauerten Herd wie ein Dach überspannte, und ließ die letzten Teigklumpen in das Schmalz gleiten, das in einem eisernen Topf brodelte.

Sie wischte sich über die schweißfeuchte Stirn und lächelte. Es machte immer wieder Spaß zuzusehen, wie die walnußgroßen Teigstückchen sich, im Fett schwimmend, aufblähten und knusprig braun wurden. Besonders lustig sah es aus, wenn sich winzige Zipfelchen des Teiges zu wunderlichen Beinen, Hörnern oder spitzigen Buckeln ausdehnten und das Gebäck karnevalistisch verzierten. Im Augenblick schwamm im Topf eine Muze, die dabei war, zwei lange, halbmondförmige Schwänze zu bilden – fast wie an einer Narrenkappe.

Seit Gret mit vierzehn als Magd in Doctor Minutus' Haus gekommen war – und das war immerhin schon sieben Jahre her –, hatte sie zum Karneval noch nie soviel Süßes gebacken. Der Doctor neigte zu radikaler Sparsamkeit, wenn es ums Verschenken ging, und das süße Gebäck war ja in erster Linie für die Kinder und die Armen gedacht, die in der Fastnachtszeit viel öfter als gewöhnlich zum Heischen an die Türen kamen.

Aber dieses Jahr war es Gret gelungen, mehr aus ihrem Dienstherrn, dem alten Geizkragen, herauszuholen. Drei Zuckerhüte waren – trotz des Doctors heftigen Widerstands gegen diesen unnützen Luxus – beim Apotheker eingekauft und für die Festbäckerei verarbeitet worden; ein Rest lag, zum Bestreuen der fertigen Krabben fein zerstoßen, als schneeweißes Häuflein in einer kleinen Schüssel.

Gret wendete ein letztes Mal das Gebäck im Fetttopf. Dann fischte sie mit dem Schaumlöffel die leckeren braunen Dinger heraus und ließ sie auf dem Sieb abtropfen. Noch etwas Zucker darüber, und sie konnten auf den Berg der schon fertigen Krabben wandern. Nachschub war unbedingt nötig, denn seit dem frühen Morgen hatten vermummte kleine Sänger immer wieder Löcher in diesen Berg hineingefressen.

Der Schmalzkessel mußte vom Feuer. Gret zog ihn auf die Seite, trug das Sieb mit dem Gebäck an den Tisch und machte sich ans Bestreuen. Eben hatte sie die erste Muze in Zucker gehüllt und in die Schüssel gelegt, als der eiserne Türklopfer bedient wurde und draußen zum dritten oder vierten Mal für heute das bekannte Bettellied erschallte:

»Fastelovend kütt eran,
Lüstig weed et Levve!
Lück, die joot jebacke hann,
künne och joot jevve!«

Es waren mehrere Kinderstimmen, die da fröhlich krähten; und diesmal hörte Gret auch die Piepsstimmen von ganz Kleinen heraus, die schon ein paar Worte mitsangen:

»Kutt erus, ihr jode Lück,
loßt uns nit lang friere!
Muzemandele, hundert Stück –
dat mer künne fiere!«

Also war die lahme Agnes mit ihren Kindern doch gekommen – endlich hatte sie ihre Scham überwunden! Wie oft hatte Gret die Agnes schon zum Essen eingeladen. Nur hatte die Frau sich bis jetzt nie in Doctor Minutus' Küche eingefunden. Lieber schlich sie auf Umwegen zur Armenspeisung im Heilig-Geist-Spital. Sie wolle niemandem zur Last fallen, hatte sie Gret einmal gesagt.

Agnes gehörte zu den Ärmsten im Viertel; sie konnte sich nur mühsam auf zwei Krücken fortbewegen und war deshalb nicht in der Lage, sich und ihre fünf unmündigen Kinder zu ernähren. Aber sie war nicht immer lahm gewesen; erst 1498, vor drei Jahren, hatte ihr Unglück begonnen.

Agnes' Mann, ein Fuhrknecht und Handlanger, war auf der Baustelle am Dom von einem Quaderstein, der sich aus der Haltekralle gelöst hatte, erschlagen worden. Agnes, damals mit ihrem jüngsten Kind schwanger, hatte danach die Familie mit Waschen und Putzen mühevoll allein durchgebracht. Sie mußte buchstäblich Tag und Nacht schuften, um das Nötigste zu verdienen. Und wenig später hatte das Unheil noch einmal zugeschlagen. Einem Fuhrmann waren die Pferde durchgegangen; der schwere Wagen hatte Agnes überrollt und ihr beide Beine zerschmettert.

An diesem Tag vor fast drei Jahren war für Agnes die Welt untergegangen. Zwar hatte man sie am Leben gehalten und ihr im Armenhospiz Zur Weiten Tür die Beine irgendwie zusammengeflickt, zwar wurden in der Zeit, als sie sterbenskrank im Hospital lag, ihre kleinen Kinder von Beginen versorgt, aber sie war zum Krüppel geworden – niemandem mehr nütze, wie sie glaubte, und eine Last für anständige Bürger.

Agnes hatte als eingesessene Kölner Bürgerin vom Rat das Bettelzeichen zugebilligt bekommen, eine Marke, die sie vorzeigen konnte und die sie berechtigte, an den Haustüren um Gaben anzuhalten. Doch sie nutzte dieses seltene Privileg so gut wie nie, weil sie sich ihrer Not zu sehr schämte. Sie war ganz anders als die Bettler, die an den Kirchentüren ihr Elend zur Schau stellten, oder die Faulpelze mit den gesunden Knochen, die einfach keine Lust zum Arbeiten hatten und auf Kosten der Allgemeinheit ein bequemes Leben führten.

Nein – mit diesen unverschämten Bettlern konnte man die schüchterne, immer liebenswürdige Agnes nicht vergleichen. Während Gret an der Tür die Backwerkschüssel unter den Arm klemmte und aufmachte, fragte sie sich, was die Frau wohl dazu gebracht hatte, heute mit ihren Kindern um die Häuser zu ziehen. Wie auch immer, Gret hatte bereits entschieden, daß Agnes mehr bekommen sollte als nur ein paar Muzen – mochte sie wollen oder nicht …

Neun Kinder standen vor dem Doctorhaus auf der reifbedeckten Straße. In der ersten Reihe sah Gret ein paar buntscheckig verkleidete Jungen und Mädchen aus der näheren Umgebung der Glockengasse – dazu den rotznasigen kleinen Frechdachs aus der Schusterfamilie, die gegen Zins drei Zimmer im Doctorhaus bewohnte.

»Sag mal, Matthes«, scherzte Gret, »hast du dich verlaufen? Dich hab' ich ja schon seit Ewigkeiten nicht mehr gesehen!«

Matthes grinste und zeigte eine prachtvolle Zahnlücke. »Ich wollte, dat du mich singen hörst, Jriet«, nuschelte er, »deine Krabben, die haben so jut jerochen!«

Gret hielt ihm die Schüssel hin. »Na, – dann schlag zu! Und ihr anderen auch – aber schön gesittet!«

Die Kinder stürzten sich mit Begeisterung auf die seltene Köstlichkeit. Viele kleine, blaugefrorene Finger langten nach dem noch warmen Gebäck. Gret lächelte über die abenteuerlichen Verkleidungen, in denen einige der jugendlichen Jecken steckten. Matthes hatte sich zum Beispiel – wahrscheinlich unterstützt von seinem kunstfertigen Vater – aus Lederresten eine furchterregende, hörnerbesetzte Kopfbedeckung gebastelt; wie ein Kobold sah er damit aus, zumal er sich das runde Gesichtchen auch noch mit Ofenruß schwarz gestreift hatte.

Neben ihm drängten sich drei kleine Mädchen, deren rotnasige Gesichter von mächtigen, zottigen Perücken aus Werg fast verdeckt wurden. Es war unmöglich, die Kinder zu erkennen, denn sie waren auch noch in große, aus bunten Flicklappen zusammengesetzte Umschlagtücher gehüllt. Aber Gret ahnte, daß es die Töchter des Harnischmachers aus der Streitzeuggasse waren, Hans Stellmachers Nachbarskinder.

Hans, mit dem Gret seit dem vergangenen Herbst so gut wie verlobt war, nahm heute mit der Stellmacher-Bruderschaft am Bandenumzug der Gaffel der Schmiede teil. Alle Gesellen waren dabei. Es ging mit Musik durch die ganze Stadt – und durch alle Wirtshäuser, wie Gret aus Erfahrung wußte. Mit Hans durfte sie erst ab Aschermittwoch wieder rechnen.

Gret lächelte und wandte sich der lahmen Agnes zu, die mit ihren Kindern scheu im Hintergrund geblieben war. Die Bettlerin stand gebeugt, eingewickelt in ein gewaltiges, mit vielen Flicken sorgfältig ausgebessertes blaues Wolltuch, das Kopf und Körper vor der feuchten Februarkälte schützen sollte. Das Tuch war sehr fadenscheinig, genau wie der graue Rock, der darunter hervorlugte. Und die klobigen Schuhe mit den dicken Holzsohlen, die sie an den Füßen trug, waren alt und verschlissen. Aber bei aller Armseligkeit wirkte Agnes in Begleitung der drei kleinen Kinder, die sich eng an sie drängten, mit ihrem noch jungen, sanften Gesicht wie eine Schutzmantel-Madonna.

»Gut, daß ich dich endlich mal treffe«, sagte Gret zu ihr, »du machst dich ja in letzter Zeit so rar wie schönes Wetter!«

»Die Beine«, entschuldigte sich die Bettlerin, »jetzt im Winter wollen sie gar nicht ... Aber heute, da hat mich meine Rasselbande regelrecht gezwungen, auf die Straße zu gehen. Mein Mariechen«, sie streichelte mit rotgefrorener Hand liebevoll über den blonden Lockenkopf ihrer Jüngsten, »das wollte so gern auch mal singen gehen. Da mußte ich mit. Allein lass' ich sie noch nicht – sie ist ja erst drei ...«

»Und ihr habt auch wunderschön gesungen«, lobte Gret die drei Kleinen. »Ich hab' euch schon rausgehört, als ich noch in der Küche war! Aber wo sind denn eure Brüder – der Martin und der Rutger?«

Mariechen griff begeistert in die Schüssel mit dem duftenden Gebäck und angelte mit zierlichen Fingern unbefangen eine besonders dicke, mit vielen Zipfeln besetzte Krabbe heraus, während sich ihre fünf- und siebenjährigen Schwestern eher zaghaft und allzu bescheiden bedienten. »Der Martin und der Rutger«, plapperte die Kleine fröhlich, »die sind Würste fangen – unten auf dem Alten Markt. Da ist 'ne Kletterstange, und da hängen welche dran. Der Martin, der is' groß und stark – der holt uns bestimmt zwei runter. Und der Rutger vielleicht noch eine dazu!«

Die himmelblauen Augen des kleinen Lumpenpüppchens funkelten in Vorfreude auf die zu erwartenden Genüsse. »Und wenn wir noch ein paarmal schön laut singen, dann können wir nachher zu Hause auch ganz toll feiern – wie unser lieber Vater. Der is' ganz hoch da oben …«, sie deutete kurz mit dem Händchen in den wolkenverhangenen Himmel. »Da hat er immer genug zu essen. Die Engelchen geben es ihm, sagt meine Mutter …«

Gret krampfte sich das Herz zusammen. Sie mußte schlucken, um den Kloß loszuwerden, der sich in ihrer Kehle gebildet hatte. »Sag mal, Agnes«, wandte sie sich an die Mutter der drei kleinen Mädchen, »hättest du einen Augenblick Zeit? Ich würde gern mal mit dir über den Martin sprechen.«

»Hat er was angestellt?« fragte Agnes betroffen.

»Nein, im Gegenteil. Es geht darum, daß ich Hilfe brauche«, beruhigte Gret sie hastig, »komm doch kurz mit den Kindern rein – wir könnten uns in die Küche setzen und es bereden.«

Die Agnes schaute unschlüssig drein. »Was wird denn der Doctor sagen, wenn wir alle in sein Haus einfallen? Sicher wird ihm das gar nicht passen …«

»Also, bei dem, was in der Küche abläuft, hab' ich ein gehöriges Wort mitzureden«, gab Gret zurück, »da mach dir mal keine unnötigen Sorgen!« Sie zwinkerte der Bettlerin aufmunternd zu. »Husch, husch, hinein! Und ihr auch, Kinder – ehe wir hier festfrieren. Ich bin ja schon ganz klamm!«

Sie verabschiedete die Sänger aus der Nachbarschaft, die ihre Fastnachtskrapfen schon eingesackt hatten, faßte die widerstrebende Agnes einfach am Ellbogen und schob sie samt ihren Töchtern in den Hausflur. »Keine Widerrede«, sagte sie, »was ich auf dem Herzen habe, ist wichtig. Und ich möchte nicht in der Kälte auf der Straße stehen, wenn ich mit dir verhandle!«

Agnes gab sich geschlagen. Mühsam, schwer auf ihre beiden selbstgemachten hölzernen Krücken gestützt, humpelte sie in die Küche des Doctorhauses.

Gret bot ihr einen Platz auf der soliden, mit Kissen belegten Bank an, die hinterm Tisch am Fenster stand. Agnes ließ sich verlegen darauf nieder; in ihrem blassen Gesicht spiegelte sich Erleichterung darüber, daß sie erst einmal nicht weiterlaufen mußte.

Die zwei älteren Mädchen drückten sich scheu an ihre Mutter, während das kleine Mariechen stehenblieb und sich mit staunenden Blicken in der großen Küche umsah. »So viel Brennholz«, sagte das Dingelchen und deutete auf den Haufen dicker Scheite, die neben dem Herd auf dem Fußboden lagen, »da brauchst du aber nie zu frieren!«

Gret drückte wieder der Kloß in der Kehle. »Habt

ihr Kinder Lust, mir einen Topf sauberzumachen?« fragte sie. »Es soll euer Schaden nicht sein. Liesbeth, Ännchen und du, Mariechen – wie wär's?«

Die beiden älteren Mädchen standen sofort von der Bank auf. »Wir können gut Töpfe scheuern«, sagte Liesbeth, mit ihren sieben Jahren schon ganz verständig, »Anna und ich, wir machen unseren Kochkessel zu Hause immer blitzeblank. So, wie Mutter uns das gezeigt hat.« »Wo ist denn dein angebrannter Topf?« wollte die fünfjährige Anna wissen. »Du mußt uns auch einen Kratzer geben – und Wasser und Scheuersand!«

Gret verbiß sich ein Lächeln. Sie setzte eine todernste Miene auf und hängte den Kessel vom Herdsims ab, in dem sie für Doctor Minutus eine riesige Portion Haferbrei mit Honig warmgehalten hatte. Sie stellte den Topf auf den Rand der Feuerstelle. Der gute Doctor würde heute sowieso wahrscheinlich mit seinen Kollegen im Gasthaus zechen und am allgemeinen Karnevalsvergnügen teilnehmen. Falls er aber wider Erwarten doch zum Essen erscheinen sollte, würde er eben einmal mit Brot und Käse vorliebnehmen müssen.

»Hier ist der Topf, Kinder«, sagte sie augenzwinkernd, »und zum Saubermachen nimmt einfach jede einen Löffel.«

Liesbeth trat an den Kessel heran und schaute hinein. »Aber der ist ja ganz voll«, sagte sie und schüttelte den Kopf, »den kann man so nicht scheuern – den muß man erst ausschöpfen.«

»Das ist es ja«, sagte Gret und grinste, »ich hatte

mir gedacht, ihr Mädchen könntet das für mich besorgen.«

»Du meinst – mit dem Löffel in eine Schüssel?« fragte Ännchen unsicher.

»Nein, mit dem Löffel in euer Bäuchlein.« Gret hatte bereits drei Zinnlöffel vom Löffelbrett an der Wand heruntergeholt und verteilte sie jetzt an die Kinder. »An die Arbeit, ich brauche den Topf fürs Abendessen!«

»Oh …«, machte Liesbeth. Ihre Augen wurden ganz rund und groß.

»Wir sollen …?« Ännchen, jetzt ganz aufgeregt, zupfte an ihrem dürftigen wollenen Kopftuch herum.

»Au ja, wir machen es alle«, jubelte das kleine Mariechen, »und wir beeilen uns auch ganz schnell!« Das Lumpenbündelchen schwang den großen Löffel und hüpfte lustig auf und ab.

»Aber das geht doch nicht«, mischte sich Agnes dämpfend in den Jubel der Kinder ein, »Mädchen, ihr wißt, daß wir –«

»Halt dich da raus, Agnes«, erstickte Gret im Keim die Belehrung, die die Bettlerin ihren Töchtern angedeihen lassen wollte, »das Topfreinigen geht nur deine tüchtigen Mädels was an. Wir beiden Alten essen inzwischen ein Butterbrot, und erzähl mir nicht, du hättest keinen Hunger! Dir knurrt der Magen mit Sicherheit genauso laut wie mir!«

»Aber –«

»Du kannst schon mal das Brot schneiden«, sagte Gret energisch, »ich hole die Butter. Und es gibt auch

Würzwein – zum Muntermachen!« Sie ließ die Bettlerin mit ihren Bedenken nicht mehr zu Worte kommen, und Agnes streckte endlich die Waffen.

Der Glühwein, schnell auf dem Herdfeuer erhitzt, besserte Agnes' Stimmung im Handumdrehen. Sie lachte nach dem ersten Schluck sogar über den Eifer, mit dem ihre drei Mädchen den Kochkessel leerten, und sie wehrte sich nicht mehr, als Gret den Kindern zur Belohnung für das Topfreinigen die wollenen Umschlagtücher mit dicken, trockenen Buchenscheiten vollpackte. Sogar das kleine Mariechen bekam ein Scheit zu tragen. Erst als Gret auch noch das Umschlagtuch der Mutter auf dem Boden ausbreitete und anfing, es mit Brennholz zu beladen, erhob die Bettlerin wieder Einspruch.

Gret ließ sich nicht beirren. »Wenn du es nicht nach Hause tragen kannst, komme ich eben mit«, nahm sie Agnes den Wind aus den Segeln. »Das Holz soll Martins erster Lohn sein – sozusagen eine Anzahlung.«

»Aber wobei soll der Junge dir denn helfen?« fragte Agnes und nahm zaghaft noch einen Schluck Wein.

Gret schmunzelte. Es war ihr endlich gelungen, die Frau von ihrer falschen Bescheidenheit abzubringen. »Darauf wollte ich gerade kommen«, antwortete sie, »der Martin ist jetzt elf – da wäre er kräftig genug, um mir beim Füttern, Ausmisten und Holzspalten zur Hand zu gehen. Zwei, drei Stunden am Tag für, sagen wir, drei Fettmännchen oder so. Dazu sein Essen und 'n bißchen was nebenbei ... Kleidung zum Beispiel.«

Agnes blieb der Mund offenstehen. »Drei Fettmännchen«, stotterte sie, »für ein Kind von elf Jahren? Das kannst du doch nicht ernst meinen!«

»Na ja, es ist nicht viel«, fügte Gret mit einem spitzbübischen Lächeln hinzu, »aber im Frühjahr krieg ich meinen Lohn erhöht – dann gibt es auch für deinen Jungen etwas mehr.«

»Jriet«, Agnes verfiel vor Aufregung in die heimische Mundart, »ich faß et nit! Wat soll ich bloß sagen?«

»Sag ja, wenn du es verantworten kannst«, meinte Gret, »und dann müssen wir noch Martin fragen, ob ihm der Lohn nicht zu niedrig ist.«

»Der Junge wird jauchzen vor Freude«, flüsterte Agnes und hatte plötzlich feuchte Augen. Der Glühwein wärmte sie tüchtig auf. Sie legte ihre Befangenheit ab, freute sich über das schöne Essen, das sie gereicht bekam, und genoß die Wärme in der Küche des Doctorhauses.

Als sie das dicke Schinkenbrot aufgegessen hatte und sich mit ihren drei strahlenden, satten und rundum glücklichen Töchtern verabschiedete, versprach sie sogar, morgen wiederzukommen und Gret eine komplizierte Sticktechnik zu zeigen, die sie zur Vollkommenheit beherrschte.

Gret freute sich. Sie band Agnes das geschenkte Brennholz wie einen Ranzen im Umschlagtuch auf den Rücken. Als die Bettlerin noch einmal abwehren wollte, sagte sie: »Also wirklich – du solltest nicht nur an deinen Stolz, sondern eher an deine Kinder denken, Agnes! Die erkälten sich doch, wenn du es zu Hause nicht warm genug hast! Und außerdem wirst du selbst ja auch gebraucht. Du kannst es dir nicht leisten, krank zu werden!«

Agnes warf Gret einen Blick zu, der Antwort genug war. Ihre Augen, selbst im Elend noch immer die Augen einer wohlanständigen Bürgerin, drückten nicht den unterwürfigen Dank einer Bettlerin für Wohltaten aus, sondern die Hoffnung, sich irgendwie erkenntlich zeigen zu können. »Du hast recht, Gret«, sagte Agnes, »morgen bin ich da, und wir machen einen Musterlappen. Ich bring dann den Martin gleich mit – er kann anfangen, das Holz abzuarbeiten.«

Gret lächelte hinter Agnes' Rücken. Nun wußte sie, wie sie es anstellen mußte, um die Not dieser Familie zu lindern. Sie hatte bereits einen Plan. Während sie der lahmen Agnes nachschaute, die langsam und mühevoll neben ihren drei Küken davonhumpelte, arbeitete sie ihr Vorhaben in Gedanken weiter aus.

Hans Stellmacher hatte vor, sich im kommenden Frühjahr um die freiwerdende Meisterstelle in seiner Gaffel zu bewerben. Dann durfte er Lehrlinge ausbilden. Agnes' ältester Sohn war genau im richtigen Alter.

Gret war sicher, daß Hans den Meisterbrief bekommen würde – und zwar mit allem Lob. Er arbeitete schon seit einiger Zeit an seinem Meisterstück, einem wunderbar ausgewuchteten Doppelachsenpaar für einen Reisewagen. Noch ein paar Tage, dann würden die Achsen fertig sein, und Hans konnte sich zur Prüfung vor der Meisterkommission anmelden.

O ja, Hans' Arbeit konnte sich sehen lassen. Er würde mit Glanz bestehen. Und dann ...

Gret spürte, wie ihr die Röte in die Wangen stieg, während sie ins Haus zurückging. Hans würde eine Frau Meisterin brauchen, wenn er es geschafft hatte. Das bedeutete, daß es wahrscheinlich im kommenden Frühjahr eine Hochzeit geben würde. Und Gret konnte es nach all den Jahren, die sie ihn kannte, immer noch nicht fassen, daß er sich quasi für sie entschieden hatte.

Was er wohl jetzt machte, ihr Hans? Von allen Männern war er für Gret immer der begehrenswerteste gewesen. Er sah blendend aus mit seinem lockigen blonden Haar und der hochgewachsenen, kraftvollen Gestalt; er war lieb und rücksichtsvoll, wenn auch manchmal etwas langsam von Begriff, wie Gret fand. Nur eins störte sie an ihm: sein ewiger Beschützerdrang.

Eins war jedenfalls sicher: Er hätte mit Leichtigkeit eine schöne und vor allem reiche Frau bekommen können. Er hatte es nicht nötig gehabt, sich eine kleine graue Maus auszuwählen – ein unbedeutendes, unscheinbares und mittelloses Mädchen wie Gret Grundlin, das zudem noch von zweifelhafter Herkunft war.

Gret zog die Schultern hoch. Sie liebte Hans mit aller Leidenschaft, derer sie fähig war – und an Leidenschaft brachte sie sehr viel mehr auf als die meisten anderen. Nur: Wie der wunderbare Hans Stellmacher eine Gret Grundlin lieben konnte, das würde sie nie begreifen.

Uralte Selbstzweifel kamen wieder an die Oberfläche – sogar heute, wo alle Welt feierte, wo jeder sich über alles lustig machte, besonders über die eigene Person. Aber Gret konnte nicht über sich selbst lachen. Sie war plötzlich wieder einmal unglücklich über ihre kleine, unauffällige Gestalt, ihr Mäuschengesicht und ihr Haar, das ihre Ziehmutter aus dem Kloster am Blaubach immer aschblond, sie selbst aber mausgrau nannte.

Ihr Leben lang – falls Hans sie tatsächlich zur Frau nahm – würde sie hart daran arbeiten müssen, daß er sie trotz allem anziehend fand und sie nicht eines Tages einer Schöneren wegen sitzenließ ...

Gret sicherte das Feuer in der Küche, fegte den Boden, erledigte die letzten Hausarbeiten und schloß dann die Eingangstür ab. Sie bog um die Ecke des Doctorhauses, an dessen Steinwand zwei Gademe angebaut waren – winzige Einzimmerhäuschen aus schwarzweißem Fachwerk, von denen das erste am Eingang zur Glockengasse von Jost, dem Fuhrmann, bewohnt wurde.

Der zweite Gadem, angrenzend an den Gemüsegarten, war Grets Reich. Doctor Minutus hatte ihr das Häuschen zinsfrei überlassen – eine der Vergünstigungen, mit denen er seine Magd bei der Stange hielt.

Gret schloß die Bohlentür auf und trat ein. Das Feuerchen, das sie am frühen Morgen in ihrem kleinen Kamin angelegt hatte, glimmte noch. Mit einem frischen Scheit begann es wieder lustig zu brennen und Wärme zu verbreiten. Gret mußte ihre Tranlampe anzünden, um den Gadem etwas zu erhellen. Das einzige Fensterchen konnte sie ja jetzt im Winter wegen der Kälte nicht offenstehen lassen. Und der pergamentüberzogene Rahmen, der es verschloß, ließ nur wenig Licht durch.

Bis jetzt war ihr der Doctor jedesmal, wenn Gret das Thema auf die noch fehlende Verglasung der Fenster an Haus und Gademen gebracht hatte, ausgewichen. Er hatte sich beharrlich geweigert, das viele Geld dafür lockerzumachen – obwohl er als Medicus und Professor an der Universität ein recht üppiges Einkommen hatte und sich die Ausgabe ohne weiteres hätte leisten können. Aber nur die Fenster in den eigenen Wohnräumen hatte er im oberen Drittel mit farbigen Glasscheiben ausstatten lassen.

Der gute Doctor war überhaupt ein Knauser. Nur sehr gelegentlich erlag er Anfällen von Menschenfreundlichkeit, und dann nur, wenn er sich dadurch Ruhm und Ehre erwerben konnte – oder Vorteile bei seiner Haushälterin Gret Grundlin, dem einzigen Menschen auf Gottes weiter Welt, den er fürchtete.

Gret grinste in sich hinein. Sie hatte ihren Brotherrn im Griff – das wußte sie. Was sollte der Doctor auch ohne sie anfangen? Er konnte ja nicht einmal mehr bei Krankenbesuchen auf sie verzichten! Gret beherrschte die praktischen Handgriffe eines Arztes längst viel besser als er, der in erster Linie Theoreticus war. Sie war seine rechte Hand – und zwar buchstäblich.

Dieses Frühjahr kommen die Scheiben rein, Doctorchen, dachte Gret. Sonst kündige ich mal wieder – bloß, um dir Angst zu machen!

Sie kicherte, stellte sich Doctor Minutus' entsetztes Gesicht vor und biß sich plötzlich auf die Unterlippe. Sie würde tatsächlich kündigen müssen, falls Hans mit der Hochzeit ernst machte!

Nun war ihr nicht mehr zum Lachen zumute. Es würde gar nicht leicht sein, von dem unbehelligten, selbständigen Leben als unverheiratete Magd bei Doctor Minutus Abschied zu nehmen. Auch wenn sie Hans sehr liebte und sich nichts sehnlicher wünschte, als seine Frau zu sein ...

Gret hängte die Tranlampe in den Haken am Deckenbalken ein und atmete tief durch. Ziellos ließ sie den Blick durch ihre bescheidene Behausung wandern. Viel würde sie nicht mit in die Ehe bringen; ihr ganzes Hab und Gut bestand aus einem großen Strohsack mit Wolldecke, einem dreibeinigen Schemel, einer solide gezimmerten Kleidertruhe vor dem Fenster und einem ovalen Spiegel aus poliertem Messing, der daneben an der Wand hing.

Gret holte tief Luft und schaute in den protzigen, golden schimmernden Spiegel – ein Jahresgeschenk vom Doctor. Da stand das unscheinbare Wesen, diese Gret Grundlin, und starrte sie aus dem schimmernden Metall heraus an. Große, wasserklare graue Augen hatte dieses ungeliebte Spiegelbild, eine winzige, zierliche Nase und einen rundlippigen Mund, der im Augenblick fest zugekniffen war. Die blaue Wollhaube bedeckte das Haar völlig – bis auf ein Löckchen, das sich an der Schläfe hervorgestohlen hatte.

»Würstchen«, zischte Gret ihrem Spiegelbild zu, »laß dich lieber überraschen, anstatt jetzt schon deine Hochzeit mit dem anziehendsten Mann von ganz Köln für selbstverständlich zu halten! Noch ist nichts sicher – also hör auf, Luftschlösser zu bauen! Sonst könntest du vielleicht –«

Es klopfte an der Tür. »Gret, bist du soweit?« fragte eine lustig klingende Frauenstimme.

Die Schusterin! Gret hatte sich für heute nachmittag mit ihr verabredet. Gemeinsam wollten sie zum Alten Markt gehen und sich unter das närrische Volk mischen, das da trank, schunkelte und tanzte.

»Komme sofort, Trin!« Gret klappte den Deckel ihrer Truhe auf und nahm die Maske heraus, die sie sich erst neulich gekauft hatte. Das Ding war aus dickem Papiermaché und hatte eine überdimensionale, warzenbesetzte, blaurote Nase – herrlich abstoßend.

Gret setzte die Maske auf und betrachtete sich einen Moment lang im Spiegel. Grauenvoll und lächerlich zugleich dieses Wesen, das sich da zeigte! So würde sie niemand erkennen; aber lachen würden alle, die diese Knubbelnase sahen. Schnell noch den Kranz aus Efeublättern um die Haube gewunden und das Flicklappentuch über die Schultern, dann konnte der Spaß losgehen. Vielleicht kam ja auch die Bande der Schmiedegaffel zum Alten Markt, und Hans war dabei ...

Gret löschte die Lampe und ging hinaus. Schusters Trin hatte sich mit einer schmalen schwarzen Larve unkenntlich gemacht und trug einen phantastischen

Umhang aus flatternden bunten Läppchen und Lümpchen, dazu eine wuschelige Perücke aus rotgefärbtem Werg. »Ich hab et janze Jahr über den Abfall vom Flachsspinnen aufjehoben«, sagte sie in strahlender Laune, »hat sich jelohnt, wat?«

»Und ob!« Gret brach in Gelächter aus. »Lieber Jott – wat für ne Pracht, deine neue Frisur!«

»Jetzt rein ins Vergnügen«, gab Trin zurück, »ich kann schon die Musik hören!«

Alle Straßen der Stadt, bunt ausgeschmückt mit flatternden Fähnchen, schwärmten von scheußlich-komisch maskierten »Jecken« – der feuchtkalten, ungemütlichen Witterung zum Trotz. Keiner ließ die letzten Tage vor der langen, stillen Fastenzeit verstreichen, ohne noch ein letztes Mal kräftig gefeiert und sein Bedürfnis nach Spaß und Lustbarkeiten befriedigt zu haben.

Gret und Trin wurden sogleich von der ausgelassenen Stimmung angesteckt, die vorüberziehende Narrentrupps verbreiteten.

Gleich am Anfang der Herzogstraße kam den beiden jungen Frauen solch ein Haufen lustiger Leute entgegen; sie hatten eine dicke Trommel und einen

Rummelpott bei sich und sangen schräg und bierselig das alte Lied:

»Rommeldibommel mem Rommelspott!
Loß en nit falle, sons isse kapott!
Holladidolla, et Ferke is fett –
jitt et neu Blose för Rommelspött!«

Gret lachte und schaute hin. Dieser »Pott«, ein großer Steinzeugtopf, war mit einer Schweinsblase straff bespannt. Darin steckte in einem engen Schlitz ein Stück Schilfrohr, an dem der Musikant mit angefeuchteten Fingern rhythmisch auf- und abfuhr. Er bediente sein sonderbares, brummelndes und rumpelndes Instrument so geschickt, daß er fast eine Melodie zustandebrachte. Und das dumpfe Dröhnen seines Rummelpotts mischte sich mit den Tönen der vielen anderen, die in der Stadt zu hören waren.

Die Schusterin knuffte Gret in die Rippen. »Den Jeck kenn ich«, sagte sie kichernd, »der jehört zu den Leuten, die nur Karneval nit auffallen!«

Sie blieb stehen und breitete mitten auf der Straße die Arme aus. »Pitter«, rief sie, »du bist erkannt! Erst Wegezoll, sonst laß ich dich mit deinen Mannen nit weiter!«

»Pitter – wer?« rief der Jeck mit dem Rummelpott zurück, »den vollen Namen oder du bist selber dran!«

»Pitter von der Ehrepooz«, rief Schusters Trin und lachte laut auf, »un jetzt –«

Der Rummelpottspieler stieß einen wilden Juchzer aus. Er sprang herüber und küßte erst Trin, dann

Gret herzhaft auf beide Wangen, während seine Kumpane aus Leinenbeuteln, die sie umgehängt trugen, einen Hagel von buntgefärbten trockenen Erbsen auf Gret und Trin niedergehen ließen. Danach kamen auch sie und holten sich ihr Küßchen.

Pitter war Trins jüngster Bruder – ein Schustergeselle, der gerade von der Walz zurückgekehrt war und jetzt endlich bei einem Meister in der Ehrenstraße Arbeit gefunden hatte. Er freute sich wie ein König, daß ihm heute zufällig seine Schwester über den Weg gelaufen war. »Wo wollt ihr beiden Hübschen denn hin?«

»Auf den Alten Markt, tanzen«, sagte Gret.

»Na, dann! Wir geleiten die Damen – mit Krach und Dollerei! Und beim Rathaus legen wir erst richtig los!«

Die beiden Frauen ließen sich das gerne gefallen. Trin hängte sich bei ihrem Bruder ein, während Gret dem Trommler beim Donnern half. Auf dem Weg zum Zentrum der Festlichkeiten schlossen sich ihnen weitere Vermummte an, die ebenfalls dem lauten Getöse der versammelten Narren von Köln zustrebten.

Singend und lachend bewegte sich ihr kleiner Zug dem Alten Markt entgegen; mehrmals wurden sie unterwegs vor den Gastwirtschaften mit Küßchen und großem Hallo von den dort Schunkelnden und Trinkenden aufgehalten und bekamen frisch gezapftes, schäumendes Bier angeboten. Nach dem Brauch durfte erst weitergezogen werden, wenn der Schluck aus dem Krug getan war, und Gret und Trin waren deshalb bereits etwas angeheitert, als sie vor dem Rathaus ankamen.

Das Getümmel auf dem ältesten Markt der Stadt war unbeschreiblich. Dicht an dicht drängten sich hier singende und lachende Menschen. Mehrere Spielmannszüge ließen lustige Weisen hören; dazu kamen die Narren, die eigene Instrumente mitgebracht hatten – Trommeln, Pfeifen, Rummelpötte. Das machte das Durcheinander vollständig.

Rund um den Markt floß aus Hunderten von Fässern das Bier in Strömen; und über dem bunten Chaos schwebte der Duft von süßem Fastnachtsgebäck und Bratwurst.

Direkt unter dem Balkon des Rathauses führten ein paar sehr bunt kostümierte Studenten ein eigens für den diesjährigen Karneval verfaßtes Stück auf. Es feierte mit derber Komik den vorläufigen »Sieg der Bratwürste über die Heringe«.

Trin und Gret lachten Tränen über die vielen Witze und Anekdoten, die Narrenweisheiten und scharfsinnigen oder unsinnigen Bemerkungen über die Stadtväter, aus denen das Stück bestand. »Am Ende läßt dich der heilige Petrus jar nit in et Paradies, wenn du so nach Fisch stinkst«, schrie der Vertreter der Bratwürste, »ich könnt mir denken, dat der als ehemaliger Fischer wenigstens im Himmel keinen Fisch mehr riechen will!«

»Aber dann kommt unser Rat auf jeden Fall in den Himmel«, schrie der Vertreter der Heringe zurück,

»die Herren tarnen doch ihren Fisch – jespickte Aal ... Karpfen mit Schabau ... Flunder in Wein ...«

Eine Welle von Gelächter überrollte den Rest der Worte. Und auf einmal prasselte ein Schauer aus bunten Erbsen und winzigen, aus Gips geformten Fischchen und Blümchen auf die Narrengemeinde nieder, geworfen von den beiden Bürgermeistern persönlich, die sich vom Balkon aus die Posse anschauten. Gret wurde an den Schultern gefaßt und auf beide Wangen geküßt. »E Dänzche, Möhn ...?« fragte eine sympathische, leicht angetrunken klingende Männerstimme.

Gret drehte sich um. Hinter ihr stand ein langer Kerl ganz in Grün: strumpfenge grüne Beinkleider, ein kurzes grünes Schultermäntelchen, ein topfartiger grüner Filzhut mit einer langen Fasanenfeder. Sogar sein Gesicht war grün geschminkt, und seine Augen bedeckte eine dunkelgrüne Larve. Den einzigen Kontrast zu all dem Grün bildete sein fuchsrotes, halblanges Haar.

»Welche Farbenpracht«, sagte Gret und grinste.

»Tänzchen?« Diesmal wartete der Frager die Antwort gar nicht ab, sondern legte einfach einen Arm um Grets Taille und zog sie mit sich in die Richtung, aus der laute Zinken- und Pommernmusik herüberschallte.

»He«, lachte Gret, »nicht so hastig ... mir wird ja schon ganz grün vor Augen!«

Der Lange lächelte und zeigte schöne weiße Zähne. »Ist doch herrlich, daß du mir grün bist – alle hübschen Mädchen sollten das sein!«

»Sag mal, bist du immer so schneidig?«

»Wenn es sich einrichten läßt. Schnell wie ein Hetzhund, mutig und gnadenlos wie ein Saupacker!« Der Grüne zog Gret an sich und drückte ihr noch einen Schmatz auf. »Aber ich kann auch ganz brav und gehorsam sein«, fügte er hinzu und bleckte wieder sein gesundes Gebiß.

»Das will ich doch hoffen!« Gret drohte ihm lachend mit dem Finger. »Sonst lauf ich dir weg. Ich bin nämlich auch ziemlich fix!«

Sie hatten das Gedränge der Tanzenden erreicht, und der lange Schlaks im grünen Gewand mischte sich mit Gret ohne Umstände unter die Menge, die trotz Platzmangels zum wilden Geschmetter der Bläser lustig auf- und niederhüpfte.

Der Grüne war wahrscheinlich ein guter Tänzer. Jedenfalls schaffte er es mit lächelnder Leichtigkeit, genug Raum für sich und seine Tänzerin zu schaffen, so daß man tatsächlich ein paar Schritte machen konnte. Gret genoß es sehr, sich von ihm herumschwenken zu lassen. Beschwipst wie sie war, ließ sie sich sogar noch ein drittes Mal von ihm küssen – diesmal mitten auf den Mund.

»Du bist süß«, sagte der Grüne, »dein Efeukranz hat mich regelrecht angezogen – und deine Knollennase erinnert mich an eine Baumwurzel. Darf ich mal sehen, ob ein Schatz drunter ist?«

Gret kicherte. »Nur, wenn du deine Larve auch abnimmst. Sonst nicht!«

»Gemacht«, sagte der Grüne. Er schob die Larve nach unten, so daß sie ihm wie ein Schnurrbart unter der Nase hing. Hellgrüne Augen schauten Gret strahlend an.

»Nein, nein – ganz runter damit«, verlangte Gret, belustigt über die neue Überraschung.

»Auch gut.« Die Larve fiel, und ein recht schöner Mensch enthüllte sich – gutaussehend, trotz der entstellenden grünen Schminke.

Nun nahm auch Gret ihre Maske ab und hob dem Langen ihr Gesicht entgegen. »Enttäuscht?«

»He ...« Der Lange machte den Mund ein wenig auf. Seine Augen wurden ganz groß. »Du bist ja noch viel süßer, als ich es mir vorgestellt hatte«, sagte er leise, »wie eine kleine Waldfee ...«

Gret brach in Gelächter aus. Sie versank in einem tiefen Knicks. »Gestatten – Gret, die Waldfee aus der Glockengasse. Und wie heißt du?«

Der lange Kerl betrachtete Gret noch immer mit bewundernden Blicken. Plötzlich kehrte das lustige Funkeln in seinen Blick zurück. »Gestatten – Friedel mit den schnellen Beinen«, sagte er, riß seinen Filzhut von den roten Haaren und schwenkte ihn in einer übertriebenen Reverenz. »Und jetzt, Elfchen«, er stülpte sich die Kopfbedeckung wieder auf und faßte Gret um die Taille, »jetzt geht's in die zweite Runde!«

Gret kicherte. Die Musikanten hoben ihre Instrumente an die Lippen und setzten zum nächsten Tanz an. Plötzlich zerschnitt ein greller Schrei die dröhnende Geräuschkulisse.

Gret und ihr langer Tänzer drehten die Köpfe um. Der Schrei, ausgestoßen in höchster Angst und Bedrängnis, war von der Kletterstange herübergedrungen, die dicht von Kindern umlagert war und von der die Mutigsten und Geschicktesten in waghalsigen Klettertouren Schinken und Würste herunterholten, die die Fleischmengergilde gestiftet hatte.

Wieder schrillte ein Schrei durch die Luft – der Schrei eines Kindes. Die Musik hatte zwar zu spielen begonnen, aber mehrere Leute aus dem Kreis der Tanzenden eilten jetzt zur Kletterstange hinüber.

»Was mag da los sein?« fragte Gret besorgt.

»Sehen wir mal nach«, gab Friedel zurück, »vielleicht findet eins von den kleinen Äffchen nicht mehr herunter!«

Er nahm Gret bei der Hand und schob sich mit ihr durch das Gedränge der Jecken. Und er beschleunigte seine Schritte, denn erneut gellten Hilferufe, unterbrochen von lautem, angstvollem Weinen.

Je näher Gret und ihr Begleiter zur Kletterstange kamen, desto weniger dicht stand die Menschenmenge. Schließlich versperrte ihnen niemand mehr den Blick auf das Geschehen.

Gret blieb stehen, ließ den langen Friedel los und preßte die Hände auf den Mund. Am Fuß der Kletterstange, keine zwanzig Schritt von ihr entfernt, stand ein riesiger, brauner Hund und knurrte zu einem kleinen Jungen hinauf, der sich krampfhaft auf halber Höhe an die Stange geklammert hatte und verzweifelt um Hilfe schrie. Alle paar Atemzüge sprang das mächtige, muskelbepackte Tier hoch und schnappte wütend nach dem Kind, das sich kaum noch zu halten vermochte und langsam – Zoll für Zoll – dem Erdboden entgegenrutschte.

Gret zitterte plötzlich vor Aufregung. Noch einen Augenblick, dann würde der kleine Junge in Reichweite des Hundes geraten sein. So, wie das Tier seine Lefzen hochzog und seine mächtigen Zähne fletschte, würde es das Kind unweigerlich in Stücke reißen!

Gret kam blitzschnell ein Gedanke. »Wirf dem Hund deinen Preis hin«, rief sie dem angstschlotternden Jungen zu, »dann ist er beschäftigt und läßt dich runter!«

Der Kleine hatte ihren Ruf gehört. Er ließ die Blutwurst fallen, die er erbeutet und bis jetzt eisern festgehalten hatte. Der dunkle Wurstring plumpste auf den Boden, nur zwei Ellen von dem Hund entfernt.

Aber das wütende Tier wandte nicht einmal den Kopf um. Es blieb dicht an der Stange, sprang mit dumpfem Knurren weiter empor und suchte den Jungen zu packen.

»Das blöde Vieh hat die Wurst nicht mal gesehen«, zischte Gret erregt, »ich geh hin und locke den Köter weg. Einer muß doch hier eingreifen!« Und beherzt tat sie einen Schritt in Richtung Kletterstange.

Aber der lange Friedel hielt sie mit hartem Griff am Ärmel fest. »Du bleibst hier, Elfchen«, stieß er zwischen zusammengebissenen Zähnen hervor, »rühr dich nicht – das ist besser!«

Erschrocken und befremdet starrte Gret in das grüngeschminkte Gesicht ihres Begleiters. Friedel sah angespannt aus; seine Augen waren zu schmalen

Schlitzen zusammengekniffen. Noch einmal sagte er: »Hierbleiben – hörst du? Bleib ganz still stehen!« Dann ließ er ihren Ärmel los und ging langsam, mit gemessenen Schritten, zu dem mächtigen Hund hinüber.

Das Tier drehte den Kopf nach Friedel um, legte die Ohren an und hob die Lefzen. Gret konnte sein prachtvolles Gebiß wieder blitzen sehen. Die Stirn des Hundes hatte sich über dem breiten, kurzen Fang in tiefe Falten gelegt; und der Ausdruck der Wildheit, der sich in seinen Augen zeigte, ließ Gret vor Schrecken erstarren.

Friedel blieb stehen. Er vermied es, den wütenden Hund direkt anzusehen. Aus seinem Mund kamen in ruhigem, bestimmtem Ton fremdländische Worte, die an das Tier gerichtet waren und deren Sinn Gret nicht verstehen konnte: »Down, boy – down!«

Zuerst geschah nichts. Der riesige, kraftvolle Hund stand da, die Läufe in den Boden gestemmt, und starrte Friedel an. Seine Zähne blieben gebleckt, aus seiner Kehle drang ein tiefes, drohendes Grollen.

Friedel wiederholte die fremden Worte – immer im gleichen, beruhigenden Ton: »Down, boy ... down!«

Ein unsicherer Ausdruck zeigte sich in dem faltigen Gesicht des Tieres. Nach und nach sanken die Lefzen herab und verdeckten die fürchterlichen Zähne. Und dann, ganz plötzlich, legte sich der Hund flach auf den Boden, während er den Blick von Friedel abwandte.

Friedel sagte ein anderes unbekanntes Wort: »Wait!« Dann drehte er sich zu dem kleinen Jungen um, der schon ein ganzes Stück an der Kletterstange herabgeglitten war. »Hast du etwas bei dir, was du dem Hund abgenommen hast?« fragte er das Kind.

»Nein«, jammerte der Kleine, »ich kenne den bösen Hund gar nicht!«

»Hat dir denn jemand was geschenkt – ein Kleidungsstück vielleicht?«

Der Junge zitterte vor Angst und Erschöpfung. »Jemand hat mir einen Gürtel gegeben«, murmelte er, so leise, daß Gret es gerade noch verstehen konnte, »er ist nicht geklaut – ehrlich!«

»Gib ihn mir«, forderte Friedel. Das Kind nickte tränenüberströmt. Friedel schnallte ihm den blauen Riemen von der Taille ab und wickelte ihn zu einem Knäuel zusammen. Dann wandte er sich wieder dem großen Hund zu.

Das Tier hatte ruhig dagelegen und aufmerksam jede Bewegung verfolgt, die der lange Kerl in Grün gemacht hatte. Als es jetzt den zusammengerollten Ledergürtel in Friedels Hand entdeckte, sprang es auf und zeigte wieder die Zähne – aber diesmal nicht drohend und abwartend, sondern in offener Angriffsbereitschaft, während es sich zum Sprung duckte.

Friedel hob das Lederknäuel und schleuderte es dem Hund entgegen, noch ehe er ihn anfallen konnte. Der mächtige Rüde schnappte den aufgerollten Gürtel aus der Luft, nahm ihn mit einem kehligen Grollen in den Fang und trabte durch die Gasse, die sich blitzschnell in der Zuschauermenge bildete, mit seiner Beute davon. Die Menschen, die ihm vor

Schreck gelähmt nachstarrten, würdigte er nicht eines Blickes.

Voll widerwilliger Bewunderung folgte Gret mit den Augen dem prachtvollen, wenn auch furchteinflößenden Riesenhund. Kurz bevor sich die Lücke wieder hinter ihm schloß, sah sie, wie der Rüde von einem Mann in schwarzem Mantel und roter Maske am Halsband genommen, getätschelt und weggeführt wurde. Sonderbarerweise ließ sich das Tier von diesem Mann den Gürtel ohne Gegenwehr einfach abnehmen – es schien seine Beute sogar gern abzugeben ...

Kopfschüttelnd drehte sich Gret zu Friedel um, der inzwischen den zitternden kleinen Jungen von der Kletterstange heruntergehoben hatte. »Woher wußtest du, wie man so einer wilden Bestie beikommen kann?« fragte sie den Langen und sah ihn ehrfürchtig an. »Hattest du eigentlich gar keine Angst vor dem Monstrum?«

Friedel verzog das Gesicht zu einem halbherzigen Grinsen. »Doch«, gab er zu, »aber wie du vorhin selbst gesagt hast, jemand mußte ja schließlich was tun!«

Er nahm den kleinen Jungen, dem noch immer Tränen des Schreckens über die schmuddeligen Wangen liefen, in den Arm. »Du kannst jetzt aufhören zu schlottern«, sagte er und fuhr dem Kind mit rauher Zärtlichkeit durch das Strubbelhaar, »es ist ausgestanden!«

Gret hockte sich vor den Jungen hin. »Bist du ganz

allein hier? Wo wohnst du denn – und wie heißt du überhaupt?«

»Jan«, murmelte der Kleine. »Ich durfte eigentlich nicht da rauf –«, er deutete auf die Kletterstange. »Aber der Herr, der mir den Gürtel geschenkt hat – der wollte mir ’nen Albus geben, wenn ich ’ne Wurst runterhole. Da bin ich doch rauf … und dann kam auf einmal der große Hund …« Er schluchzte auf. »Und der Herr – der ist jetzt nicht mehr da … und ich krieg den Albus nicht …«

Friedels Augen waren wieder schmal geworden. »So«, sagte er gepreßt, »was war denn das für ein Herr? Kanntest du den?«

»Eben nicht«, antwortete der Kleine traurig, »das ist es ja! Aber er war sehr nett … der Rutger und der Martin von der lahmen Agnes – die kriegen bestimmt das Geld von ihm!«

Bei diesen Namen horchte Gret auf. »Geld – wofür?« forschte sie. »Sie tragen ihm ’nen großen Kasten nach Hause«, sagte der Kleine und schniefte, »dafür sollen sie vier Albus kriegen! Vier Albus, stell dir das mal vor … zwei für jeden!«

»Wohin sollen sie den Kasten denn bringen?«

»Weiß ich nicht. Das hab’ ich nicht mitgekriegt. Ich wünschte, ich wär’ auch dabei …« Der Junge zog noch einmal die Nase hoch. »Dann könnte ich mir doch noch was verdienen!«

»Paß auf, Jan«, der lange Friedel zog seine Geldbörse. »Ich geb’ dir zwei Albus – für erwiesene Tapferkeit.« Er angelte die beiden Silbermünzen heraus und drückte sie dem Kind in die Hand. »Aber jetzt geh nach Haus zu deiner Mutter, hörst du? Sonst klaut dir noch einer das Geld!«

Der Kleine war sprachlos. Plötzlich strahlten seine Augen auf. »O danke«, sprudelte er, »danke vielmals!« Damit sauste er davon – mitten durch das närrische Volk, das den gefährlichen Zwischenfall bereits vergessen hatte und sich wieder den gebotenen Lustbarkeiten hingab.

»Weg ist er«, sagte Gret, der noch immer der Schreck in den Knochen saß, »flitzt einfach los, als sei nichts gewesen! Dabei hätte ihn das Biest fast in Stücke gerissen! Es ist unverantwortlich, so gefährliche Bestien frei laufen zu lassen!«

Friedel kniff die Lippen zusammen. »Aber der Hund lief ja nicht frei herum«, sagte er mit Nachdruck, »soweit kenn' ich mich schon aus!«

»Was willst du damit sagen?« Gret musterte betroffen sein Gesicht, das auf einmal hart wirkte. »Jetzt bist du mir aber eine Erklärung schuldig. Mit was kennst du dich aus?«

»Nun, der Hund ist auf das Kind angesetzt worden«, sagte Friedel trocken und nahm Gret bei der Hand, um sie vom Platz wegzuführen. »Jemand hat dem Tier aufgetragen, den Gürtel zurückzuholen.«

»Das glaubst du doch selber nicht«, gab Gret ungläubig zurück, »soweit kann kein Hund denken!«

Friedel lächelte nachsichtig. »Wie auch immer«, sagte er und verlor seinen starren Gesichtsausdruck, »es ist ja nochmal gut gegangen. Tanzen wir weiter?«

»Nein«, Gret lehnte verärgert ab. »Zuerst möchte ich wissen, was dich so sicher macht – und woher du wußtest, wie man mit diesem wütenden Riesenköter reden muß! Daun, beu – daun, beu ... Was heißt das eigentlich?«

Friedel lachte. »Komm, kleine Waldfee – schau mich nicht so böse an! Wir kaufen uns ein Bier, und dann erzähl ich dir alles, was du wissen willst!«

»Das ist aber eine ganze Menge!« Gret lächelte und fand ihre gute Laune wieder.

»Und wenn ich fertig bin, dann gibst du mir auch Auskunft über dich, oder?«

»Weiß ich noch nicht ...«

Sie ergatterten zwei Sitzplätze an einem Ausschank neben dem Rathaus. Friedel besorgte das Getränk und zwei Bratwürste. Dann hockte er sich zwanglos neben Gret auf die Bretterbank. »Also prosit«, trank er ihr grinsend zu, »auf dich, Vorwitznase!«

Gret nahm auch einen Schluck. Sie sah ihn drängend an. »Spann mich nicht auf die Folter«, forderte sie hartnäckig, »schieß los, du hast es versprochen!«

Friedel wurde wieder ernst. »Ich verstehe was von Hunden«, sagte er langsam, »beruflich, weißt du.« Er wischte sich den Bierschaum vom Mund und putzte die grüne Schminke, die dabei an seinen Fingern geblieben war, an der Hose ab. »Ich bin beim Herzog von Berg in Diensten – als Läufer und Meuteführer. Seit Jahren bilde ich Jagdhunde aus, verstehst du?«

»Ach deshalb! Da spurt so ein Biest natürlich, weil du ihm befehlen gelernt hast!«

Friedel schüttelte den Kopf. »So einfach ist das

nicht. Jagd- und Kriegshunde gehorchen nur sich selbst – und ihrem Herrn.«

»Aber warum hat dir diese Bestie dann pariert?« Gret fühlte sich auf den Arm genommen.

»Das war reine Glückssache«, gab Friedel zurück, »es hätte auch ganz anders ausgehen können. Gerade ein Mastiff –«

»Ein Mastiff? Was ist das?«

»Ein kostbarer Hund, dessen Heimat England ist«, erklärte Friedel. Seine Augen leuchteten plötzlich vor leidenschaftlicher Begeisterung. »Der Herzog von Berg besitzt zwei Tiere dieser Art. Sie sind ganz Kraft und Mut und edle Bewegung – dabei von ruhigem und gelassenem Wesen. Sie fürchten nichts und niemanden; ihrem Herrn folgen sie mit absoluter und unbedingter Treue – wenn es sein muß, auch in den Tod.«

»Du meinst – das Vieh, das den kleinen Jungen zerreißen wollte, war so ein englischer Hund?«

Friedel nickte. »Ein Mastiff allerbester Rasse. Noch jung – deshalb konnte ich ihn mit den richtigen Kommandos einen Augenblick lang verunsichern.«

»Sag, was du willst«, spuckte Gret, »das Biest von vorhin, das war kein edler Hund – das war ein blutrünstiger Satan! Es hat –«

»Es hat nur einen Befehl ausgeführt«, unterbrach Friedel knapp, »der Rüde sollte den Gürtel zurückbringen – und das hätte er getan. Um jeden Preis. Ein wunderbares Tier …«

»Ich verstehe dich nicht!« Jetzt war Gret angewidert. »Wie kannst du Hunde wunderbar finden, die sich auf kleine Kinder stürzen!« Sie stand auf. »Such dir eine andere Tänzerin, ich will nichts mehr mit dir zu tun haben. Auch wenn du dem Jungen geholfen hast.«

Wütend stülpte sie sich die Maske, die bis jetzt um ihren Hals gebaumelt hatte, wieder übers Gesicht. Dann drehte sie sich um, ließ den langen Kerl in Grün einfach am Tisch sitzen und tauchte im Gewühl der schunkelnden, singenden Narren unter. Auf Friedels erschrockenen Ruf: »He – kleine Waldfee, warte doch mal! Ich kann dir alles erklären …« wandte sie nicht einmal den Kopf.

Sie fand augenblicklich einen neuen Tänzer, einen als wilden Mann verkleideten Fuhrmann aus der Krebsgasse, den sie schon seit Ewigkeiten kannte. Wenig später traf sie auch wieder auf Trin, die sich fürstlich mit ein paar anderen Frauen beim Absingen von Scherzliedern auf die Herren vom Rat amüsiert hatte, und eine Stunde später hatte sie im Kreis so vieler bestens gelaunter Leute den Zwischenfall an der Kletterstange schon fast vergessen. Es war bereits dunkel, als sie in schönster Karnevalsstimmung Arm in Arm mit drei weiteren Nachbarinnen nach Hause schaukelte.

Trotz Schwips waren jetzt noch die Hühner und Rosa, die trächtige Muttersau, zu versorgen; außerdem hatte sich auch der Hausherr eingestellt, war schwer angetrunken und verlangte weinerlich nach einem Abendimbiß, als Gret aus dem Stall in die Küche kam.

»Alle haben was … was zu fressen … hicks …«, säuselte er, »nur ich … ich krieg wieder keinen … hicks … keinen Krümel.«

Er hockte mit runden, glasigen Augen wie ein zerzauster Uhu auf der Bank unterm Fenster. Der graue Haarkranz umrahmte ungekämmt seine Glatze, und er wirkte, betrunken wie er war, so komisch, daß Gret lachen mußte.

»Gret ist ja da«, sagte sie, »jetzt gibt's auch für Euch gleich Futter, Doctorchen!«

Seine Antwort war ein Brummen. Er mußte außerordentlich schwer geladen haben. Gret entschloß sich, ihm nur ein Käsebrot vorzusetzen. Alles andere würde er wahrscheinlich sowieso nicht bei sich behalten. Sie richtete Brotscheiben, Butter und Käse hübsch auf einem Teller an. Als sie Doctor Minutus den Imbiß hinstellen wollte, bemerkte sie, daß er auf der Bank eingeschlafen war und leise schnarchte.

Unter großer Mühe gelang es ihr, ihn soweit wachzukriegen, daß er mit ihrer kräftigen Unterstützung in sein Schlafgemach wanken konnte. Dort ließ Gret ihn einfach auf sein Bett fallen, zog ihm die Schuhe aus und hüllte ihn in seine mächtige Federdecke ein, ohne ihn seiner Kleidung zu entledigen. Der Doctor konnte wirklich nicht verlangen, daß seine Magd die Rolle der liebenden Ehefrau übernahm, dachte Gret, während sie den alten Junggesellen lächelnd im Schein der Tranlampe betrachtete. Er lag da wie ein fetter, zufriedener Säugling – bereits wieder fest eingeschlafen und leise sägend.

Die Strafe für dieses Besäufnis, das er sich wieder einmal geleistet hatte, würde ja bald kommen – in Form eines gewaltigen Katers, morgen beim Aufwachen …

Gret ging auch zu Bett. Als sie sich in ihrem Gadem auf dem Strohsack zur Ruhe legte, nahm sie sich fest vor, von dem Ball zu träumen, der in dieser Nacht für die feinen Herrschaften im Gürzenich stattfand – dem prächtig ausgeschmückten öffentlichen Festsaal der Stadt.

Alles, was Rang und Namen hatte, war jetzt dort versammelt. Wie es wohl wäre, wenn Gret Grundlin und Hans Stellmacher als König und Königin des Karnevals den Tanz anführten?

Mit diesem zauberhaften, wenn auch völlig unwirklichen Gedanken schlief Gret ein. Aber ihr Unterbewußtsein verweilte nicht bei dem glanzvollen Fastnachtsball. In dem Traum, der kam, wurde sie von riesigen, reißenden Bestien verfolgt … sie waren lohbraun, hatten dunkle, faltige Gesichter mit finsterem Ausdruck und grauenvolle, weiß blinkende Raubtiergebisse. Sonderbarerweise aber blickten ihre Augen ruhig und irgendwie traurig. Und als Gret in höchster Angst die Zauberworte »Daun beu, daun« rief, senkten sie demütig die breiten Köpfe und ließen von ihr ab …

Am nächsten Morgen brauchte Gret eine ganze Weile, um sich von den Schrecken ihres Alptraums zu erholen. Sie atmete regelrecht auf, als gegen neun die lahme Agnes an die Tür des Doctorhauses klopfte.

»Du kommst genau richtig«, begrüßte sie die Bettlerin, »ich wollte gerade frühstücken, da kannst du mir Gesellschaft leisten. Wo ist denn der Martin? Den wolltest du doch mitbringen …«

Agnes brach in stumme Tränen aus. Gret bemerkte erst jetzt, daß die Bettlerin bleich und übernächtigt aussah. »Um Gottes willen«, fragte sie erschrocken, »was hast du denn?«

»Meine beiden Jungen sind seit gestern morgen fort«, sagte Agnes tonlos. »Sie sind die ganze Nacht weggeblieben und bis jetzt noch nicht nach Hause gekommen!«

Gret erschrak. Wortlos führte sie die lahme Agnes ins Haus. Als sie sich in der Küche an den Tisch gesetzt hatten, fragte Gret noch einmal nach: »Seit wann sind die beiden weg?«

»Seit gestern vormittag«, sagte die Bettlerin. »Ich mach mir solche Sorgen, Gret! Noch nie ist der Martin weggeblieben, ohne vorher Bescheid zu sagen! Und der Kleine – der Rutger – schon gar nicht! Ich hab' Angst. Da ist was passiert!«

»Nun mal ganz ruhig«, sagte Gret und zwang sich selbst dazu, vernünftig zu denken. »Könnte es sein, daß die Kinder Verwandte oder Bekannte besucht haben? Vielleicht sind sie einfach über die Karnevalstage eingeladen worden.«

Agnes schüttelte den Kopf. Und Gret erkannte zu spät die Unsinnigkeit ihrer Frage. Hätte die Arme Verwandte gehabt, sie hätte wohl kaum in solchem Elend leben müssen. Aber wo konnten ihre Kinder dann sein?

Gret erinnerte sich schlagartig an den gefährlichen Zwischenfall vom gestrigen Tag, bei dem sie Zeuge gewesen war. Der kleine Junge, der von dem Hund bedroht worden war, hatte doch Martin und Rutger erwähnt! Wie war gleich der Name des Kleinen gewesen ...?

»Agnes«, fragte Gret, «kennst du ein Bürschchen namens Jan, fünf oder sechs Jahre alt?«

»Jan? Nein – nicht, daß ich wüßte.« Agnes wischte sich über die Augen, die voller Tränen standen und immer wieder überflossen.

»Der kleine Jan hat nämlich deine beiden Sprößlinge gestern noch auf dem Alten Markt gesehen«, fuhr Gret fort, »er sagte, Martin und Rutger hätten eine Kiste irgendwohin getragen – gegen Entlohnung.«

»Eine Kiste?« Agnes hob den Kopf. »Wer hätte denn wohl am Karnevalsmontag Kisten zu transportieren?«

»Den Namen des Auftraggebers kannte der Kleine nicht«, sagte Gret nachdenklich, »aber er könnte sicher den Mann beschreiben, für den deine Jungs gearbeitet haben.«

Die Bettlerin brach wieder in Tränen aus. »Gret, ich kenne keinen Jan! Und ich hab' das furchtbare Gefühl, als ob meinen Kindern was Schlimmes zugestoßen sei ... die beiden sind so zuverlässig. Die würden niemals ohne Nachricht verschwinden!« Sie krampfte hilflos die mageren Hände zusammen. »Ich will Gott nicht anklagen«, fügte sie flüsternd hinzu, »aber wenn ich noch gesunde Beine hätte – ich könnte mich wenigstens selber auf die Suche nach meinen Kindern machen ...«

»Hör zu, Agnes«, Gret kam eine Idee. »So was braucht dich auf keinen Fall zu bekümmern. Das Laufen übernehme ich für dich. Sobald ich hier mit allem fertig bin, mach ich mich auf in die Stadt. Ich finde deine Jungen – und wenn ich jedes Gäßchen einzeln durchkämmen muß. Verlaß dich drauf!«

Agnes schluchzte.

»Bitte, versuch die Ruhe zu bewahren«, fügte Gret hinzu, »wahrscheinlich klärt sich alles ganz schnell auf, und deine Sorgen waren umsonst!« Sie umfaßte die Hände der Bettlerin und spürte, wie die schmalen Finger unter ihrer Berührung zitterten. »Komm«, sagte sie beruhigend, »wir stärken uns ein bißchen!«

Aber die lahme Agnes brachte kaum einen Löffel von dem schönen Grießbrei mit Rosinen hinunter, obwohl sie sehr hungrig sein mußte. Schon nach ganz kurzer Zeit erhob sie sich mühsam, dankte Gret für die versprochene Hilfe und bewegte sich auf ihren Krücken zur Tür. »Es hält mich nicht mehr«, sagte sie beim Abschied, »ich muß selber los – die Jungen suchen. Bitte, Gret – sag Bescheid, falls du was erfährst!«

Gret nahm das Versprechen, das sie der lahmen

Agnes gegeben hatte, sehr ernst. Als sie an diesem letzten Karnevalsnachmittag maskiert in die Stadt ging, hatte sie nicht die Vergnügungen vor Augen, die auch heute noch angesagt waren, sondern zwei kleine, wohlerzogene Jungen, die verschwunden waren. Und die ganze Zeit sah sie auch die Mutter der Kinder vor sich – Agnes, die mit ihren siebenundzwanzig Jahren dazu verdammt schien, das Unglück und die Not der ganzen Welt zu tragen. Alles hatte Agnes verloren – den Mann, den Lebensunterhalt, die Gesundheit.

Das einzige Glück, das ihr geblieben war – ihre Kinder –, sollte ihr nicht genommen werden. Gret schwor sich hoch und heilig, alles zu tun, um Agnes' Söhne wiederzufinden.

Bei der Kletterstange, die laufend von den Gesellen der Fleischmengergilde mit neuen Würsten, Schinken und Speckseiten bestückt wurde, war auch heute wieder viel Betrieb. Es schien, als wolle jeder Junge der Stadt noch einmal die Gelegenheit nutzen, Mut und Geschicklichkeit zu beweisen und sich den schwierigen Weg zum Querbalken hinaufzuarbeiten, wo fetter Lohn wartete.

Gret fragte sämtliche Kinder, die sich vor der Stange tummelten, nach den Vermißten. Aber keiner hatte Martin oder Rutger gesehen, niemand hatte eine Ahnung, wo sich die beiden aufhalten mochten. Und auch Jan sei seit gestern nicht mehr aufgetaucht, meldete das einzige Mädchen, das die Klettertour wagen wollte. Aber das sei nichts Besonderes; Jan, der Krümel, habe sowieso kein Zuhause. Er schlafe mal hier, mal da – meistens in Scheunen oder Schuppen, erzählte das ärmlich gekleidete, wilde kleine Ding. Sie wüßte auch nicht, wo er sich gerade herumtreibe …

Jan war also eines von den vielen obdachlosen Kindern der Stadt. Es würde sehr schwierig werden, den kleinen Jungen aufzuspüren. Aber Gret ließ sich nicht entmutigen. Sie wollte eben anfangen, bei den vielen Speise- und Bierständen die Runde zu machen und nach den vermißten Kindern zu fragen, als sich plötzlich in dem bunten Gewühl der Karnevalsjecken eine breite Gasse auftat. Vom Heumarkt her näherte sich mit Pauken und Trompeten eine wunderliche Prozession.

Gret riß die Augen auf. Selbst für die tollen Tage war der Anblick, der sich ihr jetzt bot, ausgesprochen lächerlich. Die Spitze des Zuges bildete das Jecken-Bähndche, eine Art Hofnarr und Hauptfigur des Karnevals. Der Mann trug einen rot-weißen, schellenbesetzten Mantel, an dessen Saum mehrere Fuchsschwänze baumelten. Ein riesiger, buntbemalter Schild gehörte ebenso zu seiner Ausstattung wie der lange, blankgeputzte Säbel. Und er sprang in wilden Hopsern der Prozession voran, wie es alter Brauch war.

Ihm folgten die Musikanten, die sich alle Mühe gaben, mit ihren Instrumenten einen Heidenkrach zu machen. Und dahinter, geführt von ein paar maskierten Frauen, tappten fünf Blinde – sämtlich junge, kräftige Männer, die Helme, Brustpanzer und dicke Knüppel trugen.

»Was soll denn das werden?« fragte Gret den Schankwirt, bei dessen Stand sie angelangt war. »Machen die Blinden jetzt einen eigenen Bandenumzug?«

Der Wirt schob sich die rote Filzmütze schräg aufs Ohr, zwinkerte Gret zu und lachte verschmitzt. »Sag bloß, du hast keine Ahnung! Dat wird der jrößte Spaß im janzen Fastelovend!«

»Was denn? Der Blindenumzug?«

»Nä, Mädche – et Schweineschlagen!«

Gret blickte verständnislos dem sonderbaren Zug nach, der die Mitte des Alten Marktes ansteuerte. »Wie ...?«

»Siehst du den Pferch da hinten?« Der Wirt zeigte auf ein aus Bohlen gezimmertes Viereck, das zwischen der geteilten Menschenmasse sichtbar wurde und vor dem die Blinden jetzt angekommen waren. »Da mußte hinjehen, Mädche ... dann siehstet schon selbst!«

»Mach ich tatsächlich«, sagte Gret. Ihre Neugier war geweckt. Sie arbeitete sich durch das immer dichter werdende Gedränge und schaffte es, einen Platz ganz vorn am Gatter zu erobern. In dem provisorisch aufgebauten Pferch lief aufgeregt ein fettes, wohlgemästetes Schwein hin und her.

Gret begriff noch immer nicht, welcher Art der Spaß sein würde, der hier stattfinden sollte. Aber die Erklärung ließ nicht lange auf sich warten. Das Gatter wurde geöffnet; die fünf Blinden marschierten kriegsmäßig gerüstet mit ihren Knüppeln in den Pferch ein. Auf der anderen Seite, Gret gegenüber, stieß einer der Musikanten in seine Trompete, und ein rotgesichtiger, dicker Mensch stieg neben ihm auf eine Kiste. »Herrschaften«, brüllte der Dicke, »wenn das abgesprochene Signal kommt, dann dürft ihr anfangen! Schlagt euch wacker!«

Röhrendes Gelächter folgte der kurzen, zweideutigen Eröffnung dieses zweifelhaften Vergnügens. Jetzt ahnte Gret, was kommen würde. Die Trompete gellte. Und die Blinden packten ihre Knüppel und begannen, wild draufloszudreschen.

Das Schwein wurde am Rücken getroffen. Es schrie jämmerlich und suchte verzweifelt, zu entkommen. Aber in dem Hagel von Knüppelhieben hatte es kaum eine Möglichkeit, sich den Prügeln zu entziehen.

Die Blinden trafen sich auch gegenseitig, trotz der schweren Panzerung. Bald mischte sich menschliches Geschrei mit den elenden, quiekenden Schmerzenslauten des armen Tiers. Gret, die für die gepeinigte Kreatur mehr Mitleid empfand als für die Blinden, die offenbar ihre Schrammen und Beulen für den Schweinebraten gerne in Kauf nahmen, versuchte zornig, von dem widerwärtigen Schauspiel wegzukommen. Doch die Menge der Zuschauer war so dicht geworden, daß ein Rückzug unmöglich war.

Gret war gezwungen, das ekelhafte Spektakel bis zum bitteren Ende anzusehen. Vorn im Pferch prasselten die Schläge immer dichter. Einer der Blinden mußte verwundet hinausgetragen werden. Ein zweiter hatte einen gebrochenen Arm, drosch aber mit dem noch unverletzten um so wütender auf alles ein, was sich in seiner Nähe regte.

Das arme Schwein war von zahllosen blutigen Striemen übersät. Seine Schreie klangen für Gret jetzt fast wie menschliche Klagelaute. Einmal kam es ganz nah bei Gret vorbei, und sie konnte den entsetzlichen Ausdruck von Qual und Todesangst in seinen hellen kleinen Augen sehen.

Gret wurde schlecht. Sie mußte sich abwenden. Aber die lachenden, von brutaler Heiterkeit verzerrten Gesichter einiger Männer in der ersten Reihe verursachten ihr noch mehr Übelkeit. »So was sollte der Rat verbieten«, schrie sie die Kerle an, und ihre Stimme überschlug sich vor Zorn und Ekel, »wie kann man so was nur zulassen!«

»Gönnst du den armen Schweinen etwa den Braten nit?« kam die lachende Antwort. »Son Blinder soll doch auch mal wat in de Rippen kriegen!«

Gret schwieg, mundtot gemacht von dem tosenden Gelächter, das den Urheber dieses grausamen Witzes belohnte.

Es dauerte fast eine halbe Stunde, bis es endlich einem der inzwischen stark mitgenommenen Blinden durch Zufall gelang, das Schwein voll auf den Schädel zu treffen – hart genug, um es zu töten. Die Qual des unglückseligen Tieres hatte ein Ende. Wie vom Blitz getroffen sackte es in sich zusammen; sein Quieken verstummte, Blut strömte aus Schnauze und

Ohren, und es tat mit leisem Wimmern seinen letzten Atemzug.

Nun, da alles vorbei war, verlief sich die Menschenmenge genauso schnell, wie sie sich gesammelt hatte. Die fünf Blinden, die an dem Gemetzel teilgenommen hatten, bekamen ihre Brustpanzer und Helme abgenommen. Das Jecken-Bähndche zog mit seinen Musikanten davon, um neue Aufzüge anzuführen, und ein alter Bader versorgte die Verletzungen, die sich die Blinden gegenseitig beigebracht hatten, während zwei Metzgergesellen an Ort und Stelle das erschlagene Schwein zerlegten.

Gret erkannte jetzt, als die Blinden ohne ihre Rüstungen jammernd auf dem Boden lagen, daß sie Bettler sein mußten. Sie trugen erbärmliche Lumpen und hatten sich wahrscheinlich nur aus Hunger und Armut für den grausamen Spaß anwerben lassen.

Gret würgte es von neuem. Wie tief konnte die Not einen Menschen sinken lassen, und wie verachtenswürdig waren diejenigen, die solche Not ausnutzten! Unwillkürlich spuckte Gret aus. Sie warf einen letzten angewiderten Blick auf die jämmerliche Gruppe der Bettler, die gerade gierig die noch blutwarmen Fleischbrocken betasteten und sich bereits mit lautem Gekeife um die besten Stücke stritten.

Der dicke, rotgesichtige Fettwanst, der das Zeichen zum Beginn gegeben hatte, wieselte um die Blinden herum und suchte Frieden zu stiften. Wie es aussah, hatte er das Schwein gestiftet und das widerwärtige Schlachtfest arrangiert. Jetzt wollte er offenbar alles gut zu Ende bringen.

Gret spuckte noch einmal aus und steuerte Richtung Domhof. Sie würde bei den dortigen Schankwirten nach Martin und Rutger fragen. Vielleicht hatte sie diesmal mehr Glück.

Sie ging schnell. In der vergangenen Nacht hatte es getaut. Der aufgeweichte Boden war von buntem Gipskonfetti und gefärbten Erbsen übersät, und unter den Holzsohlen, die Gret zum Schutz gegen den Straßenkot unter ihre Schuhe geschnallt hatte, sammelte sich eine klebrige, vielfarbige Masse.

Gret beschleunigte ihre Schritte. So schnell sie konnte, wollte sie vom Alten Markt wegkommen. Die heitere Atmosphäre des Karnevals war ihr im Augenblick unerträglich.

Sie fühlte sich wie besudelt. Bei dem Gedanken an das Schauspiel, dem sie beigewohnt hatte, drehte sich ihr noch immer der Magen um. Und die Fröhlichkeit, die aus den Gesichtern der Menschen strahlte, fand sie jetzt befremdend.

In der Nähe des Domhofs kam ihr ein Kind entgegen, das an den Hauswänden entlangschlich. Gret blieb stehen und sah genauer hin. Es war Martin von der lahmen Agnes – sie erkannte den Elfjährigen auf den ersten Blick. Aber wie sah der Junge aus!

Martin war über und über mit Lehm verschmiert. Die armselige Kleidung, die normalerweise immer sauber und ordentlich gehalten war, hing dem Kind jetzt in Fetzen um den ausgemergelten Körper. Ein

Ärmel seiner Jacke fehlte gänzlich, und der nackte Arm schien verletzt.

Gret rannte auf den Jungen zu. »Martin«, rief sie, »Martin, warte! Herrgott, bin ich froh, daß ich dich gefunden habe!«

Der Elfjährige duckte sich. Er preßte sich mit dem Rücken an die Wand einer Schankwirtschaft, aus der Gelächter und Becherklirren auf die Straße drangen. Als Gret ihn erreicht hatte und anlächelte, wich er scheu vor ihr zurück – ganz wie ein wildes Tier.

»Aber Martin«, sagte Gret verwundert, »was ist denn mit dir los? Komm, wir gehen erst mal zu mir nach Hause, und da«, sie streckte die Hand nach ihm aus, »da seh ich mir die Schramme an.«

Martin tat einen Satz auf Gret zu. Im Sprung zog er die Lippen zurück, zeigte die Zähne und stieß ein knurrendes Fauchen aus. Gret prallte erschrocken zurück. »Was hast du denn?« brachte sie gerade noch heraus. Dann schnellte Martins Kopf vor, und der Junge grub mit einem tierischen Brüllen seine Zähne in Grets Handgelenk. Schaum zeigte sich um seinen verzerrten Mund, dann begann er zu kreischen und wild auf Gret einzuschlagen, während er immer wieder wie ein Hund nach ihr schnappte.

Einen Wimpernschlag lang war Gret völlig aus der Fassung gebracht. Dann suchte sie den um sich tretenden und beißenden Jungen festzuhalten. »Martin«, keuchte sie, »laß das! Du kennst mich doch, ich bin Gret! Komm jetzt mit mir nach Hause!«

Trotz ihrer Anstrengungen war der Junge nicht zu bändigen. Er schien vollkommen außer sich zu sein und tobte wie ein Irrer. Durch sein Geschrei, das wenig menschlich klang, wurden jetzt auch die Gäste des Lokals auf die Straße gelockt. Ein Kreis aus neugierigen Gaffern bildete sich um Gret und den Jungen, der sich nicht packen lassen wollte und sich immer rasender gebärdete.

»Helft mir doch mal!« schrie Gret den Wirt an, der ebenfalls erschienen war. »Das Kind ist ja außer Rand und Band!«

Der wohlbeleibte, gemütlich aussehende Fünfzigjährige beobachtete zuerst belustigt, dann furchtsam den tobenden, weiterhin aus dem Mund schäumenden Martin. Er hielt sich tatenlos im Hintergrund. »Der Jung sieht aus, als ob den ne dolle Hund jebisse hätt«, sagte er vorsichtig, »den müßt ihr erst mal fesseln, eh ich den anpack!«

Die übrigen Zuschauer schnauften erschrocken. »Ne dolle Hund!« hörte Gret ängstlich gehauchte Ausrufe. »Ein tollwütiger Hund hat den Jungen gebissen! Der hat auf jeden Fall die Tollwut – sieh mal, der hat Schaum vor dem Mund! Janz klar – so zerrissen, wie der is! Sein ganzer Arm ist voller Bißwunden!«

Martin sprang zurück, riß den Mund auf und stürzte sich mit heiserem Schrei auf eine Gruppe von Frauen. Die stoben auseinander und flüchteten in die Kneipe. Plötzlich hatte einer der Männer einen Lappen in der Hand, näherte sich blitzschnell dem Jungen und stopfte ihm das Tuch in den Mund, während er ihm gleichzeitig einen Arm auf den Rücken drehte. Augenblicke später war Martin überwältigt und mit einem hastig herbeigeholten Strick sicher verschnürt.

»Nach Sankt Revilien«, sagte der Mann, der Martin bezwungen hatte, »und zwar auf dem schnellsten Wege! Der Kerl ist ne Jefahr für de janze Stadt! Stellt euch vor, der beißt einen ... dann hann mer bald jede Menge Tollwütije!«

Gret war fassungslos. Sie verstand nicht, was in Martin vorging und warum er sich so aufführte. Als sie den Mund auftat, um einen Einwand vorzubringen, schnitt ihr der Wirt des Lokals das Wort ab. »Keine Frage«, sagte er, und man merkte ihm die Angst vor der tödlichen Krankheit deutlich an, »der Junge jehört nach Sankt Revilien. Da is er sicher unterjebracht und kann keinem wat tun ...«

Der Mann, der Martin gefesselt hatte, erbot sich, jetzt auch, den Transport des Jungen zu übernehmen. »Ich bring ihn hin«, sagte er nüchtern, »so wat darf nit aufjeschoben werden – dat wär viel zu jefährlich.«

»Und einer muß auf dem Rathaus Meldung machen, damit der Hundeschläger mal wieder auf Streife geht«, meinte einer der müßig dastehenden Zuschauer. »Nötig wär dat schon lange. Et laufen in letzter Zeit viel zu viele herrenlose Köter in der Gegend rum. Mit denen muß aufgeräumt werden – aber gründlich!«

Martin ließ sich sonderbarerweise ganz ruhig und ohne Widerstand abführen. Gret, die sich ausbedungen hatte, den Jungen nach Sankt Revilien zu begleiten, bekam beim Anblick Martins das Gefühl, als spiele er seinen Wahnsinn nur. Willig ging er an der Seite des Mannes, der ihn vor dem Ausschank überwältigt hatte; nur etwa alle zwanzig Schritt stieß er einen gurgelnden Laut aus und zerrte halbherzig an seinem Strick.

Sankt Revilien, das Armenhospital, in dem die Geisteskranken unter Verschluß gehalten wurden, lag nur eine kurze Wegstrecke vom Dom entfernt in der Stolkgasse. Als sie den Hof des imposanten, mehrflügeligen Gebäudes erreicht hatten, versuchte Gret noch einmal, mit dem Jungen zu reden. »Martin«, sagte sie beschwörend, »du bist doch gar nicht verrückt – ich seh es dir an! Weshalb machst du so ein Riesentheater? Was ist passiert? Mir kannst du es doch sagen, oder? Komm«, sie legte ihm die Hand auf den unverletzten Arm, »nur ein Wort der Erklärung, dann gehen wir zu deiner Mutter nach Hause. Sie macht sich so große Sorgen um dich!«

Martin blieb stehen und sah Gret an. Seine Augen waren geweitet, die Pupillen riesig und schwarz. Gret entdeckte jetzt etwas in seinem Blick, das sie aufwühlte und verstörte: Grenzenlose Furcht, rasende Verzweiflung, Hoffnungslosigkeit und tiefe, schmerzerfüllte Trauer spiegelten sich darin.

Gret räusperte sich erregt. »Lieber Himmel, Martin«, stieß sie hervor, »wir beide wissen, daß du weder verrückt noch tollwütig bist! Mir war das von Anfang an klar. Bitte, mach dem bösen Spiel ein Ende. Sag, daß alles nur Theater ist. Und dann gehst du einfach mit mir nach Hause – zu deiner Mutter!«

Sie zog dem Jungen den Lappen aus dem Mund. In diesem Augenblick begann Martin wieder zu toben. Er schnappte mit den Zähnen nach Grets Fingern, stieß ein unartikuliertes Brüllen aus, trat nach Grets Beinen. Und die ganze Zeit, während Geifer aus seinem Mund sprudelte, hielt er den entsetzten und klaren Blick fest auf Gret gerichtet.

Der Mann, der Martin am Seil hielt, schrie nach einer Pflegerin. Zwei Beginen mit flatternden weißen Flügelhauben kamen über den Hof gerannt. »Der Junge hat die Tollwut«, sagte der Mann atemlos, »er muß sofort einjesperrt werden!«

»Heilige Mutter Maria, schütze uns«, schnaufte die eine Schwester, eine rundliche, rotwangige Frau von vielleicht vierzig Jahren, »wir haben – Gott sei's gedankt – im Moment ein Tollhäuschen frei. Da können wir den armen Kerl hineinschaffen. Helft Ihr uns?«

»Ja, sicher«, sagte der Mann, »dat versteht sich doch von allein!« Er zerrte an dem Strick, und Martin tappte ein paar Schritte hinter ihm her, bevor er wieder brüllte und eine neue Probe seines Wahnsinns lieferte.

Mit vereinten Kräften zogen und schoben sie den Jungen zu einem Nebengebäude hinüber, während Gret entsetzt und verwirrt folgte.

Dieser etwas abseits stehende Teil des Hospitals war ehemals ein Beginenkonvent gewesen – Wohnstätte alleinstehender Frauen, die sich zu einer klösterlichen Lebensgemeinschaft zusammengeschlossen und der Krankenpflege gewidmet hatten. Da ihr Haus in die Jahre gekommen war und eines Tages leergestanden hatte, war es von der Stadt aufgekauft und zur Unterbringung von Geisteskranken umgebaut worden.

In einem engen Korridor reihten sich acht schmale, mit schweren Schlössern und Riegeln gesicherte Türen aneinander, die durch Nummern gekennzeichnet waren. Hinter diesen Türen verbargen sich winzige Zellen – die sogenannten Tollhäuschen, die manchmal auch Hundehäuschen genannt wurden. Gret hatte Schlimmes von diesen Zellen gehört. Sie enthielten keinerlei Bequemlichkeiten und konnten nicht einmal beheizt werden. Zweimal täglich brachte man den darin Eingeschlossenen Nahrung; alle sechs Monate kam ein Barbier, der ihnen Haare und Bart schor; und einmal im Jahr wurden die elenden Gelasse vom angesammelten Unrat gesäubert.

Die Tollhäuschen schienen tatsächlich fast alle belegt. Als Gret mit den Beginen, dem Mann aus der Kneipe und Martin durch den Korridor ging, erhob sich hinter den zugesperrten Türen ein entsetzliches Schreien, Toben und Kettenrasseln. Fäuste trommelten gegen die Wände, unflätige Schimpfworte wurden gebrüllt, hinter einer Türe fluchte jemand gotteslästerlich. Und der fürchterliche Gestank war kaum zu ertragen.

Gret erschauerte. Die ältere der beiden Beginen, die das bemerkt hatte, lächelte Gret an. »Du brauchst dich nicht zu fürchten, mein Kind«, sagte sie beruhigend, »sie können nicht heraus – sie sind alle angekettet.«

Gret nickte stumm. Ihr Grauen wuchs. »Da«, sagte die jüngere Schwester, »dieses eine Hundehäuschen ist frei – und sogar erst neulich gereinigt!«

Sie waren an der einzigen Tür angekommen, die offenstand – der Tür mit der Nummer sechs. Gret trat beiseite, während Martin in die Zelle geführt wurde, und warf vom Korridor her einen Blick hinein. Das winzige Loch – sechs Schritte lang und vier Schritte breit – wurde von einem schlitzartigen Fensterchen spärlich erhellt. Es war bis auf einen Haufen Stroh und eine Wolldecke völlig leer; in die Wand zur Linken war ein dicker eiserner Ring eingelassen, an dem eine Kette mit Fußfessel hing.

Martin wurde angeschlossen. Dann erst nahm ihm der Mann, der ihn hergeführt hatte, den Strick ab. Der Junge ließ sich die Prozedur stillschweigend gefallen; nur zweimal stieß er ein leises Zischen aus.

Gret spürte, wie sie zu zittern begann. Sie machte einen allerletzten Versuch, Martin zur Vernunft zu bringen. »Junge«, sagte sie und trat einen Schritt in das Verlies hinein, »bitte, Schluß mit der Vorstellung! Deine Mutter wartet zu Hause auf dich …«

Martin starrte Gret an, er fauchte und schnappte. Und sein Blick verriet auch diesmal, daß er keineswegs geistesgestört oder tollwütig war – nur voller Angst und Verzweiflung.

Gret kam ein verwegener Gedanke. Konnte es sein, daß Martin sich absichtlich in das Tollhäuschen einsperren lassen wollte? Denn irre konnte er nicht sein – nicht Martin, der immer die Vernunft in Person gewesen war. Aber – falls Gret mit ihrer Vermutung wirklich recht hatte – was war dann der Grund für seinen Entschluß?

Fragen über Fragen, auf die es keine Antwort gab. Gret würde nicht weiter in den Jungen dringen und ihn zur Heimkehr zu bewegen suchen. Er war ja unverletzt bis auf ein paar Rißwunden am Arm. Hier im Hospital würde er ein paar Tage unbeschadet überstehen können, wenn er es denn durchaus so wollte. Gret würde inzwischen nach seinem kleinen Bruder suchen. Wenn Rutger erst gefunden war, würde sich schon alles klären, was bis jetzt noch Rätsel aufgab.

Die Tür des Tollhäuschens Nummer sechs schloß sich. Martin blieb allein auf dem Stroh. Der Mann aus der Kneipe verabschiedete sich und kehrte zu seinen Zechkumpanen zurück, als sei nichts gewesen.

Gret machte sich, tief in Gedanken versunken, auf den Heimweg. Sie hatte das Gefühl, daß sie heute für den verstörten Martin und seinen noch vermißten Bruder nichts mehr ausrichten konnte. Also würde sie Agnes die Geschichte mitteilen, die sie erlebt hatte, und morgen ihre Suche fortsetzen. Es galt, Jan das Bettelkind, aufzustöbern.

Gerade zur Aschermittwochsmesse pflegten sich alle Waisen und Findelkinder am Fündlingstor an der Südseite des Doms einzustellen, um Gaben zu erbitten. An diesem Tag, wo alle wohlanständigen Bürger zur Beichte gingen und anschließend besonders freigebig waren, würde auch Jan die Gelegenheit wahrnehmen und seinen Anteil an den Almosen abholen – da war Gret ganz sicher. Pfiffig, wie das Bürschchen gewesen war, würde es sich einen der lohnendsten Betteltage nicht entgehen lassen.

Der Bettelfamilie, die zusammengedrängt in ihrem Quartier in der Lungengasse hockte, von den neuen Ereignissen zu berichten, forderte Grets ganze Kraft. Sie hatte heute die Unterkunft der unglücklichen Familie zum ersten Mal betreten, und beim Anblick der elenden Behausung schnürte es ihr die Kehle zu. Der Bretterverschlag, sechs Schritte im Geviert, war alt und baufällig; die breiten Ritzen zwischen den Wandbohlen waren mit Moos und Erde abgedichtet, um die bittere Kälte draußenzuhalten. Dennoch pfiff überall der Wind herein – durch die Ritze unter der Tür, durch das mit schadhaften Schlagläden verschlossene Fensterchen, durch das undichte Schindeldach. Der Fußboden bestand aus gestampftem Lehm, der jetzt im Winter feucht und glitschig war und den kleinen Raum noch ungemütlicher machte.

Die Hälfte des Bodens war mit Stroh bedeckt, auf dem die Familie schlief. An einer Wand, der Außenmauer des Hauses, an die der Schuppen angebaut war, gab es eine aus Feldsteinen aufgeschichtete Feuerstelle; drei Scheite brannten darauf. Der Rauch stieg durch ein Loch im Dach in den verhangenen Februarhimmel hinauf. Der einzige Besitz der Bettlerfamilie schien aus einem hölzernen Kübel, einem Besen, einigen Holzlöffeln und dem eisernen Kessel zu bestehen, der über dem mageren Feuerchen hing.

Die verkrüppelte Mutter und ihr drei kleinen Mädchen waren eng um das bißchen Wärme versammelt gewesen, als Gret angefangen hatte, zu erzählen. Mit großen, angstvollen Augen hatten sie ihren Worten gelauscht. Es war schwer gewesen, der armen Agnes beizubringen, daß eins ihrer Kinder noch immer nicht aufgetaucht war und daß das andere möglicherweise den Verstand verloren hatte und im Tollhäuschen saß.

Aber die lahme Agnes nahm die schlimme Nachricht mit mehr Beherrschung auf, als Gret erwartet hatte. Sie war dabei gewesen, einen Topf Hafergrütze für sich und ihre Töchter zu kochen und führte diese Arbeit jetzt wortlos, in stiller Ergebenheit und ohne Weinen und Lamentieren weiter.

Gret selbst hatte Mühe, Ruhe zu bewahren. »Eins sag ich dir, Agnes«, führte sie ihren Monolog fort,

»ich lasse nicht locker, bis ich weiß, was aus Rutger geworden ist – und bis dein Martin wieder aus Sankt Revilien entlassen wird. Er ist nicht verrückt, und die Hundswut kann er auch nicht haben, soviel ist sicher. Ich weiß genau, daß es drei Wochen dauert, bis die Krankheit ausbricht – dein Junge ist aber erst vor einem Tag gebissen worden. Wenn das überhaupt Hundebisse sind, die er am Arm hatte …«

»Ach, Gret«, seufzte Agnes, »lass' gut sein. Du hast schon soviel für uns getan. Wir stehen allzu tief in deiner Schuld.«

»Was willst du damit sagen?« Gret spürte, wie sie zornig wurde. »Agnes, du mit deiner übertriebenen Bescheidenheit! Du bist doch nicht unwichtiger als die anderen, nur weil du arm bist! Du hast ein Recht auf Hilfe, verstehst du? Und ich werde –«

»Recht …« Agnes lächelte wehmütig. »Es steht mir nicht gut an, auf Recht zu pochen, wenn Gott mich wieder prüfen will. Besser ist es, wenn ich mich in mein Schicksal ergebe.«

»Schön«, sagte Gret wütend, »dann ergib dich. Ich selbst bin mit dem Ergeben nicht so schnell bei der Hand. Und von dir bin ich enttäuscht. Du hast mit deiner Gesundheit wohl auch deinen Mut verloren.« Sie stampfte mit dem Fuß auf. »Aber es sind deine Kinder, denen es an den Kragen geht, oder? Willst du nicht wenigstens für die Kleinen kämpfen?«

Die lahme Agnes sah Gret betroffen an. In ihren Augen flackerte auf einmal ein Funke auf. Sie öffnete den Mund zu einer Erwiderung.

»Na also«, Gret nahm ihr das Wort aus dem Mund.

»Gret, ich ...«

»Ich weiß, Agnes, aber wir werden es schon schaffen. Wir lassen uns nicht kleiner machen als unbedingt nötig!«

»Aber –«

»Agnes«, sagte Gret fest, »du bist jetzt ganz unten. Tiefer kannst du nicht mehr fallen. Fragt sich, ob du an dieser Stelle den Mut hast, aus dem Tal wieder heraufzusteigen. Sicher, ich helfe dir dabei, so gut ich kann. Aber es liegt an dir, ob du –«

Diesmal unterbrach die lahme Agnes. »Mehr mußt du nicht sagen. Du hast mich daran erinnert, was meine Pflicht als Mutter ist. Und ich schäme mich dafür, daß ich bisher so schwach und feige war!« Ihre Augen hatten Glanz bekommen. »Ich schwöre dir, das wird sich ändern! Ich bin zwar nur ein Krüppel, aber ich lebe noch!«

Gret konnte nicht anders – sie nahm die Bettlerin impulsiv in die Arme. Dann verabschiedete sie sich hastig, um nicht ihre Rührung zeigen zu müssen und damit die hoffnungsvolle Stimmung wieder zu dämpfen, die sie geschaffen hatte.

Es wurde bereits dunkel; mit der sinkenden Dämmerung neigte sich der letzte Karnevalstag dem Ende zu. Noch waren die Straßen von singenden, fröhlichen Menschen bevölkert, aber in ein paar Stunden würden die bunten Masken, Lumpenkostüme, Rummelpötte und Papiergirlanden bis zum nächsten Jahr in Truhen und Winkeln verschwinden, und die Fastenzeit begann.

Während Gret schnellen Schrittes nach Hause wanderte, beneidete sie insgeheim Hans Stellmacher, der den Karneval in diesem Jahr mit unvermischter Heiterkeit hatte genießen können. Hans hatte ja von dem, was geschehen war, keine Ahnung. Seine Stimmung war sicher ungetrübt, und erst morgen, am Aschermittwoch, würde er aus allen Wolken fallen, wenn er von dem neuen Unglück der lahmen Agnes erfuhr …

Glücklicher Hans. Gret atmete tief durch, so daß es fast wie ein Seufzer klang. Sie war zu Hause und wollte eben ihren Gadem aufschließen, als jemand aus dem Schatten des Häuschens hervortrat und auf sie zukam. »Guten Abend, kleine Waldfee«, sage eine bekannt klingende Stimme.

Gret, abrupt aus ihren Gedanken gerissen, zuckte heftig zusammen. »Was zum Kuckuck machst du denn hier?« fragte sie den Kerl in Grün, der sich ihr in den Weg stellte. »Ich hatte dir doch ausdrücklich gesagt, daß ich nie wieder was mit dir zu tun haben will!«

»Ach, weißt du, Elfchen«, der lange Friedel lachte, »daran konnte ich mich doch unmöglich halten! Wir waren schließlich in ein Gespräch vertieft, das du dann einfach abgebrochen hast. Und jetzt bin ich gekommen, um es wenigstens mit Anstand zu Ende zu führen.«

»Was für ein Gespräch meinst du?«

»Na, das über Hunde! Solche wie den, der den Gürtel zurückholen sollte.« Friedel grinste. Gret konnte erkennen, daß er sich heute nicht mit

Schminke unkenntlich gemacht hatte. Er hatte sich sogar sauber rasieren lassen und wirkte herausgeputzt wie zu einem Stelldichein.

»Ich glaube, zu dem Thema ist wohl gestern schon alles gesagt worden«, sagte Gret barsch. »Deiner Meinung, die du ja deutlich ausgesprochen hast, ist kaum noch etwas hinzuzufügen.« Sie drängelte sich an Friedel vorbei und schloß ihren Gadem auf. »Geh jetzt. Ich habe keine Lust, unsere Bekanntschaft zu vertiefen.«

Der Lange hielt sie sacht am Ärmel fest. »Bitte, warte«, sagte er. Seine Stimme klang so eindringlich und bittend, daß Gret stehenblieb und ihn anschaute. »Wie hast du mich überhaupt gefunden?« wollte sie wissen.

»Gestatten – Gret, die Waldfee aus der Glockengasse«, Friedel lächelte Gret noch einmal spitzbübisch an. »Erinnerst du dich? Und da ich ein gutes Gedächtnis habe und es in der Glockengasse nur eine einzige Gret gibt, bin ich jetzt hier. Deine Nachbarn mögen dich übrigens sehr gut leiden ...«

»Sag bloß, du hast überall nach mir herumgefragt!«

»Was blieb mir denn anderes übrig?«

»Himmel!« Gret mußte lachen, trotz des Ärgers, den sie gleichzeitig verspürte. »Willst du jetzt auch noch meinen guten Ruf ruinieren?«

»Kaum«, erwiderte Friedel, »ich will nur in allen Ehren mit dir reden. Abgesehen davon, daß ich dich noch einmal wiedersehen wollte. Weil du einfach ganz reizend bist ...«

»Komplimente verfangen nicht bei mir«, gab Gret zurück, »für mich ist der Karneval vorbei. Da haben alle Faxen ein Ende – und der Ernst kehrt wieder ein.«

»Leider heiße ich Friedel und nicht Ernst«, sagte der Lange mit unbewegtem Gesicht, »aber ich möchte trotzdem bei dir einkehren, ja? Denn daß du reizend bist – das hab' ich sehr ernst gemeint.«

»Ich bin verlobt.«

»Aber nicht verheiratet.«

»Jetzt hör mal gut zu, Grünrock«, sagte Gret lächelnd, »du wolltest in allen Ehren die Unterhaltung mit mir zu Ende führen – dagegen ist nichts einzuwenden. Aber mehr kannst du nicht erwarten, verstanden?« Sie war fast besänftigt.

Friedel sah seine Chance. Er ging zum direkten Angriff über. »Dann darf ich mal kurz mit reinkommen?«

»Auf keinen Fall! Morgen nach der Messe in Sankt Columba – da könnten wir noch ein paar Worte wechseln. Natürlich nur, wenn du das Tageslicht nicht scheust.«

Der Lange schaute enttäuscht drein. Er nickte langsam. »Gut, dann warte ich vor der Kirche auf dich. Mit Aschenkreuz – und ganz ohne Unfug im Kopf.«

»Das will ich dir auch dringend raten«, verabschiedete ihn Gret. »Für heute lass' es dir gutgehen, Friedel.«

»Schön, daß du auch meinen Namen behalten

hast«, gab er erfreut zurück, »das läßt mich hoffen, daß ich dir doch nicht so schrecklich zuwider bin!«

»Bis morgen.« Gret ließ den Grünen stehen und verschwand in ihrem Gadem. Durch die geschlossene Tür hörte sie seine Abschiedsworte: »Schlaf gut, Elfchen ...«

Komischer Vogel, dachte Gret, während sie sich die Arbeitsschürze vorband, um zum letzten Mal für heute Schwein und Federvieh zu versorgen. Etwas aufdringlich, aber irgendwie sympathisch. Nur soll er sich nicht einbilden, daß er sich bei mir einschmeicheln kann – wildfremder Kerl, der er ist! Ich werd' den Teufel tun und meinem Hans untreu werden ...

Gret ging früh zur Ruhe. Und sie träumte die ganze Nacht von Hans. Nur sonderbar, daß Hans einen grünen Schatten hatte und daß in weiter Ferne immerfort Hunde bellten ... Als Gret aufwachte, hatte sie das unangenehme Gefühl, einen langen Alptraum durchgestanden zu haben. Und sie war froh, daß der heutige Tag mit einer Messe beginnen würde. Der Gottesdienst würde die Luft wieder reinigen.

Sie fühlte sich auch wirklich viel froher und leichter, nachdem sie in der Pfarrkirche Sankt Columba an der Kommunion teilgenommen hatte. Heute früh war die Messe auf Bestellung eines Herrn Isenhart van Luittgen zum Gedenken an die »Seelen der unschuldigen, ohne die heiligen Sterbesakramente Dahingegangenen« gelesen worden, was Gret verwunderte. Am Ende der Messe, als sie sich als letzte in der Reihe ihr Aschenkreuz holte und der alte Pfarrer auch zu ihr gesagt hatte: »Gedenke, Mensch – vom Staube bist du genommen, und zu Staub sollst du wieder werden«, da fragte sie einfach nach.

»Hochwürdiger Herr, die heutige Seelenmesse ...«

»Ja. Viele haben das bewundert.« Der Pfarrer erklärte von selbst. »Und es ist auch wirklich sehr nobel vom Herrn van Luittgen, gerade für diese unglücklichen, verlorenen Seelen eine Messe zu stiften. Damit wird ihnen nach der Lehre der heiligen Mutter Kirche zwar nicht die Verdammnis erspart, aber Gott ist vielleicht gnädig und hört unsere Fürbitte.«

Gret nickte. Wahrscheinlich wieder so ein reicher Mann, der sich durch ungewöhnliche Gottesfürchtigkeit den Weg in den Himmel erkaufen wollte. »Hat denn Herr Isenhart jemanden in der Familie, der ohne die Sakramente begraben worden ist?«

»Aber nein, meine Tochter! Die Seelenmesse war für andere, Unbekannte gedacht. Sehr edelmütig.« Der alte Pfarrer lächelte milde. »Gott wird es dem Herrn van Luittgen hoch anrechnen.«

Gret nickte noch einmal. Also hatte sie recht gehabt. Geld – in diesem Fall für die Messe – öffnete eben alle Türen. Auch die zum Himmel.

Sie verließ die Kirche. Der Platz vor Sankt Columba lag bereits wieder verlassen; nach den vielen Feiertagen fiel es den Leuten leicht, zum Alltag zurückzukehren – zumal hier in Köln ja auch der Alltag lebenswert war, wenigstens für die Mehrzahl der Bürger.

Gret machte sich auf den Weg zum Dom, wo die

Aschermittwochsmesse noch nicht vorüber war. Am Fündlingstor auf der Südseite würden jetzt die Blinden, die Findelkinder und Waisen das Ende des Gottesdienstes abwarten und dann ihre Almosen in Empfang nehmen. Gret hoffte, daß der kleine Jan unter den Kindern war.

Sie rannte fast, um rechtzeitig da zu sein. Es drängte sie, endlich mehr über den Mann zu erfahren, der Martin und Rutger am Montag dazu angeheuert hatte, die Kiste zu transportieren. Jan hatte zwar den Namen dieses Mannes nicht gekannt, aber er würde vielleicht eine brauchbare Beschreibung seines Äußeren geben können, wenn man ihn richtig ausfragte.

Ärgerlich, daß sie das nicht gleich getan hatte. Wie dumm von ihr. Andererseits hatte sie am Montag aber auch noch nicht gewußt, wie wichtig die Beschreibung sein würde. Gret machte längere Schritte, als ob Geschwindigkeit ihr schneller ans Ziel helfen könne.

»Hallo ...!« rief jemand hinter ihr. Gret wußte sofort, wer das war. Der lange Friedel hatte – im Gegensatz zu ihr – die Verabredung nicht vergessen. Das sprach für ihn. Gret blieb stehen und drehte sich zu ihm um. Er trug noch immer Grün; sein Anzug schien eine Art Livree zu sein.

»Du rennst ja, als ob der Leibhaftige hinter dir her sei«, neckte er sie, »dabei bin ich doch jetzt nach der Beichte rein wie ein Engelchen!« Er hatte sie eingeholt und schenkte ihr ein fröhliches Lächeln.

Gret sah sein offenes Gesicht und entschied sich

dafür, ihm zu sagen, was sie gerade vorhatte. »Ich bin auf dem Weg zu den Findelkindern. Muß den kleinen Jungen wiederfinden – den, der fast von dem wilden Hund totgebissen worden wäre, wenn du nicht eingegriffen hättest.«

»Und wieso das?« Friedel machte ein verständnisloses Gesicht. »Ich dachte, du hättest mit dem Kleinen gar nichts zu tun …«

Gret erklärte ihm den Grund. Friedels Augen wurden immer größer. »So«, sagte er, als sie fertig war, »das ist ja eine schlimme Geschichte. Aber eins hat sich wenigstens schon bei der Kletterstange am Alten Markt herausgestellt: Der Mann, der dem kleinen Jan den Gürtel geschenkt hat und der, der die beiden anderen Jungen zum Kistenschleppen eingestellt hat – das ist ein und derselbe.«

»Ja klar. Na und?«

»Er muß einen seltsamen Humor besitzen.«

Gret hatte keine Ahnung, wie Friedel so etwas behaupten konnte. »Wie kommst du darauf? Du kennst den Mann doch gar nicht.«

»Vergiß nicht, daß ich mich bestens mit Hunden auskenne.«

Nun verstand Gret überhaupt nichts mehr. »Sprichst du immer in Rätseln?«

Der Lange in Grün blieb todernst. »Denk nach«, sagte er, »was mag das wohl für ein Mensch sein, der einen großen Hund auf ein Kind hetzt?«

»Mir scheint, wir reden von zwei verschiedenen Dingen«, sagte Gret, während sie sich wieder Richtung Domhof in Bewegung setzte, »der streunende Hund gehört überhaupt nicht hierher!«

»Meinst du? Ich bin sicher, daß der Mann mit dem Gürtel der Besitzer des Hundes war.« Friedel hielt mit Gret Schritt. »Es gibt gar keine andere Möglichkeit.«

Gret winkte ab. »Das war ein streunender Köter, und ich –« Sie unterbrach sich. Sie sah wieder den Mann in schwarzem Mantel und feuerroter Maske vor sich – den Unbekannten, der nach der Episode an der Kletterstange den Hund getätschelt und ihm mit leichter Hand den Gürtel abgenommen hatte. Sie wurde sehr nachdenklich. Konnte Friedel mit seiner Behauptung doch recht haben?

Sie schilderte dem Langen ihre Beobachtung: »Und ich schätze, der Mann in Schwarz und Rot war so zwanzig, fünfundzwanzig Jahre alt«, schloß sie. Friedel nickte. »Das bestätigt meine Annahme«, sagte er, »der Kerl hat den Hund losgeschickt, um den Gürtel zu holen, den er dem Kind vorher umgeschnallt hatte – in böser Absicht.«

»Friedel«, murmelte Gret betroffen, »meinst du wirklich?«

»Aber das sagte ich doch – das Tier war ein wunderbarer, schon sehr gut ausgebildeter Mastiff! Ein wertvolles, edles Tier, das ohnehin nicht streunen würde.«

Gret räusperte sich aufgeregt. »Dann wäre jetzt nur noch der kleine Jan zu fragen, ob er den Gürtel von dem Mann mit der roten Maske bekommen hat! Und danach finde ich einfach heraus, wer in Köln

Mastiffs besitzt. Viele können es ja nicht sein, wenn die Rasse wirklich so selten ist, wie du sagst!«

»Äußerst selten«, bestätigte Friedel, »du wirst bestimmt nicht lange herumfragen müssen, bis du den Richtigen gefunden hast.«

»Und dann müßte sicher auch Auskunft zu bekommen sein, wohin die beiden Jungen von der lahmen Agnes nach Ablieferung der Kiste gegangen sind«, führte Gret den Gedanken zu Ende.

»Höchstwahrscheinlich«, sagte Friedel, »gute Idee!«

Sie waren an der Südseite des Doms angekommen und näherten sich dem Fündlingstor. Zu beiden Seiten des Nebenportals hatten sich die Bettler dicht an dicht zusammengeschart und warteten auf das Ende des Hochamts. Wie immer, wenn Gret das erbärmliche, frierende Häuflein der Findelkinder sah, das sich in den Winkel des Portals drückte, so packte sie auch jetzt wieder brennendes Mitleid mit diesen verlassenen Kleinen, die von allen Bettlern am meisten verachtet wurden. Gret selbst war ja als Säugling auf der Klosterschwelle gefunden worden und hatte ihre Eltern nie gekannt; durch eine gnädige Fügung des Schicksals war es ihr erspart geblieben, hier am Dom um Nahrung betteln zu müssen. Auch heute fühlte sie beim Anblick der Findelkinder wieder tiefe Dankbarkeit gegenüber der alten Apothekenschwester im Kloster am Blaubach, die sie wie eine Mutter aufgezogen und vor jedem Mangel behütet hatte.

Gret trat behutsam an das verlorene Grüppchen der Lumpenkinder heran; es waren mehr als zehn, die da beieinanderstanden und sich gegenseitig wärmten, aber der Junge, den Gret suchte, schien nicht dabei zu sein.

»Kann mir einer von euch sagen, wo der kleine Jan zu finden ist?« fragte Gret.

Hohläugige, eingefallene Hungergesichter starrten sie schweigend an.

»Ich müßte ihn dringend etwas fragen«, bohrte Gret weiter, »weiß denn keiner, wo er sich aufhält?«

»Vielleicht im Himmel«, sagte ein winzig kleines, in ein zerrissenes Tuch gehülltes Mädchen mit zarter Stimme. Seine Antwort klang eher wie eine Frage.

»Im Himmel ...? Wie meinst du denn das, Kleine?«

Das zwergenhafte Kindchen schwieg. Statt seiner antwortete ein magerer Junge, der hinter ihm stand: »Den Jan, den haben sie gestern am Rhein gefunden. Einer hatte ihm die Kehle durchgeschnitten.«

»Und heute, ganz früh, ist er begraben worden«, fügte ein anderer Junge nüchtern hinzu.

»Aber was sagst du denn da?« Gret preßte entsetzt die Hand auf den Mund. »Irrst du dich auch nicht?«

»Ich war selber dabei«, sagte der Junge, »hab' das Grab schaufeln helfen. Schön tief – auch wenn die Erde noch hart ist.«

»Der Jan, der kommt nicht mehr hierher«, piepste das winzige Mädchen, »nie mehr, hat der Pater gesagt. Und der Berti vielleicht auch nicht mehr ...«

»Ach der«, sagte ein Mädchen von vielleicht acht Jahren und knuffte das winzige Würmchen in die Seite, »der braucht auch nicht mehr zu kommen! Der hat gottlose Dinge getan ...«

»Ich hatte ihn gern«, murmelte die Kleine und begann still zu weinen, »er war immer nett zu mir!«

»Na ja«, sagte Friedel, der hinter Gret gestanden und der Unterhaltung mit halbem Ohr zugehört hatte, »nun werden wir zwar nicht mehr die Probe aufs Exempel machen können, aber eigentlich wissen wir ja, was wir wissen wollen.« Er zupfte Gret am Ärmel. »Gehen wir, und suchen wir uns ein gemütliches Lokal, wo wir noch ein bißchen beratschlagen können, ja?«

»Gottlose Dinge …?« Gret achtete nicht auf Friedels Einwurf und fragte bei den Kindern nach. »Was denn für gottlose Dinge?«

»Der Berti hatte schlechten Umgang«, gab das ältere Mädchen zurück, »und jetzt kommt er schon seit Wochen nicht mehr ans Fündlingstor – genau wie der Drees.« Sie machte eine abfällige Handbewegung. »Gott wird die beiden strafen … vielleicht hat er's schon getan.«

»Der Teufel holt nämlich die Übermütigen«, fügte einer der Jungen altklug hinzu.

»Immer mal wieder …«, bestätigte das achtjährige Mädchen mit Überzeugung.

»Komm doch«, drängte Friedel, »hier kann dir niemand mehr weiterhelfen.«

»Ja«, murmelte Gret, ganz verwirrt durch die sonderbaren Bemerkungen der Kinder. Sie zog ihren schmalen Geldbeutel aus der Rocktasche, nahm einige kleine Münzen heraus und bot sie den Findelkindern dar. »Teilt das Geld auf«, befahl sie ihnen, »niemand darf leer ausgehen, hört ihr?« Dann folgte sie

Friedel, der sich schon ein paar Schritte weit vom Dom entfernt hatte.

»Was nun?« fragte der Lange und schaute Gret an. »Suchen wir uns jetzt das nette Lokal und plaudern noch ein bißchen?«

»Plaudern? Danach steht mir der Sinn überhaupt nicht«, antwortete Gret mürrisch, »ich muß mir einfallen lassen, wie ich an die Mastiff-Besitzer herankomme, und bis jetzt hab' ich noch nicht die leiseste Ahnung, wie ich das anstellen soll! Schließlich bin ich bloß eine einfache Magd. Ich kann nicht so mir nichts, dir nichts bei den reichen Herrschaften anklopfen und den Hausherrn anhauen: Sagt mal, Overstolz, habt Ihr vielleicht einen Mastiff in Eurem Zwinger ...?«

Friedel lachte leise. »Die Aufgabe, die du dir gestellt hast, ist also doch nicht ganz so einfach, was? Aber eins hast du natürlich nicht berücksichtigt: mich. Ich bin Meuteführer beim Herzog von Berg, das mußt du vergessen haben. Wie wär's denn, wenn ich mich für dich bei den Herrschaften erkundige?«

Grets Miene hellte sich schlagartig auf. »Ja, kannst du denn das? Würdest du das für mich tun?«

»Ich könnte es zumindest versuchen«, sagte Friedel. »Mein Herr hat Verbindung zu jedem, der in Köln Rang und Namen hat – und ich hab' Verbindung zu den Jägermeistern und Hundeführern dieser Leute.«

Gret zupfte aufgeregt an dem dicken blauen Wolltuch, das sie zum Schutz gegen die feuchte Kälte um

Kopf und Schultern gehüllt hatte. »Und wie schnell könntest du an diese Jäger herankommen?«

»Wenn ich jetzt gleich die Runde mache, weiß ich schon heute nachmittag, welche Hunde in Kölner Zwingern gehalten werden«, erklärte Friedel, »das geht ganz fix.«

Gret schwieg einen Augenblick. Sie musterte den Langen mit dem freundlichen Wesen und den lustigen grünen Augen, die auch merkwürdig ernst blikken konnten. Und sie stellte fest, daß sie ihn heute mehr als sympathisch fand. Der Widerwillen gegen ihn war vollständig vergangen. Denn er hatte auf einem Mißverständnis beruht. Friedel, der Meuteführer, war ein netter Kerl und überaus hilfsbereit; es war ungefährlich, sich mit ihm anzufreunden.

»Paß auf«, sagte Gret, »ich muß jetzt nach Hause, weil ich viel Arbeit zu erledigen habe und nicht für's Spazierengehen bezahlt werde. Aber«, sie schenkte dem Langen ein Lächeln, »wenn du heute nachmittag mit Auskünften zu mir in die Glockengasse kommen würdest, dann könnte ich ganz bestimmt ein Plauderstündchen herausschinden.«

Friedel lächelte nicht. »Vielleicht sollten wir uns gemeinsam auf die Suche nach den verlorenen Kindern machen«, sagte er langsam, »die Sache interessiert mich mittlerweile auch – und ich könnte auf diese Weise öfter in deiner Gesellschaft sein.«

»Schön, daß du Anteil am Kummer der armen Agnes nimmst«, sagte Gret, »das spricht für dein gutes Herz.«

Friedel errötete. Die Farbe seines Gesichts biß sich

groteskerweise mit dem fuchsigen Rot seines Haars. »Keine Komplimente«, sagte er verlegen, »damit bringst du mich aus der Fassung – und das ist mir ungemütlich.«

Gret ersparte ihm weitere schmeichelhafte Worte, die ihr auf der Zunge lagen. »Gut. Bis später dann, Friedel. Ich warte auf dich!«

Er strahlte auf und errötete noch tiefer. Die Sommersprossen, mit denen seine Nase über und über besprenkelt war, verschwanden fast. »Ich komme ganz bestimmt«, verabschiedete er sich, »bis dahin sei ein braves Mädchen!«

Damit ging er schnell davon. Gret schaute dem langen Schlaks nach und kicherte über seine komische Bemerkung.

Auf dem Heimweg in die Glockengasse hoffte Gret immer noch, zu Hause vielleicht die lahme Agnes oder eine ihrer kleinen Töchter mit der guten Nachricht vorzufinden, daß Rutger wieder zurückgekehrt sei. Gret wußte zwar, daß diese Hoffnung nicht recht begründet war, denn Rutger war ja schon seit zwei Tagen verschwunden. Aber sie wollte den tröstlichen Gedanken, daß sich alles zum Guten wenden müsse, nicht aufgeben.

Vor dem Gartentor des Doctorhauses standen einige Nachbarsleute. Verwunderlich. »Was ist denn hier los?« fragte Gret, noch atemlos von ihrem schnellen Fußmarsch, die Schustersfrau, die inmitten der anderen am Zaun stand und aufgeregt in den Garten starrte.

»Da drinnen ist eins von den streunenden Hundeviechern, auf die der Hundeschläger seit heute Jagd macht«, erklärte die Schusterin erbittert. »Der Mistköter hat schon eins von Doctors Hühnern totgebissen!«

»Was?« Gret drängte sich näher an den Zaun heran und spähte in den Garten. Erst einmal konnte sie nichts Ungewöhnliches entdecken. Die winterkahlen Beete lagen öde, und nur zwei Dutzend Grünkohlstrünke hielten die Stellung auf der nackten Erde.

»Ich hab' sofort den Jungen losgeschickt«, sprudelte die Schusterin, »der Hundeschläger muß jeden Moment hier sein und erledigt den Köter!«

»Hmmm«, brummte Gret. Sie sah jetzt doch etwas. Vor dem Schuppen lagen Federn. Allerdings – von einem toten Huhn oder einem Hund war keine Spur zu sehen. »Wo ist denn das Vieh?« fragte sie die Schusterin.

»Wahrscheinlich hat es sich mit dem Huhn hinter den Schuppen verzogen«, kam die Antwort, »aber keine Angst, gleich –«

»Macht mal Platz, Leute«, sagte eine unangenehm heisere Säuferstimme hinter ihnen, »ich komm ja sonst nich ran!«

Gret drehte sich um. Der Hundeschläger, vom Rat dazu angestellt, freilaufende Hunde gegen ein Kopfgeld zu erschlagen, war ein Mann im mittleren Alter – ungepflegt, stoppelbärtig, zerlumpt und mit einem brutalen Gesicht. Er hatte eine schwere, eisenbeschlagene Keule geschultert, die er jetzt mit beiden Händen packte. »Wo?« erkundigte er sich dienstbereit.

»Da, im Garten«, sagte die Schustersfrau, »hinterm Schuppen hockt er!«

»Alles aus dem Weg!« Der Hundeschläger warf seine Keule über den Zaun und schwang sich hinüber. Er bewegte sich erstaunlich flink und kraftvoll. Gret hatte auf den ersten Blick einen starken Widerwillen gegen den schmutzigen Kerl empfunden. »Moment«, sagte sie hastig, »ich möchte dabei sein!«

Der Hundeschläger blieb stehen und zeigte ihr ein schmieriges Grinsen. »Kann ich verstehen«, sagte er, »macht richtig Spaß, so 'ner nützlichen Arbeit zuzusehen, nich'?«

Gret kletterte über den Zaun. Sie würdigte den ekelhaften Kerl, der seine blutige Aufgabe regelrecht zu lieben schien, keines Blickes und marschierte an ihm vorbei Richtung Schuppen.

Vielstimmiges Geschrei erhob sich hinter ihr. »Gret, bist du verrückt geworden? Das Vieh ist doch gefährlich! Bleib stehen – vielleicht hat es die Wasserscheu!«

Aber Gret zögerte nur einen Augenblick. Dann ging sie weiter. Die Hand des Hundeschlägers, der sie an den Schultern packte und zurückhalten wollte, schüttelte sie angewidert ab. »Ich hab' doch gesagt, ich will das Tier erst sehen«, zischte sie unwillig. »Du kannst zuschlagen, wenn ich es sage!«

»Ach so«, gab der Hundeschläger verständnislos zurück und zeigte noch einmal seine schadhaften gelben Zähne. »Aber lass' mich ran, bevor du gebissen wirst. Für deinen Schaden brauch' ich nich' zu haften!«

Gret achtete nicht auf ihn. Sie wagte einen Blick um die Ecke. Da lag wirklich ein Hund, vor sich das halb gefressene Huhn. Er hielt es zwischen den Vorderpfoten und zerrte gierig daran herum.

Gret stand ganz still. Das Tier hatte eine deutliche Ähnlichkeit mit dem Hund vom Alten Markt – auch wenn es etwas kleiner und zierlicher gebaut war. Das dunkle, faltige Gesicht, das glatte Fell in der Farbe nassen Sandes, die kurze, breite Schnauze mit dem mächtigen Gebiß – all diese Merkmale erinnerten sehr an die reißende Bestie von der Kletterstange. Dennoch wirkte dieser Hund, der in fiebriger Hast die letzten Reste des Huhns verschlang, nicht bedrohlich. Seine braunen Augen nahmen einen verlegenen, schuldbewußten Ausdruck an, als sie Gret bemerkten. Und als Gret beherzt auf das Tier zutrat, legte es die kurzen Schlappohren an und wich auf dem Bauch kriechend vor ihr zurück, während es ein leises Winseln ausstieß.

Mit gezückter Keule schob jetzt der Hundeschläger heran. »Nun hast du das Biest gesehen«, sagte er zu Gret. »Und jetzt geh' aus dem Weg, damit ich es endlich abgetan krieg'. Ich hab schließlich nicht den ganzen Tag.« Er tat einen Schritt an Gret vorbei und wartete nicht auf ihre Antwort. Noch ehe Gret es verhindern konnte, schwang er seine mörderische Waffe und schoß auf den Hund los.

Der hatte bis jetzt am Boden gekauert und Gret angesehen. Aber augenblicklich änderte sich sein

Verhalten. Er sprang auf die Läufe und sträubte das Nackenfell. Seine langen Lefzen hoben sich, entblößten prächtige, schneeweiße Fangzähne, während das Fell in seinem Gesicht sich in tiefe Falten legte und ihm einen furchterregenden, wütenden Ausdruck verlieh. Tief aus seiner Kehle kam ein trockenes, scharfes Knurren.

»Ach, so einer bist du«, stieß der Hundefänger begeistert hervor, »deine Sorte erledige ich am liebsten!«

Gret sah ein blutgieriges Funkeln in den Augen des widerwärtigen Kerls. Sie fiel ihm in den Arm, ehe seine Keule auf den Hund niedersausen konnte. »Laß sein«, befahl sie, und ihre Stimme klang schrill vor Zorn und Ekel, »ich kümmere mich selber um das Tier!«

Der Hundeschläger war überrascht. Dann grinste er. »Das will ich sehen«, spottete er hämisch, »so'n Vieh reißt dich doch in Stücke, ehe du Amen sagen kannst!« Unwillig machte er sich von Gret los und holte noch einmal mit seiner fürchterlichen Waffe aus. »Schluß jetzt mit dem Blödsinn!«

Der Hund knurrte wieder. Einen Augenblick lang war Gret ratlos. Sie wollte auf keinen Fall, daß der Hundeschläger das Tier in ihrem Garten totschlug. Aber wie konnte sie ihn daran hindern?

Die eisenbewehrte Keule nahm neuen Schwung. Gret tat einen schnellen Schritt zwischen den Hund und den widerwärtigen Kerl. Die Keule streifte im Niederzischen Grets Arm, der Hundeschläger zerbiß einen Fluch zwischen den Zähnen und ließ seine Waffe fallen. Und der Hund warf sich mit einem geschmeidigen Satz zwischen Gret und Hundeschläger.

Nun wendete sich das Blatt. Jetzt sah das Tier wirklich furchterregend aus. Sein Knurren klang scharf und gefährlich; es stand mit weit gespreizten Beinen über der Keule und duldete nicht, daß der Hundeschläger sich Gret oder der Waffe auch nur einen Schritt näherte. Als der Kerl einen vorsichtigen Versuch wagte und sich nach seiner Keule bücken wollte, duckte der Hund sich zum Sprung und verharrte regungslos in dieser Haltung, die Augen fest auf den Gegner gerichtet.

Gret hatte merkwürdigerweise immer noch keine Angst vor dem wütenden Tier. Im Gegenteil – sie fühlte sich völlig sicher in seiner Gegenwart. »Geh zurück zum Zaun«, forderte sie den Hundeschläger auf, »ich fange das arme Vieh selber ein. Und hinterher kriegst du dein … Werkzeug … zurück.«

»Ha«, spuckte der Mann verächtlich, »das glaubst du doch selber nicht! Erst sorgst du dafür, daß ich meine Arbeit nicht tun kann, und jetzt –«

Er machte einen zweiten Versuch, an seine Keule zu gelangen. Aber der Hund knurrte so gefährlich, daß er das Unterfangen abbrach und noch einmal leise fluchte. »Schön, dann eben nach deiner Methode!« Vorsichtig, Schritt für Schritt, bewegte er sich rückwärts über die Gemüsebeete zum Zaun, wo Grets Nachbarn schreckgelähmt auf das Ende des Schauspiels warteten.

Gret sprach den Hund an. »Sieh mal, was du angestellt hast!« sagte sie vorwurfsvoll und deutete auf die winzigen Reste, die von dem Huhn noch übrig waren. »Das tut ein braver Hund doch nicht!«

Das Tier wandte ihr den breiten Kopf zu. Es legte die Stirn in tiefe, sorgenvolle Falten, senkte die Lefzen über die fürchterlichen Zähne und streckte mehrmals kurz die Zunge heraus.

Gret fand das Armesündergesicht so komisch, daß sie lächeln mußte. »Jetzt komm«, sagte sie mit gespielter Strenge, »du mußt an die Leine, damit die Hühner sich nicht mehr vor dir fürchten!« Sie faßte den Hund sanft im Genick.

Wunderbarerweise ließ er sich das gefallen und ging willig an ihrer Seite zur Schuppentür. Gret öffnete den kleinen Stall, schob das Tier hinein, schloß die Tür wieder und hängte den Riegelhaken ein. Der Hund war eingesperrt und begann auf der Stelle wild zu bellen. Aber da drinnen konnte er ja keinen Schaden anrichten. Rosa, die Muttersau, würde sich schon wehren, falls der Hund ihr zu nahe rückte. Gret ging zum Zaun.

»Gret«, sagte Schusters Trin bewundernd, »für so mutig hätte ich dich aber nicht gehalten!«

»Und was soll jetzt mit dem gefährlichen Biest geschehen«, wollte der Schmied wissen, der zwei Häuser weiter wohnte.

»Ja«, fügte seine Frau betroffen hinzu, »wie kriegst du es denn jetzt wieder aus dem Schuppen raus? Du hörst ja, wie es tobt!«

»Ich hol meine Keule«, sagte der Hundeschläger eifrig, »und dann geh ich noch mal ran. Drinnen im Stall is' es leicht, da kann mir das Mistvieh wenigstens nich' ausreißen!«

Er wollte sich schon ans Werk machen. Doch Gret befahl ihm, sofort stehenzubleiben. »Du kriegst nur deine Keule zurück – und zwar von mir, verstanden?

Und dann machst du, daß du schnellstens Land gewinnst!«

Der Hundeschläger sperrte den Mund auf. »Das 's ja'n Ding ...« stotterte er aufgebracht, »und wer zahlt mir den Ausfall? Zwei Weißpfennig Kopfgeld – und das Fell hätte nochmal mindestens einen gebracht! Darauf verzichte ich nich', und wenn du dich noch so anstellst!«

Gret war plötzlich schrecklich wütend auf diesen Lumpenkerl. Sie kramte in ihrer Rocktasche nach der Börse, fischte einen Albus heraus und warf ihn dem Hundeschläger vor die Füße. »Da hast du das Geld fürs Fell«, schrie sie ihn an, »geh es versaufen! Kopfgeld kriegst du keins, weil du meinen Hund nicht totschlagen wirst. Sei froh, daß ich nicht Schmerzensgeld von dir verlange. Du hast mir nämlich auf den Arm gehauen!«

Jetzt war der Kerl sprachlos. Ohne ein Wort klaubte er die Silbermünze vom Boden auf und steckte sie ein; dann nahm er seine Keule in Empfang, die Gret inzwischen geholt hatte, und trollte sich, während er leise vor sich hin schimpfte.

Gret verschwendete keinen Blick an den abziehenden Hundeschläger. Schon sein Beruf machte den unangenehmen Menschen ja ehrlos – er stand auf der gleichen Stufe wie der Henker und der Schinder. Aber das rechtfertigte nicht seine widerwärtige Lust am Töten, fand Gret.

Sie räusperte sich. »Ihr könnt unbesorgt nach Hause gehen«, sagte sie zu ihren Nachbarn, die beunruhigt dastanden und dem Gebell des Hundes lauschten. »Das Tier ist nicht bösartig – nur hungrig und verängstigt. Bestimmt gibt es einen guten Wachhund ab, wenn man es anständig behandelt.«

»Sag bloß, du willst es behalten!« Schusters Trin riß die Augen auf.

»Warum denn nicht?« Gret fand den Gedanken gar nicht so übel. »Aber tu mir einen Gefallen, Trin, sag dem Doctor noch nichts davon. Ich weihe ihn selbst ein, sobald die Zeit reif ist.«

»Du mußt es ja wissen«, Trin nickte zögernd. Dann ließ sie das Querholz des Lattenzauns los, das sie in der Aufregung die ganze Zeit umklammert gehalten hatte, und verließ den Schauplatz des Spektakels.

Auch die anderen Nachbarsleute gingen nach Haus. »Un dat dat Jriet dat weiß«, hörte Gret den Schmied im Weggehen zu seiner Frau sagen, »da kannste aber Jift drauf nehmen! Et Jriet, dat is fast wie ne Mann –«

Gret mußte über das wunderliche Kompliment lächeln, während sie ihren Nachbarn nachschaute. Dann schüttelte sie den Kopf. »Ich hoffe doch nicht«, brummelte sie. Dann wandte sie sich um, ging zur Schuppentür und öffnete sie einen Spalt.

Der Hund hörte sofort auf zu bellen. Er kam zutraulich heran und schnüffelte. »So«, sagte Gret, »jetzt gehen wir beide zuerst mal in mein Häuschen, und du kriegst frisches Wasser. Hunger kannst du ja jetzt nicht mehr haben, alter Sünder!«

Das Tier setzte sich und machte wieder dieses sorgenvolle Gesicht.

Es hielt ganz still, als Gret einen Hanfstrick holte

und ihn um seinen Hals knotete. Und anschließend trottete es demütig mit Gret zum Gadem.

Gret wunderte sich über sich selbst. Hunde waren ihr immer gleichgültig gewesen – zumindest hatte sie nichts mit ihnen anfangen können. Sie lieferten weder Fleisch noch Eier noch Milch und hatten deshalb in ihren Augen keinen praktischen Nutzen gehabt. Doch dieser Hund, der jetzt vor ihrer Feuerstelle saß und sie mit seinen ausdrucksvollen Augen so traurig anschaute – der hatte ihr Herz im Sturm genommen. Sie wußte nicht, warum.

Das Tier war eine junge Hündin; wahrscheinlich hatte sie das zweite Lebensjahr noch nicht vollendet, denn sie wirkte mit ihren dicken Pfoten und den langen, dünnen Läufen irgendwie noch halbwüchsig – trotz der kraftvollen Muskeln. Gret entdeckte, als sie sie genauer betrachtete, daß ihr Rücken von vielen schlecht verheilten oder noch frischen Striemen und Rissen geradezu überzogen war. Sie mußte schrecklich mißhandelt worden sein – davon zeugte auch der tiefe Riß an ihrem linken Schlappohr, das blutverkrustet war.

»Und was mach ich jetzt mit dir?« Gret setzte sich dem Hund gegenüber auf ihre Truhe. »Als ob ich nicht schon genug Probleme hätte!«

Die Hündin stand auf und kam vorsichtig heran, als sei sie nicht sicher, ob sie hier noch erwünscht sei. Gret streckte die Hand aus; das Tier zog die Lefzen hoch, runzelte die Nase und zeigte die Zähne. Als Gret keine weitere Bewegung machte, schob sich die

Hündin noch näher heran, beschnüffelte Grets Hand und begann sie plötzlich leidenschaftlich zu lecken.

»Na«, sagte Gret und zog schnell die Hand zurück, »du hast aber vielleicht Manieren, alte Schlabberschnauze!« Und sie kraulte das Tier auf der faltigen Stirn, zwischen den Ohren.

Die Hündin schloß glückselig die Augen. Die letzte Fremdheit zwischen ihr und Gret schmolz dahin. Sie ließ sich sogar am wunden Rücken berühren, obwohl sie durch leise Schmerzenslaute anzeigte, daß ihr das wehtat.

Gret schnalzte mit der Zunge. »Armes Vieh«, sagte sie mitleidig, »du hattest ganz recht, wenn du durchgebrannt bist! Die sind wirklich böse mit dir umgesprungen. Aber das soll jetzt anders werden!«

Die Hündin legte in einer zärtlichen Geste des Vertrauens ihre breite, dunkle Schnauze auf Grets Knie und sah sie an. Gret mußte wieder über ihr faltiges, immer betrübt aussehendes Gesicht lächeln. »Lach doch auch mal«, sagte sie zu dem Tier, »so traurig brauchst du von heute an nicht mehr dreinzuschauen. Es wird ja alles wieder gut, Schlabberschnüß!«

Es läutete elf. »O Gott!« Gret schob energisch den Hundekopf von ihrem Schoß. »Fast Mittag, und ich hab' nur rumgetrödelt!« Sie stand auf, nahm das wollene Schultertuch ab, in das sie immer noch eingepackt war, und hängte es an den Nagel in der Tür. Dann füllte sie ihr Waschgeschirr, eine große graue Steinzeugschüssel, mit Wasser aus der Kanne und stellte sie vor dem Hund auf den Fußboden. »Da,

Schnüß«, sagte sie, »falls du durstig bist. Ich muß nun an die Arbeit. Du wartest brav, bis ich wiederkomme – verstanden?«

Der Hund schnüffelte; dann begann er gierig Wasser zu schlappen. Dabei hielt er den Blick unverwandt auf Gret gerichtet.

Gret lachte leise. »Sei eine gute Schnüß«, sagte sie und verließ ihr Häuschen. Sie schloß die Türe ab. Aber diesmal bellte der Hund nicht.

Doctor Minutus, den Gret seit dem Frühstück nicht mehr gesehen hatte, saß in der Küche am Tisch. Sein schütterer grauer Haarkranz war gesträubt, und er trug noch immer seinen mit Eichhörnchenfell gefütterten, blauseidenen Schlafrock. Offenbar hatte er heute nicht die Messe besucht, sondern seinen Kater gepflegt.

Auf dem Herd loderte ein gewaltiges Feuer. Es war so warm in der Küche wie zur Zeit der Weihnachtsbäckerei. »Alles muß man in diesem Haus selber machen«, beklagte sich der Doctor weinerlich, als Gret eintrat, »und dafür läßt einen die Magd, die man sich für teures Geld leistet, auch noch verhungern!«

»Es hat eben elf geschlagen, Doctor«, antwortete Gret trocken, »Mittag ist erst in einer Stunde.« Sie ging an den Herd und zog eins der vielen Scheite aus dem Feuer, um den Brand zu dämpfen, den der Hausherr angelegt hatte. Verschwendung, sowas!

»Was gibt's denn heute«, fragte der Doctor und hörte sich schon viel umgänglicher an.

»Fisch. Was sonst? Heute ist schließlich Aschermittwoch.«

»Bäh. Fisch –« Er fuhr sich mit allen zehn Fingern durchs Haar, in dem vergeblichen Versuch, sein Aussehen zu bessern. »Was für Fisch?«

»Hering.«

»Pfui Deibel! Du weißt doch, daß ich Hering nicht mag, Weibsbild!«

»Zarte Salzheringe, eingelegt in Sahne – mit Apfelringen und Zwiebeln.«

»Hmmm! Das ist was anderes.« Er leckte sich die Lippen. »Prachtmädel, das du bist! Könnten wir nicht jetzt schon –?«

Gret grinste. Gefräßig wie immer, der gute Doctor. Es war so leicht, ihn bei Laune zu halten. »Ich weiß nicht«, ärgerte sie ihn ein bißchen, »es wäre möglich, daß die Heringe noch genau die eine Stunde zum Durchziehen brauchen – bis sie vollkommen sind –« Ihr Grinsen wurde tiefer. Sie hatte natürlich schon vor drei Tagen die Heringe eingelegt, und eine Stunde mehr oder weniger spielte ganz bestimmt keine Rolle. Aber der Doctor wußte ja nicht, wie man solche Speisen bereitete –

»Ach, es käme auf einen Versuch an«, drängelte der alte Hagestolz, »bitte, Kindchen – ich bin ganz ausgehungert!«

»Gut«, sagte Gret und unterdrückte ein Kichern, »auf eigene Gefahr!«

Das Essen verlief wie üblich. Gret servierte die Steinzeugterrine mit den Heringen, die dazugehörigen

Brotschnitten und den Most. Dann legte der Doctor los, und sie hatte Mühe, ihren Anteil von der Mahlzeit abzubekommen. Und am Ende zog sich Theophilus Minutus in seine Gemächer zurück, nachdem er ein mageres Kompliment losgeworden war: »Nicht übel, Kindchen – deine Kocherei ist nicht übel. Wirklich.«

Gret machte sich daran, abzuwaschen, die Küche auf Glanz zu bringen, den Flur zu fegen. Doctors Bett hatte sie schon nach dem Frühstück gemacht, und Schwein und Hühner bekamen erst gegen Abend wieder Futter. Also waren jetzt nur noch die Flickarbeiten zu erledigen, die Gret seit einiger Zeit vor sich herschob. Heute mußte sie darangehen, und zwar ungestört in ihrem Gadem.

Sie holte den Flickkorb mit Garn, Nadeln und Schere, dann ging sie durch den Garten zu ihrem Häuschen. Bei der Arbeit an den schadhaften Hemden, Jacken und Strümpfen des Doctors würde sie Zeit und Muße haben, sich in Gedanken gründlicher mit den Kindern der lahmen Agnes zu befassen – mit Martin und dem noch abgängigen Rutger.

Sie schloß ihren Gadem auf. Die Hündin, die bereits »Schnüß« getauft war, kam ihr schwanzwedelnd entgegen und begrüßte sie mit einem feuchten Kuß auf die Hand. Gret tätschelte ihr den Kopf und füllte frisches Wasser in die Waschschüssel, die das Tier gänzlich leergetrunken hatte.

»Warst du auch brav?« fragte sie die Hündin und schaute sich in ihrem Häuschen um. Alles war unberührt; wahrscheinlich hatte Schnüß die ganze Zeit, während Gret fort gewesen war, geschlafen. Gret legte ein neues Scheit auf ihr Feuer, das fast ausgegangen war, zündete die Tranlampe an und setzte sich mit ihrer Flickarbeit auf die Truhe. Schnüß legte sich dicht vor ihren Füßen nieder und schaute mit seelenvollem Blick zu ihr auf, während Gret einfädelte.

Gret hatte plötzlich das Gefühl, als sei dieser große Hund mit den Sorgenfalten schon immer dagewesen. Schnüß gehörte zu ihrem Leben – kaum, daß sie darin eingetreten war. »Ich glaub', wir werden gut miteinander auskommen«, sagte sie zu dem Tier und lächelte. Der Hund streckte sich genüßlich aus, räkelte sich, gähnte, zeigte dabei das funkelnde Gebiß und rollte sich zum Schlafen zusammen.

Gret nahm eine Jacke mit einer dünnen Stelle am Ärmel und begann sie sauber auszubessern. Und dabei ließ sie sich alle Einzelheiten um das Verschwinden der Kinder noch einmal durch den Kopf gehen.

Martin und Rutger waren zur gleichen Zeit abhanden gekommen. Einen Tag darauf war Martin mit allen Anzeichen des Wahnsinns – denn an Tollwut glaubte Gret nicht – wieder aufgetaucht. Er war in Sankt Revilien eingeliefert worden.

Der kleine Jan, der den Mann hätte beschreiben können, für den Martin und Rutger vor ihrem Verschwinden gearbeitet hatten, war mit durchschnittener Kehle aufgefunden und bereits beerdigt worden. Warum er ermordet worden war, wußte niemand. Alle Versuche, die Gret angestellt hatte, um mehr Licht in das Dunkel der Ereignisse zu bringen, waren bis jetzt fehlgeschlagen. Es gab nach wie vor nicht den geringsten Hinweis, wohin Rutger gegangen und was mit Martin geschehen war. Niemand außer dem mysteriösen Herrn, der die Kiste hatte transportieren lassen, konnte möglicherweise etwas dazu sagen – aber dieser Herr würde sich vielleicht nicht finden lassen, weil Gret nicht wußte, wo sie ihn suchen sollte.

Blieb noch die Hoffnung, daß Friedel herausbrachte, wer in der Stadt Mastiffs hielt – Hunde der seltenen Rasse aus England, wie sie der geheimnisvolle Mann in Schwarz und Rot offenbar in seinem Zwinger hielt. Das konnte sie weiterbringen – vorausgesetzt, Friedel hatte recht, und der Mann war tatsächlich mit demjenigen identisch, der Martin und Rutger angeheuert hatte. Sollte Friedel aber erfolglos sein, dann konnte nur noch der Zufall den vermißten Rutger zu seiner Mutter zurückbringen. Denn Martin hatte keine Auskunft gegeben, und Gret bezweifelte, daß er in den nächsten Tagen zur Vernunft zurückkehren würde. Es war nur ein Gefühl, aber ihre Gefühle trogen sie selten.

Es klopfte leise. Schnüß, die tief geschlafen hatte, richtete sich ruckartig auf und war sofort hellwach. Ihr dunkles Gesicht, das bis jetzt ganz entspannt gewesen war, legte sich in Falten, während sie ihre braunen Augen aufmerksam zur Tür richtete.

Gret tätschelte dem Tier sacht den Kopf. Dann sagte sie: »Herein!«

Es war Friedel, angetan in Grün, wie immer. Angewurzelt blieb er auf der Schwelle stehen, als er des

Hundes ansichtig wurde, der ihn mit keinem Blick aus den Augen ließ. »Was sehe ich denn hier?« sagte er überrascht und beeindruckt. »Du hältst ja selber einen Wachhund – und was für einen!«

Gret fuhr fort, Schnüß zu kraulen. »Sie ist erst seit ein paar Stunden bei mir«, sagte sie sanft, »zugelaufen – sozusagen.«

»Was –? So ein Prachtexemplar läuft einem doch nicht einfach zu!« Friedel regte sich nicht vom Fleck, aber seine Worte klangen, als habe er eben die Hände über dem Kopf zusammengeschlagen. »Gib's zu, der Hund gehört deinem Brotherrn und ist für viel Geld als Wächter angeschafft worden.«

»Nein, nein«, sagte Gret, »wirklich nicht.«

»Erstaunlich!«

»Ja, finde ich auch. Und du kannst ruhig hereinkommen, es ist ja ein Anstandswauwau drinnen. Schnüß wird sicher gut aufpassen, daß du dich benimmst.«

Friedel grinste. Er tat vorsichtig einen Schritt in den Raum hinein. Schnüß stand auf und runzelte die Stirn noch mehr. Der Lange blieb stocksteif stehen.

»Schnüß«, sagte Gret und berührte den Hund ganz leicht am Widerrist, »setz dich. Alles in Ordnung.«

Das Tier widmete Gret einen tiefen Blick. Dann ließ es sich wieder auf dem Fußboden nieder, als habe es jedes Wort verstanden. Friedel konnte unbehelligt eintreten.

»Du kannst dich auf meinen Schemel setzen«, sagte Gret und deutete auf das einzige Sitzmöbel, das sie besaß.

Friedel folgte ihrem Vorschlag. »Also zugelaufen ist dir dieser wunderschöne Hund? Unfaßbar!«

»Ich habe sie Schnüß getauft, weil sie so eine breite Schnauze hat«, erklärte Gret. »Sie ist sehr schlecht behandelt worden und deshalb wohl ihrem Peiniger ausgekniffen. Der Hundeschläger war hinter ihr her. Aber dem hab' ich gezeigt, was 'ne Harke ist!«

»Unfaßbar«, wiederholte Friedel, »besonders auch, daß das Tier dir offenbar gehorcht!«

»Wir haben uns auf den ersten Blick gemocht.«

»Nicht zu glauben – bei einem solchen Hund!« Friedel hatte deutlich Mühe, die einfache Tatsache zu begreifen. Warum – das war Gret nicht ersichtlich. Aber es kümmerte sie auch nicht. »Jetzt zur Sache«, wechselte sie das Thema und kraulte Schnüß, die ihr wieder den Kopf auf den Schoß gelegt hatte, »bist du in unserer Angelegenheit weitergekommen?«

»In unserer Angelegenheit noch nicht«, antwortete Friedel und grinste breit, »aber was die Mastiffs betrifft, da hab' ich schon ein paar Informationen bekommen. Leider alle unbrauchbar.«

»Veräppeln solltest du mich aber nicht«, Gret drohte dem Langen scherzhaft mit dem Finger. »Sag, was hast du herausgefunden? Und wieso glaubst du, daß die Auskünfte nicht zu brauchen sind?«

»Ich hab' mit dem alten Bertram gesprochen«, sagte Friedel wieder ganz ernst, »der betreut schon seit dreißig Jahren den Zwinger von Scharffenstein und kennt sich bei den hiesigen Herren aus, die Jagdmeuten halten. Der Bertram sagt, es gäbe in Köln und in der Nachbarschaft lediglich gute deutsche Saupacker, Hetzhunde vom einheimischen Schlag, aber keine Mastiffs, von denen er wüßte.« Friedel breitete zur Bekräftigung seine langfingrigen Hände aus und legte sie flach auf die Oberschenkel. »Der Bertram ist im Bilde, kleine Waldfee«, fügte er bedauernd hinzu, »wenn der sagt, es gibt hier keine Hunde dieser seltenen Rasse, dann stimmt es. Darauf kannst du dich verlassen. Obwohl«, er warf einen nachdenklichen Blick auf Schnüß, die wie unbeteiligt an ihm vorbeischaute und ihn dennoch nicht aus den Augen ließ, »obwohl dein Findling höchstwahrscheinlich jede Menge Mastiff-Blut in sich hat – wenn er nicht sogar ganz reinrassig ist. Ich möchte fast drauf wetten –«

»In anderen Worten – es gibt doch welche in dieser Gegend«, sagte Gret, »dein alter Bertram kennt nur die Besitzer nicht.«

»Was wiederum bedeuten würde, daß die Besitzer entweder nicht in den Reihen der Edelbürger zu suchen sind oder daß sie ihre Tiere heimlich halten. Was einigermaßen unverständlich wäre –«

»Wir stehen also noch immer ganz am Anfang«, murrte Gret. Sie blies enttäuscht und ärgerlich die Backen auf. »Und jetzt?«

»Weiß ich auch nicht«, gab Friedel zurück.

Schnüß hob ruckartig den Kopf und schaute mit gerunzelter Stirn zur Tür. In diesem Augenblick klopfte jemand und trat ein, ohne eine Aufforderung abzuwarten – Hans Stellmacher. »Tag, Gretchen«, sage er, »ich dachte, ich hätte dich mit jemandem reden hören. Ist der Doctor –«

Abrupt hielt er inne. Sein Blick fiel auf Friedel, der neben seiner Angebeteten auf dem Schemel saß und verlegen lächelte.

Hans' Gesicht überzog sich langsam mit dunkler Röte, die zu seinem langen, flachsblonden Haar und den blaßblauen Augen einen merkwürdigen Kontrast bildete. »Ach, so ist das«, stammelte er, »du hast bereits Besuch _ !«

»Das ist Friedel«, sagte Gret, »er hat mir –«

»Danke, ich kann mir denken, was er dir hat!« Hans, groß und vierschrötig, wie er war, reckte sich noch mehr und schob den Unterkiefer vor. »Dann will ich nicht weiter stören, Jungfer Margarete. Wünsche noch einen schönen Nachmittag!«

Er drehte sich auf dem Absatz um und wollte wieder zur Tür hinaus. Gret sprang von ihrer Truhe auf. »Hans«, sagte sie beschwichtigend, »hör doch mal, ich kann dir erklären _ !«

»Nicht nötig«, schäumte er, »ich hab' genug gesehen! Kaum bin ich mal ein paar Tage nicht da, schon suchst du dir einen anderen! Aber ich bin nicht der Mann, der sich Hörner aufsetzen läßt – das kannst du dir merken!«

Damit stapfte er auf die Gasse hinaus. Gret folgte ihm in ein paar schnellen Schritten. »Hans«, rief sie, »bleib doch stehen! Ich möchte –«

»Kein Bedarf«, antwortete er lauter als nötig, »streng dich nicht an. Ich hab' schon verstanden.«

Gret stieg die Galle hoch. »Na gut, dann hau doch

ab! Wer bin ich denn, daß ich dir nachlaufe – ausgerechnet dir!« Sie stelzte zurück in ihren Gadem und knallte die Tür hinter sich zu. »Männer«, zischte sie wütend, »sie sind alle gleich – man sollte sie zum Teufel jagen!«

»Nun tust du uns aber Unrecht«, sagte Friedel und lächelte, um sie wieder aufzuheitern, »manche Männer sind ganz in Ordnung. Was mich selbst betrifft –«

»Du kannst auch gleich verschwinden«, fauchte Gret ihn zornig an, »ich sagte ja schon, ich hab' euch alle gefressen! Keiner von euch taugt was. Ihr seid nicht das Schwarze unterm Fingernagel wert!«

»Aber Elflein«, versuchte Friedel es noch einmal, »nun reg dich doch nicht so auf! Ich hab' dir ja gar nichts getan –«

»So? Du warst anwesend – und das hat gereicht, um mir den ganzen Nachmittag zu versauen!« Gret ballte hilflos die Fäuste.

»Morgen sieht alles ganz anders aus«, sagte Friedel nachsichtig und lächelte noch einmal. Das war zuviel für Gret. »Raus«, schrie sie ihn an, »und daß du ja nicht wiederkommst! Ich will überhaupt keinen von euch mehr sehen – ich komme sehr gut alleine zurecht!«

»Gibst du da nicht ein bißchen an?«

»Raus, raus, raus!« Grets Stimme überschlug sich. Ihr Zorn war auf dem Siedepunkt. Schnüß knurrte Friedel an.

»Wie du willst«, sagte Friedel gelassen. Ruhig erhob er sich von seinem Schemel, glättete seine Rockschöße, die etwas zerknittert waren, und ging. In der

Tür drehte er sich noch einmal um. »Ich bin im Haus zum Mohren in der Brückenstraße zu finden, falls was ist«, sagte er.

Gret nahm den Hinweis zur Kenntnis, antwortete aber nicht darauf. Als die Tür sich hinter Friedel geschlossen hatte, ließ sie sich wieder auf die Truhe sinken. Ihr Wutausbruch tat ihr bereits leid. So war das jedesmal: Ein paar unpassende Worte von den richtigen Leuten brachten sie völlig aus dem Gleichgewicht. Dann sträubte sie die Stacheln, und – peng – schon war der übelste Streit im Gange. Andererseits – wie Hans auf die Anwesenheit des fremden Mannes in ihrem Gadem reagiert hatte, das war wirklich unverzeihlich. Gret ballte noch einmal die Fäuste und biß in neuem Zorn die Zähne zusammen. Wenn er hinter jedem harmlosen Besucher gleich einen gefährlichen Rivalen vermutete oder gar annahm, daß Gret – dann –

»Verdammt«, knirschte Gret, »dafür entschuldigst du dich – oder es ist tatsächlich aus! So lasse ich mich von niemandem beleidigen, schon gar nicht von dir!« Trotz ihres gerechten Zorns liefen ihr plötzlich Tränen übers Gesicht. Mutter Imma aus dem Kloster am Blaubach hat doch recht, dachte sie. Wenn man Frieden haben will, sollte man auf die Liebe verzichten – »Ganz richtig«, brummelte sie, »Männer und Frauen sind zu verschieden. Sie passen einfach nicht zusammen.«

Und dann lachte sie leise über ihre blödsinnige Schlußfolgerung. So hatte Mutter Imma ihre Belehrung ganz bestimmt nicht gemeint. Aber friedlicher lebte es sich ohne Männer – ganz ohne Zweifel. Vielleicht lohnte sich ein Versuch.

Gret lachte noch einmal auf und ärgerte sich gleichzeitig, weil ihre Augen sich schon wieder mit Tränen füllten.

Den Rest des Aschermittwoch-Nachmittages packte Gret sich mit all den kleinen Aufgaben voll, die während der Karnevalszeit liegengeblieben waren. Sie brachte die Flickarbeit zu Ende und ging dann, nachdem Schwein und Hühner ihr Futter bekommen hatten, zurück in Doctor Minutus' Küche, um Zinn und Messing zu polieren. Sie räumte die Asche aus dem Herd, legte das Feuer neu an, wischte Staub auf dem Sims des Rauchfangs und putzte die bunt verglasten Oberlichter der Fenster an der Straßenseite des Hauses.

Dabei ärgerte sie sich wie gewöhnlich darüber, daß der Doctor seinen Geiz noch immer nicht soweit bezwungen hatte, wenigstens die Frontfenster vollständig mit Glasscheiben ausstatten zu lassen. Er konnte sich diesen teuren Luxus ja schon seit langem leisten; wie schön hell es selbst im Winter in seinen Zimmern sein würde, wenn erst die hölzernen Schlagläden verschwunden waren, das wollte und wollte der Knicker einfach nicht wahrhaben – so sehr sich Gret auch bemühte, ihm die Vorteile schmackhaft zu machen. Heute hatte er, als Gret ihn beim Fensterputzen in seinem Studierzimmer wieder drauf angesprochen hatte, nur ein unwilliges Knurren von sich gegeben und etwas von gestiegenen Preisen und mageren Honoraren gemurmelt.

Auch beim Abendessen, während er genüßlich die leckeren Buchweizenpfannkuchen verspeiste, die Gret eigens zu seiner Bestechung gebacken hatte, ging er jeder Diskussion über die Glasscheiben geschickt aus dem Weg. Vielmehr lenkte er das Gespräch auf ein Thema, das Gret absolut verhaßt war: seine persönliche Vorstellung von sparsamer Haushaltsführung.

Gret wußte: Wenn er dieses Thema anschlug, suchte er Streit. Sie hielt es deshalb für sinnvoll, die Unterhaltung an diesem Punkt abzubrechen und ihren Dienstherrn zu Bett zu schicken. Sie tat das indirekt, indem sie anfing, wild in der Küche herumzuwirtschaften. Darauf wurde es Doctor Minutus ungemütlich. Und als Grets Reisigbesen ihm allzu schwungvoll um die Beine fegte, verzog er sich schleunigst in seine Gemächer. Gret hatte für heute wieder einmal ihr Ziel nicht erreicht. Doch sie hatte wenigstens die Oberhand über ihren Arbeitgeber behalten.

Sie brachte die Küche in Ordnung, sicherte das Herdfeuer und nahm für Schnüß einen dicken Stockfisch zum Abendessen aus dem Rauchfang. Dann löschte sie die Lampe und marschierte zurück in ihren Gadem, wo der Hund treu gewacht hatte.

Schnüß begrüßte Gret mit freudigem Schwanzwedeln und machte sich alsbald dankbar über den Stockfisch her. Anschließend, nachdem Gret sich auf ihrem Strohsack schlafengelegt hatte, rollte sich das Tier vor dem kleinen Kamin zusammen und schloß ebenfalls die Augen.

Ein ungewohntes Geräusch riß Gret aus ihren Träumen. Schlaftrunken setzte sie sich auf; der Hund kratzte wild an der Tür, scharrte, sprang hin und her.

»Schnüß, was soll denn das«, murrte Gret, »sei ruhig oder du mußt raus in den kalten Schuppen!«

»Wuff«, machte der Hund und kratzte wieder an der Tür.

Es mußte noch tiefe Nacht sein. »Also wirklich, Schnüß«, wies Gret das Tier ärgerlich zurecht, »wenn du dir sowas nicht abgewöhnst, dann –«

Ein Klirren drang von draußen herein, Metall auf Metall. Schnüß knurrte und kratzte. Dann kam sie in der Dunkelheit zu Gret herüber, leckte ihr über die

Wange und rannte zurück zur Tür. Es klirrte ein zweites Mal, und ein leises Krachen folgte. »Wuff – wuff –«, machte Schnüß.

Gret stand von ihrem Nachtlager auf und horchte. Neue Geräusche drangen zu ihr herein – Knirschen, Tappen, leises Getuschel. Der Hund gab ein Grollen von sich und fuhr noch einmal mit den Krallen über die Tür. »Gut«, sagte Gret stimmlos, »sehen wir mal nach, was da draußen los ist!«

Sie warf sich ihren dicken Winterumhang über, schlüpfte in die Holzpantinen und öffnete. Schnell wie der Wind schoß Schnüß hinaus und verschwand um die Ecke des Gadems. Gret lief hinter ihr her in den Garten.

Das Küchenfenster stand offen – im Mondlicht war deutlich zu erkennen, daß es aufgebrochen worden war. In dem Augenblick, als der Hund mit langen Sätzen über die leeren Beete hinübergesprungen kam, spritzten beim Fenster mehrere kleine Schatten auseinander, überkletterten in heilloser Flucht den Zaun und tauchten Hals über Kopf in der Dunkelheit der angrenzenden Gasse unter.

Schnüß verfolgte die flüchtigen Schatten nicht. Einen Wimpernschlag lang stand sie starr wie eine Statue vor dem offenen Fenster und schien die Luft intensiv durch die Nase zu ziehen. Dann, plötzlich, zuckten ihre Ohren. Sie grollte leise, ging ein paar Schritte rückwärts und setzte wie von einem Katapult geschleudert durch das schwarz gähnende Fenster ins Haus.

Ein spitzer Schrei spaltete die Stille, untermalt von

einem scharfen, kehligen Knurren. Etwas polterte und rasselte in der Küche, dann folgte noch ein leiser Schrei, und die Geräusche verebbten. Gret packte der Schrecken. Einer der Einbrecher war offenbar noch im Haus gewesen, und Schnüß hatte ihn gestellt. Mein Gott, dachte Gret, mein Gott – hoffentlich hat der Hund ihn nicht umgebracht!

Sie hastete zum offenen Fenster und streckte den Kopf hinein. Es war schwierig, in der drinnen herrschenden Finsternis etwas zu erkennen. Undeutlich konnte Gret den großen Hund ausmachen, der breitbeinig über einer reglos am Boden liegenden schmächtigen Gestalt stand und leise, aber drohend knurrte.

Mit fliegenden Fingern band Gret die Schnur am Halsausschnitt ihres Mantels fest, damit ihr der Umhang nicht von den Schultern rutschte. Dann umklammerte sie das Fensterkreuz, stemmte sich hoch und schwang sich in die Küche.

Die Holzkohlenstückchen auf dem Herd hatten die Glut gut gehalten; Gret zündete mit einem dünnen Span die doppelschnäuzige Lampe an. Erst jetzt konnte sie genau sehen, was sich in der Küche abgespielt hatte.

Der Einbrecher war ein in erbärmliche Lumpen gekleideter Junge von zehn, elf Jahren. Er lag unverletzt, aber mit schreckgeweiteten Augen flach auf dem Rücken, scharf bewacht von Schnüß, die keine Bewegung zuließ und ihn mit leisem Knurren am Kragen gepackt hielt. Dieser Junge und seine Kumpane, die sich rechtzeitig davongemacht hatten, waren offenbar in erster Linie auf Nahrungsmittel aus gewesen. Neben dem Jungen lag ein Sack aus grobem Hanf, der mit Speckseiten, Stockfischen und Würsten gefüllt war – mit allem, was im Rauchfang gehangen hatte. Außerdem steckte noch das Brot darin, das Gret erst gestern beim Bäcker gekauft hatte, und der kleine Gauner hatte sogar die halbe Butterrolle aus dem Brotschrank nicht vergessen.

Gret tätschelte den Hund. »Paß gut auf, Schnüß«, sagte sie, »aber tu ihm nichts!« Schnüß brummte wie zur Bestätigung. Gret ließ den Blick durch den Raum wandern. Sieh da, ganz so harmlos war der Einbruch wohl doch nicht geplant gewesen! Die beiden frischgeputzten Kupferkessel, Grets ganzer Stolz, waren von ihren Wandhaken abgenommen und lagen auf dem Fußboden. Das Messingsieb, zwei kleine Stieltöpfe, die drei großen Fleischmesser – all diese Küchenutensilien hatte der jugendliche Dieb offenbar ebenfalls einsacken wollen, denn sie waren auf einem alten Stück Wolltuch ausgelegt, in dem sie wohl hatten weggeschafft werden sollen.

»Na, das ist ja allerhand«, sagte Gret zornig und warf dem am Boden zitternden Jungen einen strafenden Blick zu, »du solltest dich was schämen! Einfach in fremder Leute Häuser einzubrechen –«

Die Küchentür drehte sich knarrend in den Angeln. Mit zerrauftem Haar, eingehüllt in seinen pelzgefütterten Schlafrock, erschien Doctor Minutus auf der Szene. »Was ist denn das für ein fürchterlicher Radau«, sagte er schlaftrunken, »und was hast du mitten in der Nacht hier zu schaffen, Grundlin? Zu einer Zeit, wo anständige Christenmenschen –«

Er hielt inne und starrte mit rotgeränderten Augen verständnislos auf das, was sich ihm darbot. Dann holte er tief Luft. »Was ist das außerdem für eine grauenvolle Unordnung, Grundlin«, setzte er seine Rede fort und kam allmählich zu sich, »und der große, dreckige Köter – was macht der hier? Schmeiß sofort das Vieh raus, ich dulde kein Ungeziefer in meinem Haus!«

Er hatte ganz offensichtlich überhaupt nicht begriffen, was geschehen war. Und er machte Anstalten, sich in Rage zu reden – wie immer, wenn er etwas nicht begreifen konnte.

»Doctor«, sagte Gret energisch, »der große, dreckige Köter, wie Ihr dieses brave Tier zu nennen beliebt, hat soeben verhindert, daß Ihr ausgeraubt wurdet. Hier hat nämlich ein Einbruch stattgefunden. Wäre der Hund nicht gewesen, niemand hätte etwas davon bemerkt. Aber so ist sogar einer der Täter gefaßt worden, und –«

Doctor Minutus blickte verständnislos. Dann schnaufte er verstehend. »Ja, das sehe ich«, stieß er wutentbrannt hervor, »und ich werde dafür sorgen, daß der Kerl gehängt wird!« Er heftete seinen noch immer nicht ganz klaren Blick auf den Jungen, der nach wie vor regungslos und angstschlotternd am Boden lag und vor Schrecken mit den Augen rollte.

»Warum nicht gleich rädern oder vierteilen«, spöttelte Gret, »so ein Schwerverbrecher hat doch eine angemessene Strafe verdient, oder?«

»J— ja – ganz deiner Meinung, Grundlin!« Der Doctor hatte ihre Ironie nicht mitbekommen. »Du gehst gleich los und holst den Büttel. Und dann –«

»Doctor! Zu nachtschlafender Zeit wird kaum einer von den Gesetzeshütern zu erreichen sein. Und ich werde außerdem um keinen Preis mitten in der Nacht unbegleitet auf der dunklen Straße herumtappen!« Gret schüttelte den Kopf über die alte Schlafmütze. »Es ist ja nichts passiert! Geht nur wieder zu Bett, ich kümmere mich schon um alles Notwendige.«

»Hä —?« Doctor Minutus trat näher an den jugendlichen Einbrecher heran. »Und was wirst du mit der Bestie –«

Schnüß ließ den Jungen los, wandte dem Doctor den Kopf zu, legte die Stirn in Falten und knurrte.

»Hu!« Theophilus Minutus sprang erschrocken zurück.

»Den darfst du aber nicht anbrummen, Schnüß«, tadelte Gret den Hund und legte ihm die Hand auf den Nacken, »das ist unser Hausherr!«

Der Junge, plötzlich befreit von den furchtbaren, bedrohlichen Hundezähnen, rollte mit katzenhafter Geschmeidigkeit herum, sprang auf die Füße und wollte zum offenen Fenster. Aber Schnüß war schneller. Mit einem einzigen Satz hatte sie den kleinen Dieb eingeholt und wieder zu Boden gerissen. Und diesmal hielt sie ihn unerbittlich fest.

»Das ist ja ein erstaunliches Biest«, stotterte der Doctor, »und so erschreckend häßlich! Wo kommt es überhaupt her? Gib Auskunft, Grundlin! Nie erfahre ich, was in meinem eigenen Haus vor sich geht!«

»Ich erzähle es Euch morgen, Doctor«, besänftigte Gret ihren Brotherrn, bevor er wieder in Aufregung verfiel. »Einstweilen schlaft Euch aus. Ein Gelehrter wie Ihr braucht seine Ruhe – das wißt Ihr doch!«

»O ja, das ist wohl wahr!« Der Doctor gähnte und hatte plötzlich wieder glasige runde Augen. Er verhielt sich wie immer. »Jaja – ich ziehe mich wirklich lieber zurück. Zuviel Aufregung bekommt mir ganz und gar nicht. Denke daran, Grundlin, der Verbrecher muß dem Büttel ausgeliefert werden, sobald wie möglich, damit er an den Galgen kommt – oder aufs Rad – oder so. Gute Nacht, Grundlin –«

Er schlurfte einfach zur Küchentür hinaus, ohne noch einen Blick auf den kleinen Einbrecher zu werfen oder auf den Hund, der den Jungen am Boden festhielt. Für Doctor Minutus war die Angelegenheit erledigt; er wußte – seine Wirtschafterin würde nun alles in die Hand nehmen, was noch zu tun war.

Gret war froh, daß ihr Dienstherr das Feld geräumt hatte. Sie packte den Hausrat, den der Junge hatte stehlen wollen, schnell wieder weg und verklemmte das aufgebrochene Küchenfenster mit Holzkeilen. Dann wandte sie sich Schnüß und ihrem Gefangenen zu. »Lass' ihn los«, befahl sie dem Hund, während sie lobend seinen breiten Schädel streichelte. Schnüß gehorchte sofort. Bis jetzt hatten ihre kraftvollen Kiefer die löchrige Jacke gepackt gehalten, in der der Junge steckte. Nun löste sie ihren Griff und sah Gret erwartungsvoll an. »Paß auf«, sagte Gret. Dann musterte sie den jugendlichen Einbrecher.

Der Junge, ein klapperdürres, elend wirkendes Bürschchen mit schmierigen blonden Haarsträhnen, heftete seinen angstvollen Blick auf Gret. »Bitte«, sagte er flehentlich und mit zitternder Stimme, »lass' mich doch laufen! Bitte –«

»Laufenlassen soll ich dich?« Gret bemühte sich um einen strengen Ton. »Das fehlte noch! Damit ihr morgen anderswo einsteigen könnt – du und deine Kumpane?«

»Aber –« Der Junge wußte nicht weiter.

»Wie heißt du?« Gret zeigte keine Schwäche, obwohl das mickrige Kerlchen, je länger sie es betrachtete, in ihren Augen immer jünger und kindlicher wirkte.

»Ich – ich hab' keinen Namen – nur 'nen Spitznamen.«

»Und der wäre?«

»Kriescher –« Der Junge brach in Tränen aus.

»Aha. Ja – ich sehe, warum.« Gret spürte, wie das Mitleid mit diesem erbärmlichen Kerlchen langsam in ihr die Oberhand gewann. »Aber mach dir nichts vor«, wehrte sie sich laut gegen das Gefühl, »bei mir kommst du mit Krieschen nicht weiter – und wenn du eimerweise Tränen vergießt!«

Der Junge gab keine Antwort. Er flennte nur stumm vor sich hin.

»Hast du Hunger?« fragte Gret in sanfterem Ton.

Der Kriescher nickte im Weinen.

»Gut, dem soll abgeholfen werden.« Gret nahm

Brot und Butter noch einmal aus dem Schrank, schnitt eine dicke Scheibe ab und bestrich sie üppig. »Steh auf«, sagte sie, »wir gehen nach nebenan in meine Wohnung, und da ißt du erst einmal.«

Der Junge warf einen vorsichtigen, tränennassen Blick auf Schnüß, die ihn nach wie vor bewachte. Gret bemerkte das. »Na los«, sagte sie, »der Hund faßt nur zu, wenn du abhauen willst!«

»Ich trau mich nicht«, wisperte der Kriescher und ließ seine Tränen fließen.

»Jetzt ist aber Schluß!« Gret zog ihn mit einem energischen Ruck vom Boden hoch. »Erst in fremde Häuser einbrechen und dann feige sein, wenn man erwischt wird – das sind mir die Richtigen!«

Der Kriescher begann laut zu heulen. »Ich wollte doch nur –«, begann er mit einer fadenscheinigen Rechtfertigung.

»Was du wolltest, das kannst du mir nebenan sagen«, fuhr Gret ihn barsch an, »und jetzt reiß dich gefälligst zusammen. Es ist ja peinlich, wie du dich anstellst!«

»Aber ich – «

»Ganz recht, du bist nicht nur ein Einbrecher, sondern auch noch feige. Schäm dich!« Gret löschte die Tranlampe, schob den Jungen ohne langes Federlesen zur Gartentür hinaus, versperrte die Tür ausnahmsweise mit Doctor Minutus' Schlüssel und brachte den schluchzenden kleinen Räuber, begleitet von der aufmerksamen Schnüß, in ihren Gadem. »Da, setz dich auf den Schemel«, befahl sie dem Jungen und drückte ihm das Butterbrot in die schmuddelige Pfote, »und dann iß. Wenn du fertig bist, stehst du mir Rede und Antwort – verstanden?«

Der Kriescher vergaß für einen Augenblick das Weinen. Er brauchte keine zweite Aufforderung; in Windeseile verschlang er das Brot, wobei er sorgfältig darauf achtete, daß auch kein noch so kleiner Krümel anderswo landete als in seinem Mund. Gret zündete derweil ihre eigene Lampe an, stellte das schlichte, rundliche Utensil auf die Fensterbank und sah dem Jungen beim Kauen zu. Als der allerletzte Bissen verschwunden war, begann sie ihr Verhör: »Jetzt sag, zu wievielen seid ihr eigentlich gewesen? Und lüg mich nicht an!«

Der Kriescher warf Gret einen verschleierten, tieftraurigen Blick zu. »Wir sind sechs, alle zusammen«, murmelte er unterwürfig, »wir waren so hungrig – und da dachten wir –«

»Zu essen gibt's im Heilig-Geist-Spital«, unterbrach Gret knapp, »Nahrung braucht man nicht zu stehlen. Und falls du es vergessen hast: Du wolltest auch Sachen mitgehen lassen, die man nicht essen kann!«

»Aber die erwachsenen Bettler schieben uns Kinder immer weg«, sagte der Kriescher weinerlich, »meistens kriegen wir von der Suppe nichts ab – wir sind zu klein und zu schwach, um uns vorzudrängen.«

Das klang plausibel. Obwohl – »Stehlen tut ein anständiger Mensch nicht«, erwiderte Gret, »außerdem hättet ihr ja auch an den Türen um Essen bitten können, anstatt einfach zu klauen!«

Der Kriescher machte ein zerknirschtes Gesicht. »Es tut mir leid – wirklich _ ich schäme mich so. Eigentlich wollte ich den Raubzug gar nicht mitmachen, aber der Erbsenzähler hat gesagt –«

»Der Erbsenzähler? Wer ist das?«

»Einer aus unserer Bande. Der Hauptmann.«

»Und wie heißen die anderen?«

Der Junge biß sich demonstrativ auf die Lippen. »Das kann ich nicht sagen. Ich verrate meine Kameraden nicht.«

»Das ehrt dich«, sagte Gret. »Trotzdem will ich die Namen wissen. Übrigens – du brauchst keine Angst zu haben. Was der Doctor vorhin über das Ausliefern an den Büttel gesagt hat, das ist natürlich Unsinn. Ich möchte dir und den anderen lieber eine Möglichkeit bieten, alles wieder gutzumachen. Was hältst du davon?«

Der Kriescher nickte eifrig. »O ja, das würde ich gerne, wenn ich darf _«

Gret wollte noch einmal nach den Namen der anderen Bandenmitglieder fragen, aber plötzlich kam ihr ein Gedanke, und sie besann sich anders. »Kennst du eigentlich den kleinen Jan, der vorgestern ermordet worden ist?« forschte sie.

Der Blick des Krieschers bekam etwas Unstetes, Lauerndes. »Den Jan _?«

»Ja. Ich sehe dir an, daß du ihn gekannt hast.« Gret hatte das flüchtige Aufblitzen in den Augen des Jungen bemerkt. »Vielleicht kannst du mir etwas über ihn erzählen – wie er war und mit welchen Leuten er umging.«

Der Kriescher stotterte aufgeregt. »Ich – ich weiß nichts über den – wirklich nicht. Nur – nur daß ihn einer abgestochen hat – wie 'n Schwein –«

»Na gut. Aber vielleicht hat ein anderer von deinen Kameraden mehr Ahnung. Was meinst du?«

»Hmmm«, der Kriescher räusperte sich erleichtert und sah Gret mit seinen feuchten Augen an. Er wirkte auf einmal seltsam erwachsen. »Es könnte sein, daß der Hasenköttel oder der welsche Jakob mehr wissen«, sagte er langsam, als ob er beim Sprechen denke, »die waren hin und wieder mit ihm zusammen, bevor sie in die Bande kamen –«

»Dann will ich, daß du mir einen oder alle beide herschickst«, sagte Gret und richtete sich auf, »sobald es hell ist, sollen sie zur Stelle sein.«

»Die kommen doch nie«, gab der Kriescher bedrückt zur Antwort, »die sind hartgesotten. Haben schon zuviel auf dem Kerbholz. Du könntest sie ja einlochen lassen –«

Gret dachte einen Augenblick nach. Sollten der Hasenköttel und der welsche Jakob etwa die schlechte Gesellschaft gewesen sein, in die Jan und ein gewisser Berti geraten waren? »Kriescher«, sagte sie ernst zu dem Jungen, »sorg trotzdem dafür, daß die beiden hier erscheinen.« Sie sah den erbärmlichen kleinen Kerl eindringlich an. »Du kannst ihnen versichern, daß ihnen nichts passieren wird, wenn sie mir Auskunft geben – im Gegenteil. Ich biete ihnen dann sogar noch ein stattliches Almosen. Andererseits«, sie verlieh ihrer Forderung mit einer kleinen Erpressung mehr Nachdruck, »sollten sie nicht kommen, dann finde ich sie trotzdem – egal, wo sie sich verstecken. Mein Hund hat Witterung von ihnen aufgenommen. Und glaub mir, er hat eine sehr feine Nase. Was, Schnüß?«

Sie tätschelte den Hund. »Wuff«, machte Schnüß.

Der Blick des Krieschers irrte zu der Hündin hinüber, die mit gerunzelter Stirn neben Gret saß und ihn beobachtete. »Ja ...«, murmelte er zögernd.

»Also, du wirst dein Bestes tun?« Gret legte alle Dringlichkeit, derer ihr Anliegen bedurfte, in ihre Stimme.

Der Junge zeigte wieder diesen erwachsenen Gesichtsausdruck. »Hmm. Vielleicht schaff' ich es, auch den Erbsenzähler hierher zu schicken«, sagte er nachdenklich, »der kannte den kleinen Jan auf jeden Fall ...« Und mit einem weiteren vorsichtigen Seitenblick auf Schnüß fügte er hinzu: »'ne Wahl hab' ich ja wohl nicht, oder?«

»Nein«, sagte Gret nüchtern, »aber sieh es doch mal so an: Ich hätte ja tatsächlich den Büttel holen können. Und was wäre dann gewesen?«

Der Kriescher bekam wieder feuchte Augen. »Ich bin dir sehr dankbar«, schluchzte er, »dann kann ich jetzt gehen – einfach so?«

»Ja. Aber tu, um was ich dich gebeten habe – denk an den Hund! Deinen Geruch wird er ebenfalls überall wiedererkennen.« Gret hatte keine Ahnung, ob das, was sie da behauptete, auch stimmte. Aber das kleine Elendskerlchen glaubte offenbar jedes Wort – und darauf kam es an.

Der Kriescher stand vorsichtig vom Schemel auf

und drückte sich zur Tür. Sofort erhob sich auch Schnüß und knurrte. Gret hielt sie fest und streichelte ihr beruhigend über den Nacken. Einen Augenblick später war der jugendliche Einbrecher hinausgeschlüpft und verschwand in der Dunkelheit der Nacht.

Gret ging wieder zu Bett und versuchte einzuschlafen. Das war schwieriger, als sie dachte, denn ihre Gedanken kreisten ununterbrochen um den vereitelten Einbruch und um den Jungen, der dabei gefaßt worden war. Gret hatte das Gefühl, als ob der kleine Dieb sie bei der Suche nach dem vermißten Rutger weiterbringen konnte, und sie wußte aus Erfahrung, daß auf ihre Gefühle Verlaß war.

Der Kriescher war möglicherweise in der Lage, ihr wertvolle Hinweise zu geben – immer vorausgesetzt, daß er wiederkam oder seine Kameraden zu ihr schickte. Aber vielleicht kam er nicht wieder. Vielleicht war es dumm gewesen, ihn einfach laufenzulassen. Vielleicht hätte sie ihn erst noch ein bißchen in die Mangel nehmen müssen –

Gret ärgerte sich nun darüber, daß sie den Kriescher nicht gründlicher ausgefragt hatte – nach seinem Aufenthalt beispielsweise und wo er und seine Kameraden gewöhnlich übernachteten. Sie hätte sich besser über die Reviere erkundigen sollen, wo die Jungen sich tagsüber herumtrieben, und so weiter. Jetzt konnte sie nur noch hoffen, daß ihre Drohung mit dem Hund angemessen gewirkt hatte und daß der Kriescher genügend eingeschüchtert war, um ihrer Forderung nachzukommen.

Gret verbrachte den Rest der Nacht, ohne richtig zum Schlafen zu kommen. Gegen Morgen klopfte es zaghaft an ihrer Tür. Sie war sofort wach – genau wie Schnüß, die gleich stramm ihren Posten bezog und Nase, Augen und Ohren auf den Eingang richtete.

»Wer ist da?« fragte Gret.

Zuerst kam keine Antwort. Gret hörte nur leises Getuschel. Sie fragte noch einmal. »Der Jakob«, sagte eine leicht fremdartig gefärbte Kinderstimme. Sie klang ängstlich und scheu. Gret stand auf, fröstelte. Ihr Feuer war über Nacht ausgegangen. Sie warf sich ihr dickes, langes Wolltuch um die Schultern. Dann öffnete sie.

Draußen stand nicht nur Jakob; drei kleine graue Gestalten warteten vor der Tür – Jungen im Alter zwischen sechs und zehn Jahren, mager, schmutzig, mit struppigen Haaren und eingefallenen Gesichtern.

»Kommt rein«, forderte Gret die Kinder auf.

»Aber der 'und –« murmelte der Junge mit dem fremdländischen Akzent, der bereits seinen Namen genannt hatte. Er war der kleinste von allen, ein dunkelhaariges Bürschchen mit blanken schwarzen Knopfaugen, die angstvoll hin- und herrollten.

»Der Hund tut euch nichts, solange ihr brav seid«, beruhigte Gret, »rein mit euch! Ich hab' euch viel zu fragen.«

Die Kinder betraten schüchtern den Gadem. Sie gingen geduckt, als hätten sie sich in ihrem kurzen

Leben noch niemals aufrecht der Welt gezeigt. In dem kleinen Wohnraum blieben sie mit hochgezogenen Schultern und hängenden Köpfen stehen und wagten es nicht, Gret in die Augen zu schauen.

»Sucht euch einen Platz und setzt euch«, forderte Gret sie auf. Die drei Jungen warfen unsichere Blicke um sich und ließen sich dann auf dem Fußboden nieder. »Der Kriescher 'at gesagt, du läßt der Büttel aus dem Spiel«, murmelte der Jakob, der offenbar für alle sprach, »ist das wirklisch wahr?«

Gret nickte bestätigend. »Ja, falls ihr mir etwas versprecht.«

»Was?« wollte der Jakob wissen. Er heftete seinen dunklen Blick auf Gret. Wie er so am Boden kauerte, hatte er Ähnlichkeit mit einer Maus in der Falle.

»Nun, ihr müßt mir ehrlich alle Fragen beantworten«, erklärte Gret, »und bitte, keine Lügen und Ausflüchte. Sonst kann ich mein Versprechen natürlich nicht halten.«

Die drei nickten mechanisch wie die Figuren eines Puppenspielers. »Was sollen wir dir sagen?« fragte Jakob.

»Zuerst eure Namen – damit ich weiß, mit wem ich es zu tun habe«, verlangte Gret. »Der Jakob, das bist du«, sie nickte dem Jungen mit dem Akzent zu, »der welsche Jakob, nehme ich an. Und ihr beiden, wie heißt ihr?«

»Drees«, antwortete der Junge mit den verklebten braunen Haaren. Er sah besonders elend aus. »Jeorsch«, sagte der Größte der Kinder, den Gret auch für den ältesten hielt. »Drees ist der Erbsenzähler«, fügte der welsche Jakob hinzu, »weil er immer die Alimentation für uns aufteilt.«

»So«, sagte Gret. Ihr fiel ein, daß der Name Drees bei dem Gespräch am Fündlingstor von den dort bettelnden Findelkindern erwähnt worden war. »Drees«, sie schaute das kränklich aussehende Kerlchen an, »kennst du den kleinen Jan – oder einen Berti?«

»Ja – aber die beiden gehören nicht zu uns«, kam zögernd und vorsichtig die Antwort.

»Du weißt, daß der Jan tot ist?«

Drees nickte. Sein spitzes, ausgemergeltes Gesicht wirkte plötzlich noch fahler und eingefallener.

»Woher weißt du denn überhaupt, wer die beiden sind, wenn sie nicht in eurer Bande mitgemacht haben?« forschte Gret.

»Noch von früher – vom Arbeiten«, sagte Drees trübselig, »ich und der Berti und der Martin – wir haben manchmal zusammen –«

»Was für Arbeiten?« Gret stutzte. »Und was für ein Martin?«

Drees schwieg. »Den Berti und den Martin, die kenn' ich auch«, warf Jeorsch statt dessen ein, »von neulich, als wir in der Gans ausgeholfen haben –«

»Was für ein Martin?« wiederholte Gret ungeduldig ihre Frage.

»Den Martin von der lahmen Agnes«, sagte Jeorsch. »Das is' 'n echter Freund. Nur Schneid hat er nicht –«

»Wie meinst du das?« Gret klopfte das Herz plötzlich bis zum Hals – sie wußte nicht, warum.

»Na, der wollte nie in Häuser einsteigen«, gab

Jeorsch nüchtern Auskunft, »deshalb konnte er ja auch nicht in die Bande aufgenommen werden.«

Drees schrumpfte in sich zusammen. »Das stimmt nicht, daß der Martin keinen Schneid hat«, widersprach er schüchtern, »der wollte nur nicht klauen – so wie wir. Der Berti ja auch nicht –«

»Sag mir«, bohrte Gret, »habt ihr zusammen Kisten getragen – der Martin, der Berti und du?«

»Kisten? Nein.« Drees machte verwunderte Augen. »Wir haben Becher gespült und saubergemacht – in der Gans.«

»Wann zum letzten Mal?«

»Weiß ich noch ganz genau«, sagte Drees, »am Samstag vor Karneval – da war auch der Rutger dabei.«

Gret stand von ihrer Truhe auf, wo sie bis jetzt gesessen hatte. »Die Gans«, fragte sie nach, »das ist doch eine Wirtschaft, oder? Könnt ihr mir sagen, wo ich die finde?«

Alle drei kleinen Gauner nickten gleichzeitig. »Aber das is' kein Lokal für Frauen wie dich«, wandte Drees ein. Jeorsch brummte zur Bekräftigung.

»Für uns Kinder eigentlisch auch nischt«, sagte der welsche Jakob. Er flüsterte fast.

»Wieso«, fragte Gret, »ist die Arbeit so schwer?«

»Nein, das nischt«, gab der welsche Jakob tonlos zurück, »aber ein paar von uns, die da mitgemacht 'aben – die sind nischt mehr wiedergekommen.«

Drees, der Erbsenzähler, nickte. »Deshalb geh ich lieber einbrechen. Da weiß man, was man hat.«

Gret überhörte die Bemerkung; sie warf Drees einen mißbilligenden Blick zu, den der Junge richtig deutete. Er schlug die Augen nieder. »Obwohl Stehlen genau so 'ne Schande is' wie Betteln«, setzte er tonlos hinzu, »aber von irgendwas muß man ja leben –«

»Was meist du mit ›nicht wiedergekommen‹«, richtete Gret ihre Frage an den welschen Jakob, »sind die Jungen vielleicht bei einem anderen Dienstherrn eingetreten?«

Das mickrige Kerlchen mit den schwarzen Mäuseaugen schüttelte den Kopf. »Das 'ätten wir andern gewußt«, sagte es und senkte die Stimme noch mehr, so daß Gret seine Worte kaum verstehen konnte, »non – die waren eines Tages einfach weg. Keiner weiß, wo'in sie gegangen sind.«

»Vielleicht hat sie der Teufel geholt«, flüsterte der Erbsenzähler. Jeorsch nickte betreten.

Diesen Satz hatte Gret schon einmal gehört. »Der Teufel? Wie kommt ihr denn darauf?«

»Der Berti hat mir gesagt, es is' manchmal einer in der Gans, der –«

»Schscht –!« zischte der welsche Jakob dem Erbsenzähler in die Rede. »Du weißt doch!«

Jeorsch preßte erschrocken die Hand auf den Mund. Drees, der Erbsenzähler, brach seine Erklärung ab und sprach den angefangenen Satz nicht zu Ende. Aller drei wirkten auf einmal völlig verängstigt.

»Was habt ihr denn?« Das sonderbare Benehmen der drei kleinen Gauner verwunderte Gret. »Was ist das für einer, der manchmal in die Gans kommt?«

»Wir sollten nischt drüber reden«, sagte Jakob langsam. Es hörte sich an, als klapperten ihm die Zähne.

»Und warum nicht?«

»Das bringt bestimmt Unglück«, sagte Jeorsch tonlos.

»Unglück – wieso?«

»Weil – weil –« Der Erbsenzähler konnte nicht weitersprechen.

»Weil der Mann vielleischt le Diable ist – der Teufel«, flüsterte der welsche Jakob; seine Mäuseaugen weiteten sich in abergläubischem Grauen. »Immer, wenn er da war, 'at der Berti gesagt, dann –«

»Was dann?«

»Dann ist einer von uns verschwunden –«, hauchte Jakob.

»Und nie wiedergekommen«, führte Drees, der Erbsenzähler, den Satz zu Ende.

Grets Gedanken begannen zu wirbeln. »Wo ist denn der Berti zu finden? Könnt ihr ihn nicht mal herholen, damit ich auch mit ihm reden kann?«

»Aber der Berti, der is' ja gar nich' mehr bei uns«, erwiderte Jeorsch.

»Der ist schon seit zwei Wochen weg«, vervollständigte der welsche Jakob. Drees, der Erbsenzähler, bestätigte. »Ich hab' den Berti seit mehr als zwei Wochen nicht mehr gesehen. Seit einer Woche ist auch der Thiel weg – und der Simon vom Mühlengraben.«

Gret schwieg. Sie begann, in ihrem Häuschen auf und abzugehen, während sie angestrengt nachdachte. Schnüß war aufgestanden und lief neben ihr, immer hin und her, als habe sich ihr Grets Aufregung mitgeteilt.

In der letzten Zeit waren also noch andere Kinder verschwunden – mehrere Jungen aus den Reihen dieser kleinen Bettler und Gauner. War es Zufall, daß Rutger gerade jetzt unauffindbar verlorengegangen war, oder gab es da einen Zusammenhang? Es mußte einen geben – zumal die beiden Jungen der lahmen Agnes anscheinend in eben dem Lokal verkehrt hatten, in dem die Spur der Gossenkinder sich verloren hatte –

Gret blieb stehen und tätschelte den Kopf des Hundes, der sich hart an ihre Seite gedrängt hatte. Falls ihre Überlegungen stimmten, dann war das Wirtshaus Zur Gans der Ort, wo sie suchen mußte, um vielleicht Rutgers Spur wiederzufinden. »Gut«, murmelte sie und wandte sich den drei Bürschchen zu, die wie frierende Spatzen dicht nebeneinander auf dem Fußboden hockten, »wenn der Berti nicht mehr zur Verfügung steht, wer von euch kann mich dann zu dem Gasthaus führen?«

Einhelliges Schweigen war die Antwort. Nach einer langen Pause sagte der welsche Jakob zögernd: »Es ist leicht zu finden – da braucht keiner von uns mitzugehen –«

Sie schienen Angst davor zu haben, die Wirtschaft noch einmal zu betreten – das sah man ihren blassen Gesichtern deutlich an. »Könnte mich dann vielleicht der Kriescher begleiten, oder ein anderer aus eurer Bande?« fragte Gret.

Wieder entstand eine Pause. Dann sagte Jeorsch in

die Stille hinein: »Der Kriescher, der würde sich trauen. Der kennt auch den Wirt viel besser als wir. Aber der hat bestimmt keine Zeit –«

»Warum nicht?«

»Weil er – weil er –« Drees kam ins Stottern und wußte nicht weiter.

»Schön«, sagte Gret ungeduldig und wartete die wahrscheinlich unhaltbare Erklärung nicht ab, »dann sagt mir eben, wie ich hinkomme!«

So wenig die drei kleinen Gauner bereit gewesen waren, Gret persönlich zum Wirtshaus Zur Gans zu begleiten, so bereitwillig beschrieben sie ihr den Weg dorthin. Gret merkte sich genau, was die Gossenkinder ihr erklärten und entließ sie anschließend mit einem dicken Almosen, wie sie es versprochen hatte. »Aber keine Einbrüche mehr«, ermahnte sie die drei, »kommt wieder zu mir, wenn das Geld alle ist. Ich will sehen, ob ich euch nicht weiterhelfen kann. Vielleicht bringt ihr das nächste Mal auch den Kriescher und die anderen mit, ja?«

Der welsche Jakob, Drees, der Erbsenzähler, und Jeorsch sahen Gret mit großen Augen an. Sie sagten nichts zu ihrem Vorschlag; vielleicht waren sie zu verwundert darüber, daß ihnen jemand Hilfe anbot – einfach so –

Sie gingen mit gesenkten Köpfen. Freude über die vier Albus, die Gret ihnen in die Hand gedrückt hatte, zeigten sie nicht.

Gret konnte sich auf all das keinen Reim machen. Nach kurzem Grübeln schob sie ihre Verwirrung über das sonderbare Verhalten der Straßenkinder beiseite. Sie hatte Informationen bekommen, die vielleicht sehr wertvoll waren und zu dem vermißten Rutger führten. Diesen Hinweisen war nachzugehen – alles andere konnte warten.

Beim Frühstück verkündete Doctor Minutus, daß er an diesem Morgen einen Krankenbesuch zu machen gedenke. Gret wußte genau, was das bedeutete. Sie würde ihn begleiten müssen, um für ihn die ärztliche Handarbeit zu erledigen, denn die halste ihr der Doctor schon seit Jahren auf, um Zeit für leichte Konversation mit seinen vornehmen Patienten zu haben. Während Gret die kleinen Eingriffe vornahm, etwa Schröpfköpfe setzte, zur Ader ließ oder Verbände wechselte, pflegte der gelehrte Herr seinen Kunden, wie Gret die Patienten insgeheim nannte, mit vielen geschraubten Worten die Geheimnisse der Medizin noch unverständlicher zu machen, als sie es ohnehin schon waren.

Auch die heutige Visite verlief wie gewohnt. Die Patientin, eine reiche, ältliche und unverheiratete Dame aus guter Familie, gehörte zu den besten »Kundinnen« des Doctors. Sie litt unter Geschwüren an beiden Schienbeinen, was Gret auf ihre üppige Ernährung und die damit verbundene Fettleibigkeit und Trägheit zurückführte. Der Doctor dagegen hielt die Geschwüre für Folgeerscheinungen von unreinem Blut und ließ die gute Frau deshalb alle naslang zur Ader – was wegen ihrer Kurzatmigkeit und ihres roten Gesichtes auch nicht schaden konnte, meinte Gret. Wenigstens war es bei so vielen Aderlässen unmöglich, daß Mathilde Opdemhoff der Schlag traf – auch wenn ihr die Unterschenkelgeschwüre erhalten blieben.

»Hach, Doctor«, sagte die Patientin gerade, während Gret ihr den Unterarm abband, um den künstlich herbeigeführten Blutfluß wieder zum Stillstand zu bringen, »Doctor, Ihr habt die leichteste Hand von allen Medici, die ich kenne. Und glaubt mir, ich kenne viele! Seid Ihr beim schwachen Geschlecht immer so zartfühlend?«

Gret verbiß sich ein belustigtes Kichern. »Gnädiges Fräulein Mathilde«, säuselte Theophilus Minutus, »es ist mir ein inneres Bedürfnis, sanft zu Frauen zu sein – denn sie sind von empfindsamerer Constitutio als wir Männer, die wir das stärkere Geschlecht genannt werden.«

»O ja«, hauchte die dicke Mathilde Opdemhoff, »stark sollte ein Mann auch sein, so stark wie Ihr, und doch so sanft –« Sie seufzte theatralisch und hob mit dramatischer Geste eine ihrer Patschhände. »Doctor – was für ein glückseliges Wesen muß die Frau sein, die Ihr einmal heimführt!«

Gret grinste. Mathilde tat schon seit Jahren ihr möglichstes, um den Doctor zu einem Antrag zu bewegen, aber Theophilus Minutus ging ihren Fallen mit bemerkenswerter Geschicklichkeit aus dem Weg – ob aus Dickfelligkeit oder aus Schüchternheit, das wußte Gret nicht. Abneigung gegen die überspannte Dicke schien es jedenfalls nicht zu sein.

»Gnädiges Fräulein Mathilde«, antwortete der Doctor jetzt, »ich habe mich der Wissenschaft verschrieben. Wie sollte da genügend Zeit für eine einzige Frau übrig sein? Meine zärtliche Fürsorge muß den Leiden der gesamten Menschheit gelten.«

»O Doctor!« Mathilde Opdemhoff legte sich heute wieder kräftig ins Zeug. »Ich verstehe Euch ja so gut! Es ist eine Gnade, euch mit der leidenden Christenheit teilen zu dürfen. Und ich würde Euch gern teilen, wenn Ihr –«

Er fiel ihr in die Rede – wie immer an diesem heiklen Punkt des Gesprächs. »Verehrtes Fräulein Mathilde, nun soll Euch noch ein milder Verband angelegt werden – von meiner Hand, wie Ihr es liebt. Grundlin, ans Werk!«

Gret hatte wieder alle Mühe, ernst zu bleiben. Sie biß sich auf die Lippen, während sie – die sanfte Hand des Doctors – der dicken Mathilde die Bandage wickelte. Währenddessen lenkte Theophilus Minutus die brenzlige Unterhaltung auf ein harmloseres Thema. Und als er von Mathilde Opdemhoff sein saftiges Honorar erhalten hatte, schützte er anstehende dringende Geschäfte vor und verabschiedete sich fluchtartig wie immer.

Mit Gret, die seinen kleinen Koffer mit den Instrumenten trug, verließ er eilig das noble, teuer ausgestattete Haus in der Straße Unter Goldschmieden.

Er atmete unwillkürlich auf, als er außerhalb Mathildes Reichweite war. »Ich weiß nicht«, murmelte er in den Bart, »immer habe ich das Gefühl, als könne mir diese Frau sehr gefährlich werden. Dabei ist sie so – so –«

Er brach den Satz ab. Gret kicherte. »Nur Mut, Doctor!«

»Mut wozu? Mut habe ich reichlich.«

»So? Warum dann diese unziemliche Eile, mit der Ihr regelmäßig vor Mathilde davonlauft?«

»Ach, das ist ja Unsinn!« Der Doctor lief dunkelrot an wie ein junger Studiosus.

»Na, ich hatte jedenfalls bisher immer den Eindruck, daß Ihr –«

Er ließ sie nicht zu Ende sprechen. »Schluß jetzt mit dem dummen Gefasel! Mathilde Opdemhoff ist eine Patientin wie jede andere! Ich dulde nicht, daß du über sie herziehst, Grundlin!«

Gret prustete. Sie unterdrückte mühsam das laute Lachen, das aus ihr herauswollte. »Gut, Doctor«, sagte sie so ernst wie möglich, »lassen wir das, und gehen wir an die unaufschiebbaren Tätigkeiten, die auf uns warten.«

»Sehr richtig. Ich habe zwei Schriften zu studieren, also stör' mich heute nicht mehr – außer zu den Mahlzeiten. Kannst du mir folgen?«

»Aber ja, Doctor.« Gret hatte die beiden Flugblätter, die der Doctor als Schriften bezeichnete, bereits gelesen und dabei wieder einmal im stillen Mutter Imma aus dem Kloster am Blaubach dafür gedankt, daß sie ihr diese Kunst beigebracht hatte. Auf den Flugblättern wurde von jenem fernen Land berichtet, das ein gewisser Colon oder Columbus mit drei Schiffen von Hispanien aus im westlichen Ozean gefunden hatte. Wissenschaftler auf der ganzen Welt nahmen an, daß es sich dabei um Indien handelte oder gar um Kathay. Dieser Columbus behauptete das auch, obwohl er es widersinnigerweise Klein-Spanien genannt hatte.

Was auf den mit Holzschnitten illustrierten Flugblättern über das neue Land berichtet wurde, war überaus fesselnd und interessant gewesen – wenn auch ziemlich unwahrscheinlich. Daß es dort Menschen geben sollte, denen statt Haaren Federn aus dem Kopf wuchsen, konnte Gret einfach nicht glauben – so wissenschaftlich es auch erklärt wurde. Der Verfasser der Flugblätter berichtete da etwas von Mischwesen aus Mensch und Vogel, und darüber hatte Gret lächeln müssen. Wahrscheinlich war das, was der Verfasser als Kopfbefiederung bezeichnete, nichts anderes als ein Haarschmuck –

Zu Hause in der Glockengasse zog sich der Doctor sogleich mit den bunten Zeitungsblättern in sein Studierzimmer zurück. Gret ging, nachdem sie Schnüß ein üppiges Mahl aus Hafergrütze und Stockfisch vorgesetzt hatte, mit Schwung an ihre täglichen Arbeiten, den Hund immer an der Seite.

Schnüß hatte sich in den wenigen Tagen, die sie jetzt bei Gret war, bereits einen festen Platz erobert – besonders in Grets Herzen. So ruhig, gesittet und wachsam, wie das große Tier sich benahm, war es der angenehmste Hausgenosse, den Gret sich denken konnte.

Sogar die Hühner waren vor Schnüß sicher – jetzt, wo sie immer satt war. Während Gret den Stall ausmistete, neue Streu aufschüttete und Futter verteilte, lag die Hündin bei der Tür und schaute Gret unverwandt mit ihren schönen, ausdrucksvollen Augen an. Sie machte keine Anstalten, sich an den Hühnern zu vergreifen, die ungestört nach ihren Körnern scharrten.

Ein großartiger Wachhund, dachte Gret. Es kam ihr vor, als habe das Tier den Wachdienst irgendwo gelernt – aber das konnte nicht sein. Denn es war herrenlos durch die Stadt gestreunt, als der Hundeschläger hinter ihm hergewesen war –

Gret schüttelte den Kopf. Was hatte doch der lange Friedel gesagt? In den Adern dieses Hundes fließt Mastiff-Blut –

Friedel mußte es wissen. Schließlich ging er ja von Berufs wegen dauernd mit Hetzrüden und Saupackern um, mit mutigen Hunden von edlem Blut. Woher Schnüß wohl stammen mochte? Diese Frage würde kaum je beantwortet werden können, und auch nicht die nach dem früheren Besitzer. Dennoch hätte Gret gern die Antwort gewußt – der Ordnung halber.

Nachdem das Schwein versorgt war, rief Gret nach Schnüß. Der Hund war sofort da und schaute sie erwartungsvoll an. Er hörte bereits auf den Namen, den Gret ihm gegeben hatte. »Heute gehen wir uns ein Lokal ansehen, das ganz am anderen Ende der Stadt liegt, mein gutes Mädchen«, sagte Gret leise und streichelte Schnüß die faltige Stirn, »nur du und ich, mein Schatz. Das wird ein langer Spaziergang.«

Der Hund öffnete das breite Maul und ließ die rosige Zunge heraushängen. Es sah aus wie ein Lächeln. Gret mußte lachen. »Wenn ich nicht genau wüßte, daß du ein Hund bist«, sagte sie, »dann würde ich jetzt denken, du hast was Menschliches, Schnüß!« Sie tätschelte dem Tier den muskulösen Nacken. Sie tat es sehr sanft, denn Schnüß' Striemen waren noch nicht gänzlich verheilt.

Den Nachmittag nahm Gret sich frei, und zwar, ohne den Doctor zu fragen. Theophilus Minutus hätte sie bestimmt nicht so einfach gehen lassen; er hätte sicher Aufgaben gefunden, die seiner Meinung nach unbedingt noch heute erledigt werden mußten – auch wenn sie nach Grets Ansicht durchaus einen Tag oder zwei warten konnten.

Also ließ Gret ihren Dienstherrn einfach im unklaren. Gegen drei verschwand sie in ihrem Gadem, zog die warme, wollene Haube an, hüllte sich in ihr riesiges, dunkelblaues Umschlagtuch und machte sich, begleitet von Schnüß, auf den Weg zum Wirtshaus Zur Gans.

Es lag nach der Beschreibung der kleinen Einbrecher auf dem Alten Graben, und zwar nahe der Stelle, wo diese berüchtigte und übel beleumdete Straße in den Eigelstein einmündete. Gret hatte den Alten Graben erst ein einziges Mal betreten, aber dieses eine Mal war ihr noch schrecklich in Erinnerung. Deshalb war sie froh, daß sie diesmal nicht allein dorthin ging; in Schnüß' Gesellschaft fühlte sie sich um vieles sicherer und wohler.

Die Marzellenstraße, die in den Eigelstein überging und schnurgerade zum nördlichsten Stadttor führte – der Eigelsteintorburg –, gehörte zu den am meisten befahrenen Durchgangsstraßen von Köln. Hier herrschte immer viel Verkehr. Fuhrwerke aller Größen – vom zweirädrigen Karren bis zu achtspännigen Schwerlastwagen – transportierten Waren und Güter aus der Stadt und in die Stadt hinein.

Für jemanden, der wie Gret zu Fuß ging, gestaltete sich das Vorwärtskommen schwierig. Knöcheltief lag hier der Pferdemist auf der unbefestigten Straße – viel tiefer jedenfalls als auf den übrigen Gassen, die nicht so stark befahren wurden und auf denen die Anwohner höchstens ihre Hausabfälle auskippten.

Dazu kam noch, daß es seit Aschermittwoch getaut hatte. Kein Frost erhärtete jetzt mehr die Schicht aus Schlamm, Mist und anderem Unrat. Alle Wege und Gassen, besonders aber die Durchgangsstraßen, waren völlig aufgeweicht, so daß Gret die Holzbrettchen, die sie wie alle anderen Bürger zum Schutz gegen den Dreck unter die Schuhe geschnallt hatte, wenig nützten. Während sie, mit den Augen immer auf der Suche nach trockeneren Stellen, mühsam voranstapfte, dankte sie dem Himmel, daß jetzt noch nicht Sommer war. Denn bei warmem Wetter – besonders nach einem Regen – hätten ihr der Gestank und die unvermeidliche Fliegenplage den Weg noch schwerer gemacht.

Nach einer knappen halben Stunde hatte Gret die Marzellenstraße und den größten Teil des Eigelsteins hinter sich gelassen. Sie war an der Ecke angekommen, wo sie auf den Alten Graben abbiegen mußte.

Zu beiden Seiten der Straße standen kaum noch Häuser; Felder und Obstwiesen, hier und da gesäumt von Hecken, Strauchwerk oder Flechtzäunen, bildeten die ländlich anmutende Umgebung. Wären nicht linker Hand in den Feldern die Reste der uralten Stadtbefestigung mit ihren zerfallenen Türmen und zerbröckelten Zinnen zu sehen gewesen – und in einiger Entfernung voraus die hoch aufragende neue Stadtmauer –, man hätte meinen können, man befände sich bereits außerhalb der Stadt.

Gret blieb stehen. Zögernd und mit tiefem Unbehagen blickte sie zum Alten Graben hinüber. Alles in ihr wehrte sich dagegen, den schlammigen, mit stinkendem Morast bedeckten Karrenweg zu betreten, der an den Resten entlangführte. Da drüben, in zahllosen Bretterbuden und Elendsquartieren unter den Bogen der alten Mauer, in baufälligen Hütten und in den Ruinen der ehemaligen Stadttürme, hauste der Bodensatz der Kölner Einwohnerschaft. Menschen, die hier untergekrochen waren, hatte die Stadt ausgespien – aus vielerlei berechtigten oder auch unberechtigten Gründen.

Bettler lebten hier oder Menschen, die unehrliche Berufe ausübten – Schinder, Hundeschläger, Kloakenreiniger. Kaminkehrer hatten hier ihre Wohnung, Rattenfänger und verschiedene Barbiere, die sich auf das Kurieren pikanter Krankheiten spezialisiert hatten. Auch der Henker wohnte auf dem Alten Graben. Den größten Teil der Anwohner aber machten die billigen Huren aus, die Kupplerinnen, die kleinen und großen Verbrecher. Und deshalb war es nicht ohne Risiko, sich in diese Gegend hineinzuwagen.

Gret mußte sich regelrecht zwingen, zum linken Rand des Eigelsteins hinüberzuwechseln, wo der Alte Graben einmündete. Der Himmel war bereits dämmrig geworden, was Grets Bedenken, ihr Vorhaben heute noch durchzuführen, wachsen ließ. An diesem Ende der berüchtigten Straße war die alte Stadtmauer fast vollständig zerstört; die Elendsbehausungen mit ihren unheimlichen Bewohnern begannen erst in etwa dreihundert Schritt Entfernung. Zwischen ihnen und der Einmündung zum Eigelstein lag nur ein einzelnes, vernachlässigt aussehendes Gebäude.

Gret entschloß sich, den Weg bis zu diesem Haus zu wagen. Sollte sich darin das Gasthaus zur Gans befinden – gut. Wenn nicht, dann würde sie nach Hause gehen und morgen am hellen Vormittag wiederkommen – zu einer Tageszeit, die nicht so gefahrvoll war.

Mutig stapfte sie also den schlammigen, von tiefen Karrenspuren zerfurchten Fahrweg entlang. Schnüß, die sich bis jetzt dicht an ihrer Seite gehalten hatte und wacker mitgetrabt war, legte die Stirn in Falten und zog geräuschvoll die Luft durch die Nasenlöcher. Sie ging langsamer – es schien, als widerstrebe es ihr, diesen Weg weiter entlangzulaufen.

»Komm, Mädchen«, forderte Gret den Hund auf, »es wird immer später. Laß uns die Sache hinter uns bringen!« Aber Schnüß folgte längst nicht mehr so willig. Nach weiteren zwanzig Schritten blieb sie stehen und war nicht mehr von der Stelle zu bewegen.

»Was hast du denn?« Gret wurde ungeduldig. »Los, marsch! Wenn wir Freunde bleiben sollen, muß du schön gehorchen. Komm!«

Schnüß legte sich mitten auf den Weg und ließ ein leises Winseln hören. Aber sie kam nicht.

»Na schön, du Feigling«, sagte Gret verärgert, »dann bleib da. Lass' mich ruhig im Stich – ich komme auch ohne dich zurecht.«

Schnüß winselte noch einmal. Gret besann sich darauf, daß sie keinen Menschen, sondern einen Hund vor sich hatte, der sich ohne ersichtlichen Grund weigerte, ihr zu folgen. Also ging sie hin, beugte sich über das Tier und befahl ihm: »Komm!«

Schnüß jaulte leise. Sie zitterte am ganzen Leibe. Das wunderte Gret. Sie streichelte die verängstigte Hündin sacht, und Schnüß leckte ihr die Hand, aber sie stand nicht auf. Sie weigerte sich, zu gehorchen –

warum auch immer. Gret wußte nicht, was sie dagegen tun sollte. »Gut«, sagte sie, »warte hier. Ich bin bald wieder da.«

Sie wandte sich ab, um weiterzugehen. Schnüß heulte leise auf. Gret drehte sich noch einmal um. »Warte«, wiederholte sie. Dann steuerte sie festen Schrittes ihr Ziel an – das einsam stehende Haus.

Das Gebäude, das aus der Entfernung so vernachlässigt und heruntergekommen ausgesehen hatte, war, als Gret es jetzt von nahem in Augenschein nahm, ein recht solides gebautes Haus mit einem Erdgeschoß aus Stein und einem Fachwerkobergeschoß. Es war in viel besserem Zustand, als Gret erwartet hatte; der Besitzer hatte offenbar die Mittel, es instandzuhalten. Der Eindruck der Baufälligkeit war lediglich hervorgerufen worden durch das verwitterte Grau der ungestrichenen Balken und Schindeln und durch das Moos, das sich in den Mauerfugen des Erdgeschosses angesetzt hatte.

Die Eingangstür, mit massiven eisernen Scharnieren in den steinernen Türrahmen eingehängt, schien neu zu sein. Denn sie zeigte noch den hellgelben Ton frisch gehobelten Eichenholzes. Darüber hing ein breites Schild, das auf grellblau gemaltem Hintergrund eine fette weiße Gans zeigte.

Hier war Gret richtig. Sie legte die Hand auf die dicke Klinke, zögerte einen Augenblick, überwand ihren inneren Widerwillen und drückte sie nieder.

Die Tür war zugeschlossen. Aber jemand mußte drinnen sein, denn durch die dicke Bohlentür drangen schwach und undeutlich, doch unüberhörbar Gelächter und Becherklirren an Grets Ohr.

Gret packte den schweren Ring, der mitten auf der Tür angebracht war, und klopfte. Sie war jetzt entschlossen, ihre Erkundigungen durchzuführen – auch wenn ihr Herz noch so wild hämmerte. Jemand kam. Schlurfende Schritte näherten sich, die Tür öffnete sich einen Spalt. Ein vierschrötiger, glatzköpfiger Mann mit einem roten Säufergesicht musterte Gret aus kleinen, hellblauen Schweinsäuglein.

Es entstand eine Pause von drei Atemzügen. Dann sagte der Mann: »Falls du Arbeit suchst – ich kann keine Magd brauchen.«

Gret hatte den Eindruck, als habe sie den fetten Kerl schon einmal irgendwo gesehen. Außerdem schien er ihr ein hartgesottener Geschäftemacher zu sein. In ihm hatte sie offenbar den Besitzer des Anwesens vor sich, das ihm nach allem, was sie bisher gesehen hatte, gutes Geld einbrachte.

Sie mochte den Mann nicht und beschloß, sich sicherheitshalber zu tarnen. »Ich will'n Bier«, sagte sie grob, »und ich bin auf Empfehlung hier. Ich nehm' an, du weißt, weswegen.«

»Haste Geld?« fragte der fette Kerl lauernd.

»Genug.«

»Wieviel?«

»Das werd' ich dir gerade auf die Nase binden! Ich komm schon zurecht – glaub' es oder glaub' es nicht!« Gret hatte die schnoddrige Ausdrucksweise der Laute aus der Gosse angenommen. Sie spürte, daß sie sich vor dem Wirt dieses Etablissements keine Blöße geben durfte – schon weil sie eine Frau war.

»Na – dann herein und herzlich willkommen«, gab der Wirt zurück. Er war auf einmal sehr zuvorkommend. »Neue Gesichter sind in unserer Runde immer gern gesehen. Du kommst genau richtig – Wetten werden noch angenommen.«

»Wetten _« Gret gelang es gerade noch, die Frage in ihrer Entgegnung zu unterdrücken. »Das will ich aber auch gemeint haben, sonst könnte ich ja gleich wieder gehen. Was läuft?«

»Komm erst mal rein«, sagte der Wirt, »kannst dir vorher bei 'nem Bier die Kämpfer ja noch mal in aller Ruhe ansehen – ehe du was drauf setzt.« Er öffnete die Tür ganz und machte eine einladende Handbewegung. Trotz all seiner schmierigen Liebenswürdigkeit entging Gret nicht, daß er sie ein zweites Mal musterte und taxierte – diesmal noch aufmerksamer und mißtrauischer.

Was hatte der Mann zu verbergen, daß er in der Auswahl seiner Gäste so vorsichtig war? Gret beschloß, ihrerseits mindestens ebensoviel Vorsicht walten zu lassen – welcher Grund sich dafür auch immer ergeben mochte.

Sie gingen durch einen kurzen, lichtlosen Flur und betraten dann eine recht weitläufige Gaststube. Der Raum bot den Eindruck eines gewissen Wohlstands – ein Anblick, den Gret in diesem verrufenen Teil der Stadt nicht erwartet hatte. Die Wände waren sauber verputzt und in einem frischen Grün gestrichen; über dem gemauerten Tresen, der sich eine ganze Seite entlangzog, hingen an Haken viele blanke Zinnkrüge. Unzählige glasierte Tonbecher standen auf den Wandborden.

In der Mitte des großen Raumes, der von vielen in Wandringen steckenden Kienspänen hell erleuchtet wurde, stand ein aus brusthohen Bretterwänden gebildetes Viereck, das einem Pferch ähnelte und vielleicht sieben mal sieben Schritte maß. Gret wunderte sich und schaute zu der Gruppe der Gäste hinüber, die dichtgedrängt an der einen Seite des Pferchs beieinanderstanden, murmelnd die Köpfe zusammensteckten und hin und wieder einen bedeutsamen Blick hinter die Planken warfen.

»Erst mal 'n Bier«, sagte Gret zum Wirt, »das weitere danach.«

Der fette Kerl nickte und schnippte mit den Fingern. Hinter dem Tresen tauchte ein Mädchen auf – unscheinbar, klapperdürr, mit strähnigen blonden Haaren und dunkel umschatteten Augen. Die kleine Magd war höchstens zehn oder elf, das sah Gret auf Anhieb. »Deine Tochter?« fragte sie den Wirt.

»Willst du mich beleidigen?« Der Wirt lachte verärgert. »Sowas würde ich ersäufen wie 'ne junge Katze, wenn das meins wäre. Aber solange sie gut arbeitet –«

»Dann stell doch 'n paar stramme Jungen ein«, sagte Gret, »die schaffen mehr weg.« Sie beobachtete den Wirt aus den Augenwinkeln. Der sagte nichts, sondern warf ihr einen scharfen Blick zu. Dann verzog er das Gesicht zu einem fettigen Grinsen. »Wenn mal einer an meine Tür klopft, sag ich schon nicht nein. Aber sie bleiben ja nie so lange –«

Das abgehärmte kleine Mädchen brachte Gret einen gefüllten Becher, lächelte mechanisch und knickste wie eine Holzpuppe. Gret nickte dem Kind zu und folgte ihm mit Blicken, wie es, einem ängstlichen Mäuschen gleich, hinter den Tresen zurückhuschte. »Sag bloß«, wandte sich Gret wieder an den Wirt, »hauen dir die Bengels aus Faulheit wieder ab oder was?«

Der Wirt stieß ein grunzendes Lachen aus. »Nä, sie werden mir immer abgeworben. Ich wünsch' sie zum Teufel, und da landen sie dann auch. Ganz bestimmt – hä, hä, hä!«

Gret hielt den Atem an. Sie wollte eine weitere Frage stellen, aber in diesem Augenblick öffnete sich die hintere Tür der Gaststube, und ein weiterer Besucher trat ein.

Der Mann war hochgewachsen und in einen langen, üppig gefältelten, tiefschwarzen Mantel gehüllt. Auf dem eisgrauen Haar trug er einen weichen schwarzen Filzhut mit hochgeschlagener Krempe und einem breiten Behang, den er wie einen Schal um Kinn und Hals geschlungen hatte. Nach der aufwendigen, aus kostbarem englischen Tuch gefertigten Kleidung und der stolzen Haltung zu urteilen, mußte dieser Gast von hohem Rang sein. Äußerst seltsam, einen solchen Herrn in dieser Gegend der Stadt anzutreffen –

Am meisten aber verwirrte und verblüffte Gret, daß die obere Hälfte seines Gesichts von einer Maske bedeckt war – einer schwarzen, glänzenden Seidenlarve, wie sie zu Karneval getragen wurde.

Aber der Karneval und damit die Zeit, sich zu vermummen, war vorüber. Es gab nur noch einen Grund, es dennoch zu tun.

»Verkehren in deinem Haus öfter so feine Gäste?« fragte Gret den Wirt.

Der machte ein verdutztes Gesicht. »Wie?«

»Na, der reiche Herr dort drüben«, sagte Gret und deutete auf den Mann in Schwarz, »derjenige, der gerade durch die Hintertür hereingekommen ist.«

Der Wirt drehte den Kopf, sah, wen Gret meinte, und stieß ein Brummen aus. Dann ließ er Gret einfach stehen und wieselte eilends zu dem hochgestellten Neuankömmling hinüber. Gret sah, wie er sich tief verbeugte und dann in unterwürfiger Haltung irgendwelche Anweisungen entgegennahm.

Inzwischen füllte sich das Lokal zusehends mit Menschen, die alle durch eine andere Tür als den Haupteingang eintraten. Es waren meist Männer – von unterschiedlichem Stand, wenn man ihre Kleidung betrachtete. Nur eins hatten sie alle gemeinsam: Sie wirkten grob, hatten kalte, sensationslüsterne Augen und schienen aus einem anderen Grund gekommen zu sein, als zu trinken oder Karten und Würfel zu spielen. Besonders die beiden Frauen – die einzigen im Lokal, abgesehen von Gret und der kleinen Schankmagd – sahen mit ihrem harten Blick und den verlebten Zügen trotz ihres jugendlichen Alters zum Fürchten aus.

Gret spürte, wie sie in Gegenwart dieser Leute eine

Gänsehaut bekam. Sie entschloß sich, an den Tresen zu gehen, dem kleinen Schankmädchen ihre Frage nach den vermißten Jungen zu stellen und dieses unheimliche Haus dann auf dem schnellsten Weg wieder zu verlassen.

»Noch'n Bier?« fragte die Kleine, die aufmerksam gewesen war und Gret hatte kommen sehen. Gret nahm einen Schluck aus ihrem Becher und stellte ihn auf den Tresen.

»Aber der ist ja noch fast voll«, sagte das Kind.

»Schenk trotzdem nach«, forderte Gret die verhuschte kleine Magd auf. »Und dann sag mir – wie lange bist du eigentlich schon hier?«

»Fast zwei Jahre«, war die knappe Antwort.

»Und du tust die ganze Arbeit allein?«

»Ja _«, kam es zögernd, »meistens _«

»Kennst du den Martin?«

Das Kind schwieg. Dann schüttelte es langsam den Kopf.

»Aber den Berti – den wirst du doch kennen.«

Es schien, als sei die Kleine eine Spur blasser geworden. Sie schluckte und verkrampfte die Hände um einen Tonbecher. Wieder schüttelte sie verneinend den Kopf.

»Rutger. Was ist mit dem? Oder mit dem Thiel oder dem Simon vom Mühlengraben?« Gret hielt die Augen fest auf das fahle, verschlossene Gesicht des Mädchens gerichtet und beobachtete sie scharf.

»Nie gehört, die Namen«, kam gepreßt die Antwort, »wozu fragt Ihr mich das alles? Ich hab' zu tun, Ihr haltet mich nur auf.«

»Aber mir wurde gesagt, daß diese Jungen hier ausgeholfen haben«, beharrte Gret, »wenn du schon so lange in diesem Haus bist, dann mußt du sie kennen. Also _?«

»Ich weiß nicht, was Ihr meint« sagte die Kleine, »trinkt aus. Dann schenk ich nach.«

Warum log das Kind? Denn daß es log, war nur allzu offensichtlich. »Du kannst mir ruhig verraten, daß die Jungen sich hier Geld verdient haben«, sagte Gret vertraulich zu der kleinen Magd, »ich trage es nicht weiter, falls du das befürchtest. Weißt du, ich versuche nur herauszubekommen, wohin es den Rutger verschlagen hat.« Sie gab ihren Worten einen spaßhaften Ton. »Der Bursche kommt einfach nicht nach Hause. Treibt sich irgendwo herum – und seine Mutter ängstigt sich zu Tode.«

Das Mädchen hob den Kopf und schaute Gret einen Moment lang an. In seinen Augen spiegelte sich ein namenloser, stummer Schrecken, und sie öffnete den Mund, als wolle sie etwas Wichtiges sagen. Aber dieser Ausdruck überdauerte nur einen Atemzug. Dann senkte sie schnell wieder den Blick und zuckte hilflos die Achseln. »Ich kenn' keinen Rutger oder Martin oder Thiel oder Berti oder Walter. Auch keinen von den andern, die Ihr noch genannt habt. Wollt Ihr jetzt Eure Wette machen? Es fängt gleich an.«

Die Kleine kannte sie alle – und noch einige mehr, von den Gret nichts wußte. Und sie wagte es nicht, das zuzugeben oder gar darüber zu sprechen. Wovor hatte das Kind eine solche Angst? Welches finstere Geheimnis suchte sie zu bewahren?

Gret spürte, daß sie hier keine Antwort auf ihre Fragen bekommen würde. Sie wußte jetzt, daß mit den verschwundenen Jungen etwas geschehen sein mußte – etwas Furchtbares, von dem zu wissen lebensgefährlich war. Es war klar, daß sie ab jetzt nichts unversucht lassen würde, dieses Geheimnis zu lüften.

»Schön, wetten wir also«, sagte sie und musterte die kleine Magd noch einmal eingehend. »Wie hoch sind die Einsätze – und auf was soll ich setzen? Gib mir 'nen kleinen Hinweis.«

Das Mädchen atmete sichtlich auf, obwohl ihr Gesichtsausdruck jetzt noch verschlossener wurde. »Drei zu eins auf Türk«, leierte sie herunter, »er wird wieder gewinnen, wie jedesmal, wenn Ihr mich fragt. Furia, die gegen ihn antritt, ist doch keine Gegnerin. Zu jung und unerfahren, meine ich. Mindesteinsatz ist ein Albus – nach oben keine Grenzen.«

Das hörte sich an wie auswendig gelernt. Gret wollte eben fragen, ob es sich bei den Wettkämpfern um Ringer handelte – worauf ja der sonderbare Pferch schließen ließ –, als plötzlich der fette Wirt im Lokal seine Stimme erhob:

»Herrschaften, die Wetten sind hoffentlich alle abgeschlossen – und auf den Richtigen!« Er lachte meckernd. »Sucht euch Plätze – wir fangen an!«

Gret fischte einen Albus aus ihrem Geldbeutel und schob ihn dem kleinen Mädchen über den Tresen.

»Fürs Bier«, sagte sie, »ich glaub', ich lass' es dabei bewenden und verzichte auf den Rest.«

Damit stand sie auf und wollte zur Tür. Dort stellte sich ihr der Wirt in den Weg. »Raus geht's jetzt nicht«, erklärte er trocken, »kein Einlaß und kein Auslaß – bis der Kampf vorbei ist.«

»Und wieso nicht?« Gret fühlte sich ohne Grund in dem Gasthaus festgehalten.

»Das is' in meinem Haus einfach die Regel«, sagte der Wirt und hob die Augenbrauen, »sicherheitshalber.«

»Aha.« Gret verstand zwar nicht, was der fette Kerl meinte, aber sie beschloß, sich zu fügen. Das schien ihr sicherer, als gegen dieses Gesetz zu verstoßen, das der Wirt für sein Lokal gemacht hatte.

»Such dir'n Platz«, forderte er sie jetzt auf und deutete mit einer ruckartigen Kopfbewegung zum Pferch hinüber, »am besten neben mir. Ich hab' gern schöne Frauen in der Nähe!«

Er grinste anzüglich. Gret nickte kühl, aber zustimmend.

»Der Türk«, sagte der Wirt, geschmeichelt dadurch, daß sie sein Angebot nicht gleich abgelehnt hatte, »der Türk – das is' meiner. Gegen den hat die Furia keine blasse Chance. Wirst es schon sehen. Der Türk gewinnt mir wieder einen schönen Batzen. Und denen, die auf ihn setzen, ebenfalls –«

Sie traten an den Rand des Pferchs heran, und einige Zuschauer machten dem Wirt bereitwillig Platz. Auf sein Handzeichen öffnete sich die Hintertür noch ein letztes Mal. In den Raum kamen zwei Männer; sie führten an sehr kurzer Leine je einen Hund herein und betraten mit den Tieren – einem fuchsfarbenen Rüden und einer weißen Hündin – nacheinander das Geviert.

Gret riß die Augen auf. Die Hunde waren groß und kraftstrotzend. Ihre Schnauzen waren breit, mit vorstehendem Unterkiefer und daraus hervorragenden fürchterlichen Fangzähnen. Ihre Nacken und Kehlen, ihre Läufe, Rücken und Bäuche waren narbenzerfurcht, und sie standen sich jetzt, straff zurückgehalten von ihren Führern, in unheilvollem Schweigen in der Arena gegenüber.

»Der Türk – der Rüde –, das is' der Sieger«, sagte der Wirt neben Gret, »paß gut auf – hier kriegst du geboten, was keiner in der ganzen Stadt zu bieten hat!«

Gret wußte zwar immer noch nicht genau, welcher Art der Wettkampf sein würde, der jetzt stattfinden sollte, doch sie ahnte zumindest, was sie erwartete. Sie umklammerte mit beiden Händen den Rand der Plankenwand, während der Wirt den Arm hob und brüllte: »Fertigmachen!«

Die beiden Hundeführer lösten die Leinen von den breiten Halsbändern der Hunde. Aber sie hielten die Tiere, die dumpf zu knurren begannen, noch fest.

»Loslassen«, schrie der Wirt, »loslassen –!«

Die Zuschauer, die bis jetzt in atemloser Stille auf den Beginn des Kampfes gewartet hatten, gaben ein Geräusch von sich, das Gret erstarren ließ: Lechzendes, blutgieriges Jiepern und ein vielstimmiges Hecheln mischten sich zu einem einzigen Laut, als die Hunde, angestachelt durch die Kommandos ihrer Führer, mit gebleckten Zähnen aufeinander losgingen.

Fast lautlos verbissen sich die Tiere ineinander. Der fuchsrote Rüde schlug sein furchtbares Gebiß in Lefzen und Nase der Hündin, die die Kiefer um den linken Vorderlauf ihres Gegners geschlossen hatte. Knochen knirschten; Blut begann aus den Wunden, die die Bestien sich zufügten, auf den Boden zu sickern.

Es war schwer, sich abzuwenden, auch wenn Gret plötzlich Galle in die Kehle stieg. Kaltblütigkeit und Härte der beiden Ungeheuer, die fast ohne Schmerzenslaute auf Leben und Tod miteinander rangen, fesselten sie. Gewaltsam mußte sie den Blick von dem Schauspiel abwenden, das gerade durch seine blutige Wildheit eine Faszination ausübte.

Sie beobachtete die Umstehenden, deren Köpfe sich über die Brüstung in die Arena reckten, in der der grausame Kampf der Hunde tobte. Und auf einmal hatte sie Gewißheit. Nicht die beiden erbarmungslos einander niedermachenden Tiere waren die Bestien. Nicht aus den Augen der Hunde leuchteten Blutgier, Mordlust und hemmungslose Grausamkeit. All das zeigte sich vielmehr in den glühenden Blicken der Zuschauer, die sich an ihrer eigenen Lust auf Blut berauschten.

Gret überwältigte der Ekel. Einen Moment lang hatte sie das Gefühl, sich übergeben zu müssen. Diese menschlichen Bestien widerten sie an – am meisten der feine Herr in Mantel und Maske, der ihr genau gegenüberstand und sich an den beiden inzwischen blutüberströmten Kämpfern in der Arena besonders zu ergötzen schien. Als der Rüde die Hündin niederzwang und sie durch einen kraftvollen Biß in die Kehle zu einem röchelnden Aufheulen brachte, reckte der vornehme Zuschauer sich auf, beugte sich weit vor und feuerte den siegenden Kämpfer an: »Mach ein Ende, Türk! Pack sie! Pack sie!«

In dieser Umgebung hatten sich die vermißten Kinder also eine Zeitlang aufgehalten, und hier verlor sich ihre Spur. Gret wandte sich dem neben ihr stehenden Wirt zu, um ihn noch einmal nach den Jungen zu fragen, aber auch, um sich von dem bitteren Ende des Kampfes abzulenken, das jetzt bald kommen mußte.

»He«, sagte sie mit rauher Stimme, »was ich noch wissen wollte –«

Sie hielt inne. Schlagartig fiel ihr ein, wo sie sein rotes Säufergesicht bereits gesehen hatte. Er war derjenige gewesen, der auf dem Alten Markt das Schweineschlagen geleitet hatte – dieses widerwärtige Gemetzel zwischen den Blinden und der wehrlosen Kreatur …

»Na«, gab der Wirt zurück, ohne Gret anzuschauen, »was hab ich dir versprochen? Mein Türk hat's wieder geschafft. Er ist der beste Hund, den ich je hatte. Aber ich versteh' mich ja auch aufs Ausbilden … Hä, hä!«

Er lachte, daß sein Bierbauch wackelte. Gret schluckte ihren Widerwillen. »Ausbilden – wie meinst du denn das?«

»Scharfmachen«, korrigierte sich der Wirt. »Darauf kommt's nämlich hauptsächlich an, verstehst du? Verhätschelte Lieblinge wie diese Furia da unten – die haben beim Kampf nichts zu melden. Ehe 'n Hund zum Sieger wird, muß er mindestens einen Monat im Dunkeln gesessen haben – bei rohem Fleisch und Blut.« Er kakelte. »Und er muß auch ausreichend an lebenden Katzen und Hunden geübt haben. Sonst ist er zu weich.«

Gret würgte es wieder. Sie schluckte und setzte erneut zu ihrer Frage nach den Jungen an. Doch der fette Kerl hatte sich in Begeisterung geredet: »'n guter Hund darf keine anderen Hunde kennengelernt haben, sonst greift er nicht mehr an. Und Prügel muß er kriegen – nicht zu knapp, damit er oft in Wut gerät. Nich' mal seinen Besitzer darf er gern haben – dann is' er richtig. Mein Türk, der würde sogar mir die Kehle durchbeißen, wenn er könnte!«

»So«, sagte Gret gepreßt. Sie mußte sich sehr beherrschen, um ihren Ekel nicht zu deutlich zu zeigen. »Hast du denn mehr als einen Hund?«

Der fette Kerl warf sich in die Brust und lachte meckernd. »Und ob – ich züchte! Meine sind die schärfsten. Und meine Kunden wissen sowas zu schätzen – das kannst du mir glauben!«

»Du verkaufst die gefährlichen Bestien?«

»Aber ja! Vorher bilde ich sie aus – wenn das gewünscht wird. Und es wird meistens gewünscht.« Der Wirt schaute Gret aus den Augenwinkeln an. In seinem Blick schimmerte plötzlich Mißtrauen. »Das müßtest du aber wissen. Du sagtest doch, dieses Haus wäre dir empfohlen worden, oder war's nicht so?«

»Ja, zum Wetten«, rettete Gret sich hastig. »Irgendeiner hat das Lokal sehr gelobt – ich weiß gar nicht mehr, wer das war. Jedenfalls –«

»Da«, zischte der Wirt unvermittelt, »jetzt ... jetzt hat er sie!« Er sprang hoch, warf die Arme in die Luft und stieß ein unartikuliertes Brüllen aus.

Gret folgte dem Blick des Wirts. Sie schaute in die Arena, von der sie bis jetzt die Augen krampfhaft abgewendet hatte. Der große, fuchsfarbene Rüde, dessen Fell inzwischen tiefrot gefärbt war, zwang eben die Hündin, die sich kaum noch wehren konnte, ein allerletztes Mal auf die blutnassen Bretter. Er hatte seine Gegnerin an der Kehle gepackt gehalten; jetzt ließ er los und wollte der besiegten Furia, die ihm ergeben den ungeschützten, von vielen Wunden zerrissenen Hals darbot, den Rücken zu kehren.

Der grausige, stille Kampf war zu Ende. Jetzt, so dachte Gret aufatmend, würden die Hunde aus dem Pferch herausgeholt werden; die Hündin, die offensichtlich schwer verletzt war, mußte wahrscheinlich getragen werden –

»Aus«, sagte der fette Wirt und rieb sich die Hände, »ganz so, wie ich's erwartet hatte.«

»Nein, nein!« rief der fein gekleidete, maskierte Herr von der anderen Seite der Arena herüber, »die Furia soll weiterkämpfen, das feige Aas! Bis zum Ende, hieß es – heute bis zum Ende!«

»Sie is' fertig«, ließ sich der eine der Hundeführer aus dem Pferch vernehmen, »sie schafft's nich' mehr! Der Kampf is' entschieden, ich bring sie raus. Is' doch nich' nötig, daß sie krepiert, oder? Die Wetten auf den Türk sind ja gewonnen –«

»Keine faulen Ausreden!« Der feine Herr hob die Stimme, so daß sie ganz schrill klang. »Hetz das Aas an – verdammt! Ich zahle dir den Ausfall, Mann!«

»Aber –«

»Ich zahl' den Ausfall! Aber ich will was sehen für mein Geld!« Der Maskierte beugte sich so weit vor, daß Gret seine Augen durch die Schlitze seiner Seidenlarve funkeln sehen konnte. »Los jetzt – hetz das Vieh an!«

Der Führer der unterlegenen Hündin rührte sich noch nicht. »Wieviel?« fragte er kühl.

»Vier Gulden!« Die Stimme des Maskierten klang atemlos und erhitzt.

Jetzt nickte der Hundeführer seine Zustimmung. Er ging zu der erschöpften, blutenden Hündin, beugte sich über sie, riß sie vom Boden hoch. Ein leises, scharfes Kommando, und das schon besiegte Tier tat einen ungeschickten, torkelnden Satz auf seinen Gegner zu. Es griff tatsächlich noch einmal an!

Gret packte das Grauen vor den Unmenschen, die diese mutige, tapfere Hündin in den Tod schickten. Der Maskierte weidete sich daran, wie Türk, der Sieger, seine Gegnerin noch einmal bei der Kehle packte und das letzte Fünkchen Leben erbarmungslos aus ihr herausschüttelte. Die anderen Zuschauer waren nur grobe, abgestumpfte Kerle, denen es um das Gewinnen einer Wette gegangen war. Der feine Herr in Schwarz dagegen entpuppte sich als wirklicher Unhold. Ihm ging es nicht um Wettgelder – im Gegenteil. Er zahlte sogar, um den Tod eines Tieres miterleben zu können.

Noch einmal stieg Gret Säure in die Kehle. Mit Mühe beherrschte sie sich. »Wer ist der maskierte Edelmann dort drüben«, fragte sie mit belegter Stimme den Wirt, »er scheint mir sehr begeistert –«

»Mein bester Kunde«, kam stolzgeschwellt die Antwort, »aber den Namen kann ich dir natürlich nicht nennen – wo käme ich da hin? Indiskretion ist ihm zuwider. Er würde mir nie wieder 'nen Hund abkaufen, und das wäre fatal. Weil er nämlich sehr gut zahlt – gelegentlich auch für andere Dienste.«

»Ach so«, sagte Gret und schluckte.

Der Hundeführer schlug einen großen Fleischerhaken in den Kadaver der Hündin und schleifte ihn hinaus. Türk, der Überlebende, wurde gewaschen und verbunden. Währenddessen umlagerten die Zuschauer den Wirt, um sich ihre Gewinne in die Hand zahlen zu lassen.

Gret zog sich in die Ecke des Raums zurück, die der Ausgangstür am nächsten lag, und überlegte, wie sie weiter verfahren sollte. Schließlich ging sie zum Tresen und winkte das kleine Schankmädchen noch einmal heran. »He, du – das war ja ein spannender Kampf. Erzähl' doch mal, wann steigt denn immer so eine Sache?«

Die Kleine, deren Miene sich bei Grets Anblick verdüstert hatte, kam zögernd herbei. »Ein-, zweimal in der Woche«, gab sie widerstrebend Auskunft, »je nachdem.«

»Je nachdem – was?«

»Na, wenn die Hunde zu schlimm verletzt sind, können sie ja nicht gleich wieder kämpfen, oder?«

»Dein Herr sagt, er verkauft auch Hunde«, forschte Gret, »an wen gibt er sie denn ab? Die müssen doch sehr teuer sein –«

»Sind sie«, bestätigte das Mädchen trocken, »aber die sie kaufen, haben genug Geld.«

»So, wie der feine Herr da drüben? Hat der auch

schon mal Hunde vom Wirt gekauft?« Gret fragte, obwohl der Wirt es ihr bereits gesagt hatte.

Das Mädchen schwieg. Es schien um eine Spur blasser zu werden.

»Verkehrt der oft hier?« blieb Gret hartnäckig bei der Sache.

Das Mädchen schüttelte langsam den Kopf. »Nur ab und zu«, gab es tonlos zurück.

»Aber er und der Wirt, die scheinen sich gut zu kennen.«

»Ja, sehr gut«, hauchte das Mädchen.

»Kennst du seinen Namen?«

»Nein!« Diese Antwort war hastig und stimmlos ausgespuckt worden. Die kleine Magd wandte sich ab. »Ich hab' zu tun«, flüsterte sie, ließ Gret stehen und huschte wie gehetzt zum anderen Ende des Tresens.

Dort stand der Wirt, in ein Gespräch mit dem Maskierten vertieft. Gret raffte all ihren noch verbliebenen Mut zusammen und näherte sich den beiden Männern langsam. Sie sah im Herankommen, wie der fein gekleidete Herr eine schöne Geldbörse aus leuchtend grünem, mit goldgeprägten Mustern verzierten Saffianleder hervorzog und dem Wirt einige große Münzen auszahlte. Der Geldbeutel war sicher sündhaft teuer gewesen und schien sehr gut gefüllt. So wie er durchhing, mußten Goldmünzen darin sein.

Die kleine Magd stand vor dem Wirt und dem Maskierten. Der Herr in Schwarz steckte die grüne Geldbörse weg und sagte etwas zum Wirt. Der nickte und schien dem Kind irgendwelche Anweisungen zu geben: »— das weißt du ja«, konnte Gret bruchstückhaft verstehen, »...hat der Kriescher besorgt — begraben so schnell wie möglich, die Kadaver! Zwei — da gibt es —«

Gret blieb auf halbem Weg stehen und lehnte sich an den Tresen. Sie lauschte. Aber so sehr sie ihre Ohren auch anstrengte, mehr Wortfetzen von der Unterhaltung der beiden Männer konnte sie bei dem Stimmengewirr im Raum nicht erhaschen. Sie sah nur, daß die Kleine demütig den Kopf senkte und wieder ans Becherspülen und Ausschenken ging.

Verdammt, dachte Gret. In den drei Tagen, die sie jetzt nach dem vermißten Rutger suchte, war sie keinen Schritt weitergekommen. Nicht eine einzige Spur hatte sie von ihm gefunden. Nur ein Gedanke setzte sich immer unverrückbarer in ihr fest – daß ein Verbrechen geschehen sein mußte. Eins in einer langen Reihe gleichartiger Verbrechen.

Andere kleine Jungen waren verschwunden – genauso spurlos wie Rutger. Was war aus ihnen geworden? Wenn sie noch lebten, wer hielt sie gefangen? Und wenn sie tot waren, wo waren ihre Leichen?

»Verdammt!« Diesmal murmelte Gret das Wort wütend vor sich hin. Es hatte wenig Sinn, die Klocken zu informieren und sie bei der Suche nach Rutger um Hilfe zu bitten. Denn den städtischen Bütteln standen bei der Ausübung ihrer Polizeiarbeit wenig mehr Hilfsmittel zur Verfügung als ihre bunten, bodenlangen Dienstmäntel. Diese Kleidungsstücke wiesen sie zwar einerseits als Klocken aus und sorgten für Respekt; andererseits verrieten sie ihre Träger sofort. Und deshalb waren sie eher eine Behinderung als eine Hilfe, wenn es um die Aufklärung von Verbrechen ging.

Nein, die Klocken konnten nur Aufsicht auf den Märkten führen, Kneipenschlägereien schlichten oder öffentliche Prügelstrafen verabreichen. Gret würde allein arbeiten müssen. Sie wußte nur noch nicht, wie –

Sie nahm einen Schluck von ihrem inzwischen abgestandenen Bier. Morgen würde sie nach Sankt Revilien gehen und noch einmal versuchen, von Martin einen Hinweis zu bekommen. Martin hatte zwar alle Zeichen des Wahnsinns gezeigt, aber Gret wußte es besser. Und vielleicht hatte er sich mittlerweile anders besonnen und redete –

»So allein, schöne Frau?« sagte eine unsympathische Stimme neben Gret. Ein knochiger Bursche mit einem Gesicht voller Pockennarben drängte sich an ihre Seite. Es war der Mann, dessen Hund im Kampf getötet worden war.

»Wie?« Gret fühlte sich auf sehr unangenehme Weise aus ihren Überlegungen herausgerissen. Sie ließ den Blick über die schäbige, ungepflegte Kleidung des Mannes gleiten, der einen fauligen Mundgeruch ausströmte. Unwillkürlich überlief sie eine Gänsehaut.

»Trinkste einen mit mir, Süße?« fragte der Mensch und verzog seinen schmallippigen Mund zu einem feuchten Grinsen.

»Nein.« Gret lehnte angeekelt ab. »Ich wollte gerade gehen. Hab' mich schon viel zu lange hier aufgehalten.« Sie schob den Becher über den Tresen und ging zur Tür, die jetzt wieder frei war.

Der schmuddelige Mensch heftete sich an ihre Fersen. »Dann begleite ich dich nach Hause«, säuselte er, »so'n nettes Mädchen wie dich kann man doch nicht allein durchs Dunkle laufen lassen!«

Gret spürte, wie sie in Gegenwart des ekligen Kerls vor Widerwillen zu bibbern begann. »Nicht nötig«, wehrte sie seine unerwünschte Aufmerksamkeit ab, »ich kann sehr gut auf mich selbst aufpassen – merk dir das!«

Sie riß die Tür auf, drückte sich schnell durch den Flur und schlüpfte aus dem scheußlichen Lokal ins Freie. Hier in der feuchtkalten Abendluft atmete sie wie befreit auf; erleichtert zog sie das Umschlagtuch fester um die Schultern und steuerte eilig zurück auf den Eigelstein, von wo sie in einer knappen halben Stunde die Glockengasse wieder erreicht haben würde.

Sie war noch keine zwanzig Schritte gegangen, als sie jemanden hinter sich herlaufen hörte. Sie begann zu rennen, obwohl das mit den Holzbrettchen unter den Schuhen beschwerlich war. Aber die schweren Tritte des Verfolgers wurden ebenfalls schneller. Und nach wenigen Atemzügen hatte er sie eingeholt.

»He, Süße«, schnaufte der Pockennarbige mit dem stinkenden Atem, »ich hab's mir anders überlegt! Ich komm doch mit – und zuerst machen wir es uns noch in der Scheune gemütlich – gleich da, hinter'm

Haus!« Er packte Gret und zog sie an sich. Seine Arme waren wie Schraubstöcke.

Gret verspürte einen Brechreiz. Sie warf den Kopf zur Seite und wehrte sich gegen die unerträgliche Nähe dieses Menschen, dessen Ausdünstungen sie umhüllten. Doch sie schaffte es nicht, sich zu befreien.

Sie schrie – mehr aus Widerwillen als aus Angst. Sie brüllte ihm ihren Ekel ins Gesicht: »Du stinkendes Schindluder – lass' ab, oder –«

»Oder – was?« Der Pockennarbige lachte und hauchte ihr dabei einen Schwaden Fäulnisgeruch ins Gesicht. »Wie sollte mir so'n süßes kleines Mäuschen denn wohl absagen können? Außerdem willst du mich ja gar nicht abweisen. Du zierst dich nur'n bißchen. Ich mag das, wenn Frauen sich zieren –«

Gret wand sich wütend in seiner Umklammerung, die immer enger und brutaler wurde. Sie trat, versuchte ihn mit den Fäusten zu treffen. Aber das Ekel war ihr an Körperkräften weit überlegen. Schritt für Schritt zerrte er sie auf die Scheune zu, die an das Gasthaus Zur Gans angebaut war.

Gret ertrug die Nähe des stinkenden Atems nicht länger. Wut und Widerwillen preßten ihr einen zweiten Schrei ab, und sie unternahm einen weiteren wilden Versuch, freizukommen. Es gelang ihr nicht – trotz aller Anstrengung.

Der Kerl würde es schaffen, sie in die Scheune zu bugsieren und ihr dort Gewalt anzutun! In höchster Aufregung schrie Gret ein drittes Mal. Und jetzt eilte ihr jemand zu Hilfe.

Pfeilgeschwind näherte sich das Geräusch von vier galoppierenden Pfoten. Dann ertönte ein scharfes, kehliges Knurren. Der widerwärtige Mensch ließ von Gret ab, warf sich herum, wollte wegrennen. Doch bevor er die ersten eiligen Schritte tun konnte, lag er bereits am Boden. Schnüß, die fürchterlichen Zähne an seiner Kehle, stand mit gespannten Muskeln über ihm.

Gret seufzte vor Erleichterung. Sie suchte schnell die Fassung wiederzugewinnen. »Herrgott, Schnüß«, hauchte sie, »wie gut, daß du mich gehört hast!« Sie streichelte dem Tier den Nacken. Schnüß knurrte leise. Der Pockennarbige flüsterte in schlotternder Angst: »Ruf das Vieh zurück. Bitte, es tut mir leid! Ich schwöre dir – ich belästige dich nie wieder!«

»Brave Schnüß«, lobte Gret die Hündin und streichelte sie noch einmal. »Halt fest!« Schnüß stieß zur Antwort ein sanftes Grollen aus. Ihre Fangzähne gruben sich in den fadenscheinigen Hemdkragen des Pockennarbigen.

Der winselte vor Furcht. »Bitte«, flehte er mit angstschriller Stimme, »pfeif doch deinen Hund zurück! Das alles war ja nur ein kleines Mißverständnis! Bitte, laß mich laufen!«

»Nicht so schnell, mein Herr«, sagte Gret, jetzt wieder kühl und beherrscht. Sie hatte plötzlich eine glänzende Idee. »Zuerst beantwortest du mir ein paar Fragen.«

»Alles, was du willst?« wimmerte der Pockennarbige, »nur sag deinem Hund, er soll mich loslassen – ich krieg keine Luft!«

Gret tätschelte Schnüß den breiten Kopf. »Halt gut fest«, befahl sie. Schnüß knurrte und schloß ihre Kiefer etwas fester.

»Was willst du wissen?«, hauchte der Pockennarbige schreckensstarr.

»Erzähl' mir etwas über die kleinen Jungen, die manchmal in der Gans arbeiten«, forderte Gret kalt.

»Welche Jungen?«

»Die Kinder, die der Wirt beschäftigt. Tu nicht so, als wüßtest du nicht, was ich meine!«

»Ach so, die _« Das stinkende Ekel schnaufte vor Angst. »Die kommen und gehen. Es sind immer wieder andere – ich hab' nie drauf geachtet.,«

»Du kennst also keinen von ihnen«, sagte Gret in eisigem Ton, »auch nicht, wenn ich meinem Hund befehle, zuzubeißen?«

»Nein – nein«, jammerte der Pockennarbige, »wirklich nicht! Was gehen mich denn die kleinen Hungerleider an! Der Wirt gabelt sie irgendwo auf – und so schnell, wie sie da sind, verschwinden sie auch wieder. Ich sag doch, ich hab' nie drauf geachtet!«

»Gut, ich glaube dir«, murmelte Gret enttäuscht. »Noch was: Wer ist der maskierte Herr, der dir deinen _ deinen Ausfall bezahlt hat?«

»Der?« Grets Gefangener suchte nach Worten. »Der is' nur da, wenn 'n Kampf ansteht. Muß 'ne Menge Geld haben, der. Aber was das für einer is' – das weiß bloß der Wirt. Wir andern haben den noch nie ohne Maske gesehen. Der will eben nich' erkannt werden.«

»Sonst weißt du nichts über ihn? Am besten spuckst du alles aus, mein Lieber. Sonst –«

»Er soll'n ziemlich großen Besitz außerhalb der Stadt haben«, beeilte sich der Pockennarbige zu berichten, »aber wo das is' – keine Ahnung –«

»Der Wirt liefert ihm Hunde – ist das richtig?« Gret ließ in ihrem Verhör nicht locker. Vielleicht war doch mehr über den Mann mit der Maske aus dem Ekel herauszuholen.

»Ja«, flüsterte der Pockennarbige, »vielleicht benutzt er sie für die Wildschweinjagd – oder so –«

»Ausgebildete Hunde? Hunde für Kampfspiele soll er als Jagdhunde benutzen? Das kannst du mir nicht erzählen!«

»Aber der Wirt liefert ihm doch Welpen! Schätze, der Mann mit der Maske bildet sie selbst aus.«

»So. Und wer er ist, das weißt du wirklich nicht?« Gret ließ ihre Hand sacht über Schnüß' Nacken gleiten. Der Hund packte wieder härter zu.

»Wirklich nicht!« jammerte der Pockennarbige in Todesangst. »Nur einmal, da hab' ich die Sänfte gesehen, in der er sich zur Gans tragen ließ! Da war'n Zeichen auf der Tür, aber ich kann ja nich' lesen – ich hab' keinen blassen Schimmer, ob das was Geschriebenes war. Ehrlich –!«

Gret musterte das Gesicht der widerwärtigen Kreatur im Dämmerlicht. Es war schreckensbleich; was der ekelhafte Mensch bisher gesagt hatte, konnte nur die Wahrheit gewesen sein. »Ein Zeichen«, fragte Gret nach, »kein Wappen zufällig?«

»'n verschlungenes Muster – weiß nich' – vielleicht 'ne Hausmarke oder so was –«

»Wie sah es aus? Mal es mit der Hand in die Luft.«

Der Pockennarbige regte sich, streckte vorsichtig den Arm aus. Schnüß stieß ein heißes, warnendes Grollen aus. »Ruhig, mein Hund«, sagte Gret, »ganz ruhig –«

Das Zeichen, das der Pockennarbige mit ängstlichen Bewegungen andeutete, war nicht ohne weiteres zu erkennen. »Noch mal«, verlangte Gret unerbittlich, »und gefälligst etwas genauer. Besinne dich, Kerl! Sonst geb' ich dem Hund einen anderen Befehl!«

Mühsam wiederholte der Gefangene seine Handbewegungen. Und jetzt sah Gret vor sich, welches Zeichen er auf dem Schlag der Sänfte erkannt hatte: Es waren drei senkrechte Striche, der mittlere länger; die beiden kurzen hatten am unteren Ende eine rechtwinklig abgeknickte Verlängerung nach rechts beziehungsweise links. Und das Ganze wurde von einem nach unten zeigenden Pfeil durchkreuzt.

Gret schüttelte den Kopf. Das brachte sie nicht weiter. »Na schön«, sagte sie, »eine letzte Frage: Mit wem ist der Wirt sonst noch gut Freund?«

Der Pockennarbige grinste, trotz seiner Angst vor dem Hund, der ihn nach wie vor am Kragen gepackt hielt. »Gut Freund«, sagte er abfällig, »der? Der is' mit keinem auf gutem Fuß. Nur dem feinen Kerl mit der Maske, dem läuft er nach. Wie'n Hund –« Er kicherte, verstummte, als Schnüß nachfaßte. »Nä, der Wirt, der hat keine Freunde – soweit ich weiß.«

Gret ärgerte sich. Sie hatte auch jetzt wieder kaum mehr erfahren, als sie schon gewußt hatte. Sie würde den Pockennarbigen laufenlassen; es hatte wenig Zweck, noch länger seine widerliche Gegenwart zu ertragen, denn dabei kam sicher nichts mehr heraus. »Aus, Schnüß«, sagte sie zu der Hündin, »lass' ihn los. Du warst sehr brav.«

Das Tier lockerte gehorsam den Griff, ließ den Kragen seines Gefangenen los und tat ein paar Schritte rückwärts. Aber es blieb wachsam und behielt den Pockennarbigen im Blick.

Der erhob sich langsam vom feuchten Boden, wischte sich mit einer fahrigen Handbewegung übers Gesicht. »'n verdammt guten Hund hast du da«, murmelte er mit widerwilliger Bewunderung, »erstklassiges Material. Kämpft er auch?«

»Hör mal zu, du Schmierlappen«, antwortete Gret zornig, »wozu sollte ich mir wohl sonst so 'nen Hund halten? Der kämpft – verlaß dich drauf! Aber nur für mich und nicht in der Arena gegen Geld!«

»Schade.« Das Ekel zuckte die Achseln. »Du könntest 'n Vermögen damit machen.«

»So, wie du mit deiner Furia?«

»Ach, der miese Köter!« Der Pockennarbige lachte auf. »Das Vieh hatte seine beste Zeit doch längst hinter sich! Ja, vor zwei, drei Jahren – da war die Töle gut für 'nen satten Gewinn. Das is' jetzt endgültig vorbei, aber macht nichts. Ich hab' immerhin zum Schluß noch 'n paar schöne Goldfüchse für den Krepierer eingesackt.« Er lachte noch einmal sein widerliches Lachen. »Jetzt besorg' ich mir 'nen neuen Welpen vom Wirt, sobald er wieder welche hat. Oder –«, er musterte Gret lauernd, »verkaufste mir vielleicht deinen Hund – für drei Gulden?«

Gret schnaufte vor Verachtung. Der Abscheu vor dieser erbärmlichen Gestalt brachte sie zum Würgen. Sie schnappte nach Luft. »Mensch«, stieß sie hervor, »hau ab – ehe ich mich vergesse! Meinen Hund würdest du weder für dreißig Silberlinge noch für dreißig Gulden kriegen! Verschwinde, so schnell du kannst. Und wir haben uns nie gesehen, verstanden?«

Dieser Aufforderung kam der Strolch gerne nach, denn Schnüß hatte zur Bekräftigung von Grets Worten gefährlich geknurrt. Mit einem ängstlichen Seitenblick auf die Hündin begann der Pockennarbige rückwärts zu gehen, wich immer weiter zurück, drehte sich endlich um und lief eilig davon.

An der Seite des Hundes war Gret sicher und unbehelligt nach Hause gelangt. Dort hatte sie den Rest ihrer Arbeit erledigt, war beim Abendessen mit ihrem Dienstherrn grüblerisch und wortkarg gewesen und hatte sich, sobald sie konnte, in ihren Gadem zurückgezogen.

Auch Hans Stellmacher, der bei ihr angeklopft hatte, um gut Wetter zu machen, war bald wieder gegangen, nachdem er gemerkt hatte, daß Gret in Gedanken mit ganz anderen Dingen beschäftigt war als mit der Bereinigung ihres Mißverständnisses. Hans hatte sich, bevor er ihr Häuschen wieder verließ, für seinen unvernünftigen Eifersuchtsausbruch entschuldigt, und Gret hatte ihm nach einer kleinen

Standpauke verziehen. Er ging beruhigt und wollte ihr die Zeit lassen, die sie für sich brauchte.

Hans ahnte natürlich nicht, mit welchem Rätsel Gret sich abplagte. Und Gret dachte einstweilen auch nicht daran, ihn einzuweihen. Sie spürte, daß die Suche nach dem verschwundenen Jungen gefahrvoll werden konnte und wußte aus Erfahrung, daß Hans Stellmacher ihr die Aufgabe nur unnötig erschweren würde, weil er immer diesen Drang hatte, sie vor allen Gefahren zu beschützen.

Zornig, daß sie bis jetzt noch nichts erreicht hatte, und wild entschlossen, der lahmen Agnes ihren kleinen Rutger zurückzubringen, ging Gret zu Bett. Und mit den gleichen Gefühlen wachte sie im Morgengrauen wieder auf.

Gret hielt sich Doctor Minutus, der heute besonders leutselig und mitteilungsbedürftig war, dadurch vom Hals, daß sie nach dem Frühstück ein Großreinemachen veranstaltete. Sie fuhrwerkte in der Küche herum, daß ihm Hören und Sehen verging und er sich fluchtartig in sein Studierzimmer verzog.

Stumm und tief in ihre Überlegungen verstrickt, schaffte Gret die Hausarbeit, die sie sich vorgenommen hatte; auch beim Mittagessen blieb sie einsilbig und vergraulte damit ihren Dienstherrn hinlänglich, um auch während der nächsten Stunden Ruhe vor ihm zu haben. Sie tat es mit Bedacht, da sie es sich nicht leisten konnte, den ganzen Nachmittag mit Kleinigkeiten zu verplempern, die der Doctor ihr möglicherweise auftrug, wenn sie sich umgänglich zeigte.

Als es zwei schlug, hüllte sie sich in ihren dicken Umhang aus blauer Wolle – denn es hatte wieder gefroren – und machte sich auf den Weg nach Sankt Revilien. Schnüß begleitete sie – wie immer, seit sie bei Gret aufgetaucht war. Die große Hündin hatte sich ihr so eng angeschlossen, als sei Gret schon immer ihre Herrin und Besitzerin gewesen. Gret schien es wie ein Wunder. Sie genoß die Gesellschaft des ruhigen, gelassenen Tieres ungemein. Schnüß war für sie schon jetzt aus ihrem Leben einfach nicht mehr wegzudenken, zumal sie sich für das Futter und das Zuhause, das Gret ihr bot, bereits überreichlich bedankt hatte.

Die Stolkgasse lag an diesem ungemütlich feuchten und kalten Tag verlassen; auch auf dem von einer Mauer eingefriedeten Vorplatz des Hospitals sah Gret niemanden. Sie befahl Schnüß, sich zu setzen. Dann betätigte sie den Schellenzug an der Pforte.

Die ältliche, dicke Pflegerin, die sie bereits kannte, machte auf. »Ja?«

»Ich möchte gern den Jungen besuchen, der neulich ins Tollhäuschen eingeschlossen worden ist«, sagte Gret einfach.

»Ach.« Die Begine zupfte sich die weiße, steif gestärkte Flügelhaube zurecht. Dann fiel ihr Blick auf den Hund, der neben Gret saß und sie mit gerunzeltem, dunklem Gesicht aufmerksam betrachtete. »Aber das Tier –«

»Es ist ganz brav«, fiel Gret ihr in die Rede, »da braucht Ihr keine Angst zu haben.«

»Aber –« Die Pflegerin schien nicht überzeugt.

»Führt mich doch bitte zu dem Jungen«, drängte Gret ungeduldig, »Ihr seht ja, mein Hund knurrt nicht einmal. Er wird keinen stören.«

»Na gut«, sagte die Begine, überrumpelt durch Grets forsche Art, »aber eins sag ich dir – das Vieh muß sofort raus, wenn es drinnen bellen sollte. Wir wollen auf keinen Fall, daß sich unsere Irren unnötig aufregen!«

Sie ging voran, über den Hof zum Nebengebäude, in dessen engen Gelassen die Tobsüchtigen untergebracht waren. »Vorgestern«, erzählte sie unbefangen, »da ist wieder ein Hundehäuschen freigeworden. Die dolle Stin ist endlich gestorben. Es war ein Kreuz mit ihr! Zuletzt hat sie gar nichts mehr gegessen und getrunken und auch keinen mehr an sich herangelassen. Das Häuschen war so voll Kot, daß wir wohl noch wochenlang lüften müssen, bis es wieder belegt werden kann.«

Gret hörte ihr nur mit halbem Ohr zu. »Wie geht es Martin?« fragte sie, als die Begine zum Atemholen eine Pause machte.

»Wem?«

»Dem Jungen, den ich besuchen will.«

»Ach so, dem. Ich kann mir die Namen unserer Verrückten leider immer erst merken, wenn sie lange genug hier sind.« Die Begine lächelte, Entschuldigung heischend. »Dem Kleinen in Nummer sechs geht es gut. Tobt nur selten. Meist hockt er still in einer Ecke.«

Sie hatten den Korridor mit den dicht beieinanderliegenden, numerierten Türen der Tollhäuschen betreten. Als die Insassen der Zellen sie kommen hörten, erhob sich sogleich Geschrei und Getöse, und wieder mußte Gret sich zusammennehmen, um nicht davonzulaufen. Sie bewunderte auf einmal die Begine, die sich mit so stoischem Gleichmut in dieser schrecklichen Umgebung bewegte. Schnüß stellte nur die Ohren auf und lauschte. Aber sie gab keinen Laut, sondern ging unbeeindruckt an Grets Seite.

Vor der Tür mit der Nummer sechs nestelte die Begine den Schlüsselbund vom Gürtel los. »Wenn er um sich schlagen sollte – einfach ein paar Schritte zurücktreten«, sagte sie, während sie aufschloß, »wir halten sie hier ja alle in Fußeisen. Die Kette ist kurz, da kann nichts passieren. Ich bleib auf dem Flur. Wenn der Besuch vorbei ist, sag Bescheid. Ich mach dann wieder dicht.«

Gret nickte zur Antwort. Die Tür öffnete sich und gab den Blick ins Tollhäuschen frei. Martin, kreidebleich und mit eingesunkenen Augen, saß auf dem Strohhaufen, der ihm zum Schlafen diente, und starrte Gret an. Er schien sie nicht zu erkennen; scheu zog er die zerlumpte Wolldecke, in die er sich gegen die feuchte Kälte eingehüllt hatte, enger um die Schultern.

Gret betrat das winzige Gelaß. »Martin«, sagte sie, »ich bin's – Gret! Ich möchte gern mit dir reden. Verstehst du mich?«

Der Junge gab keinen Ton von sich. Sein Blick blieb völlig leer.

»Der sagt ja doch nichts«, ließ sich die Begine vom Korridor hören, »wir haben es alle schon versucht.«

Schnüß schob sich an Gret vorbei und steckte ihren dunklen Kopf in die Zelle. Schlagartig verschwand Martins Lethargie. Er sprang auf, drückte sich an die Mauer und hob wie zur Abwehr die Hände. »Der Hund«, stieß er keuchend hervor, »der soll weg, der Hund – Gret – der soll weg!«

Er unterbrach sich, verhielt einen Augenblick reglos, begann dann wild zu brüllen, während er auf dem Strohhaufen hin und her sprang. Speichel lief ihm plötzlich aus dem Mund, rann in weißlichen, schaumigen Streifen über sein Kinn. Martin ließ sich fallen und verfiel in rasende Zuckungen, die seinen ganzen mageren Körper schüttelten.

In Gret stieg eine große Erregung auf. Dennoch bemühte sie sich um Ruhe. »Martin«, sagte sie, »ich komme bald wieder – ohne den Hund, hörst du? Und dann hole ich dich nach Hause zu deiner Mutter und deinen Geschwistern. Wäre das nicht schön?«

Der Junge antwortete mit noch mehr Gebrüll und noch gewaltsameren Krämpfen. Er schrie so laut, daß es im Gebäude widerhallte. »Wir sollten jetzt gehen«, sagte die Begine nüchtern, »außer diesem wüsten Geschrei wird nichts aus ihm herauszukriegen sein. So ist das eben, da macht man nichts dran. Unter Verschluß halten, füttern und ausmisten – mehr geht bei Irren nicht.«

»Ja, bei den wirklich Wahnsinnigen ist das vielleicht so«, murmelte Gret. Sie trat auf den Flur hinaus, und die Pflegerin schloß ab. Sofort stellte Martin drinnen sein Heulen und Brüllen ein; es wurde wieder still bis auf die vereinzelten Flüche und Schreie, die die Insassen der anderen Tollhäuschen noch hören ließen.

»Hat nicht viel gebracht, was?« Die Begine zeigte wieder das bedauernde Lächeln. »Ich hatte es ja von Anfang an gesagt – «

»Vielleicht beim nächsten Mal«, gab Gret zurück.

»Ich glaub' jedenfalls nicht, daß der in Nummer sechs je wieder vernünftig wird«, meinte die Begine kopfschüttelnd, »es kommt so gut wie nie vor.«

»Wir werden ja sehen«, murmelte Gret, »einstweilen vielen Dank für das freundliche Entgegenkommen, Schwester.«

»Keine Ursache.« Die Begine beschleunigte ihre Schritte auf dem Weg nach draußen, und Gret war froh darüber, denn sie hatte es jetzt sehr eilig, hier wegzukommen. »Gott befohlen«, sagte sie, als sie auf dem Hof angelangt waren. Sie wartete die Antwort der freundlichen dicken Frau nicht mehr ab, sondern hastete, gefolgt von ihrem Hund, auf die Straße hinaus. Eine Erkenntnis hatte ihr der Auftritt in Martins Zelle doch gebracht. Und sie brauchte dringend die Stille ihres Gadems, um darüber nachzudenken.

Den kurzen Weg von der Stolkgasse in die Glockengasse legte sie fast rennend zurück; es kümmerte sie nicht, daß Schuhe und Rocksaum vom Straßenkot völlig verdreckt wurden und daß ihr die Leute, denen sie begegnete, verständnislos nachschauten. Sie lief so schnell, daß selbst Schnüß in federnden Trab fallen mußte, um an ihrer Seite zu bleiben.

Zu Hause angekommen, warf sie ihren Umhang ab, legte zwei Scheite auf ihr Feuer, setzte sich und starrte in die züngelnden Flämmchen. Sie war nicht dazu gekommen, Martin ihre Fragen zu stellen. Für welchen Mann die beiden Jungen die Kiste geschleppt hatten, war nach wie vor ungewiß – so ungewiß wie Rutgers Aufenthalt. Aber Gret wußte jetzt mit absoluter Sicherheit: Martin war nicht wahnsinnig. Ihr erster Eindruck war richtig gewesen – Martin spielte seinen Wahnsinn nur. In dem Augenblick, als Schnüß in seine Zelle gekommen war, hatte er sich verraten. Der Hund soll weg, hatte er gesagt. Gret, der Hund soll weg _ Und in seinen Augen hatte Gret die Vernunft schimmern sehen, die sie an dem Jungen kannte.

Martin wollte, daß er für verrückt gehalten wurde. Konnte es sein, daß er sich vor jemandem versteckte? Wenn das der Fall war, hatte er sich das sicherste Versteck ausgewählt, das es in ganz Köln geben konnte. Niemand würde ihn im Irrenhaus vermuten. Diejenigen, die dort eingeschlossen lebten, verloren ja selbst für die Pflegerinnen ihren Namen und wurden zu Nummer eins bis acht.

»Gut, Martin, gut –«, murmelte Gret im Selbstgespräch vor sich hin, »du hast also was Schreckliches erlebt und wirst jetzt möglicherweise verfolgt. Da bist du in Sankt Revilien untergetaucht, sozusagen. Sehr schlau.« Sie stocherte in der Glut und kleine Funken stiebten. »Das bedeutet, daß du –«

Es klopfte an die Tür. »Grundlin, zieh den Mantel an«, klang brummig die Stimme des Doctors zu ihr herein und unterbrach abrupt ihre Gedankengänge, »wir haben eine Emergentia. Ich muß sofort los, und ich kann auf Assistentia keineswegs verzichten. Also hopp, hopp!«

Gret wischte sich über die Stirn und kam zurück in die Wirklichkeit. Sie hob unwillig den Kopf. »Was gibt's denn?«

»Mathilde Opdemhoff hat der Schlag getroffen«, knurrte Doctor Minutus, »beeil dich, Grundlin! Hoffentlich kommen wir nicht schon zu spät!«

Wenn es sich um Arbeit handelte, die geleistet werden mußte, dann sagte der Doctor immer wir und meinte damit –

Gret verzog das Gesicht zu einem säuerlichen Lächeln und hüllte sich wieder gehorsam in den Umhang, den sie erst vor einer kleinen Weile abgelegt hatte. Gott sei Dank hatte sie die Holzbrettchen noch nicht von den Schuhen abgeschnallt, so daß sie bereit war. »Du bleibst hier, Schnüß«, befahl sie dem Hund, der schwanzwedelnd an der Tür stand, »diesmal gehe ich allein aus. Such dir einen bequemen Platz, bis ich wiederkomme!«

Als habe das Tier alles genau verstanden, ließ es sich vor der Feuerstelle nieder und legte den Kopf auf die Pfoten. Es warf Gret zum Abschied einen melancholischen Blick nach.

Gret und der Doctor marschierten im Eiltempo zum Opdemhoffschen Haus Unter Goldschmieden. Gret trug den kleinen Handkoffer mit Instrumenten, den der Doctor ihr auch heute in die Hand gedrückt hatte. »Wie ist denn das passiert?« wollte Gret wissen, während sie zügig neben ihm herschritt. »Mathilde Opdemhoff ist doch erst kürzlich zur Ader gelassen worden.«

»Im Haus hat es einen Unfall gegeben. Darüber hat sie sich so aufgeregt, daß sie ohnmächtig geworden ist«, erklärte der Doctor atemlos.

»Was denn für einen Unfall?« Womöglich hatte derjenige, dem der Unfall zugestoßen war, ärztliche Hilfe viel nötiger als die dicke Mathilde, die wahrscheinlich bloß simulierte –

»Der junge Albert, Mathildes Neffe, ist schwerverletzt im Wald gefunden worden. Sie haben sofort einen Chirurgus kommen lassen, um dem Jungen vielleicht das Leben zu retten, aber –«, der Doctor machte im Gehen eine geringschätzige Handbewegung, »man weiß ja, was Bader und Chirurgi alles verderben können!«

Das war wieder einmal echt Theophilus Minutus! Anstatt sich wohlbegründete Sorgen um den verletzten Albert Opdemhoff zu machen, zog er lediglich gegen seine Konkurrenz vom Leder! Gret räusperte sich ärgerlich. »Wäre es da nicht angebracht, daß Ihr Euch zuerst den jungen Albert anseht? Ein Bader wird ihm ja wohl nicht so wirkungsvoll helfen können wie ein studierter Mediziner, oder?«

»Hmm«, brummte der Doctor, »schon wahr. Aber ich liebe Knochenbrüche und Fleischwunden nicht sonderlich. Solche ekelerregenden Traumata sind doch eher etwas für die niederen Ränge der Heilkundigen – für Handwerker eben, wie Bader und Chirurgi –«

»Aber Doctor!« Gret fuhr ihren Dienstherrn regelrecht an. »Es geht vielleicht darum, einen jungen Menschen dem Tod zu entreißen! Wo bleibt Eure Berufsehre!«

Theophilus Minutus schwieg einen Augenblick. Plötzlich wandte er Gret im Gehen das Gesicht zu, das sich langsam puterrot färbte. »Grundlin«, donnerte er zurück, »es versteht sich ja wohl von selbst, daß ich vor allem anderen dem jungen Albert Hilfe leiste! Ich verbitte mir unqualifizierte Angriffe auf meine Ehre als doctor medicinae, verstanden?« Er schnaufte indigniert. »Das ist ja unglaublich! Grundlin, ich verlange eine Entschuldigung!«

Gret meisterte heldenhaft den Lachreiz, der sie überkam. Dann tat sie dem Doctor den Gefallen. Unterdessen waren sie vor dem großen, prachtvollen Haus der Opdemhoffs angekommen.

»Wie geht es Fräulein Mathilde?« fragte der Doctor die Magd, die auf sein Klopfen geöffnet hatte.

»Schon besser«, sagte das rundliche Mädchen, das Gret irgendwie an einen reifen, rotbackigen Apfel erinnerte. »Wir haben ihr auf den Schreck ein Glas guten Wein gegeben. Jetzt kriegt sie wieder Luft.«

»Das ist sehr beruhigend«, sagte der Doctor, »bevor ich daher meine kostbare Zeit Fräulein Mathildes Wohlergehen widme, möchte ich mich zuerst dem jungen Herrn Albert zuwenden. Führe mich also zu ihm, Mädchen.«

Er hatte seinen strengen, würdevollen Ton angeschlagen. Die Magd knickste sichtlich beeindruckt und hielt ihm beim Eintreten die Tür auf. Dann ging sie Gret und dem Doctor durch die große Diele voran und wagte erst an der Treppe zu den Schlafkammern die vorsichtige Bemerkung: »Aber der Bader sagt, es hätte wenig Zweck, weil der junge Herr nämlich –«

Doctor Minutus ließ sie nicht ausreden. »Ob es Zweck hat, bestimme ich«, schnauzte er das Mädchen an, »ein Bader kann so etwas wohl kaum beurteilen!«

Das Apfelgesicht schaute erschrocken drein und wagte keine Widerrede mehr. Es huschte die Treppe hinauf, gefolgt von Gret und dem Doctor, und öffnete betreten, aber dienstbeflissen die Tür zu der Kammer, in der der Junge lag.

Das kleine Schlafgemach, komfortabel mit einem mächtigen Vierpfostenbett und zwei Posterstühlen ausgestattet, war nur von ein paar Unschlittkerzen erleuchtet. Die dicken, dunkelblauen Vorhänge waren an beiden Fenstern zugezogen; im Raum herrschte tiefe Dämmerung.

Der verletzte Junge, ein lang aufgeschossener Halbwüchsiger mit dünnen blonden Haaren, ruhte auf dem Bett. Er hielt die Augen geschlossen und lag regungslos; wären nicht die matten Atembewegungen gewesen, die seine schmale Brust in langen Abständen hoben und senkten – man hätte meinen können, er sei bereits gestorben.

Neben dem Bett hockte auf einem Schemel der Bader. Als er Doctor Minutus eintreten sah, erhob er sich. »Da kommt jede Hilfe zu spät«, sagte er mit einem Bedauern in der Stimme, »aus den vielen Bißwunden hat der junge Herr fast sein ganzes Blut verloren. Ich kann nichts mehr für ihn tun, leider. Nach einem Priester ist schon geschickt.«

»Mach Platz, Kurpfuscher«, knurrte der Doctor gereizt. Er schob den Bader, der ihn mit einem bestürzten und zornigen Blick bedachte, einfach beiseite. Mit der ihm eigenen, gründlichen Langsamkeit deckte er den Jungen auf, betrachtete eingehend die Verbände, die der Bader angelegt hatte, und prüfte in andachtsvollem Schweigen den Puls. »Bißwunden, soso«, brummelt er, nachdem er sich überzeugt hatte, daß kaum noch ein Puls zu fühlen war. Dann, laut und aufbrausend und an den verletzten Halbwüchsigen gerichtet, dröhnte er: »Verdammt, Junge – was machst du denn für Sachen? Wie konntest du das deiner Familie antun?« Umständlich fing er an, die weißen Leinenbinden, die das linke Bein des Jungen von der Hüfte bis zum Knöchel bedeckten, wieder abzuwickeln.

»Was macht Ihr denn da«, ereiferte sich der Bader mit gedämpfter, aber wutentbrannter Stimme, »eben ist es mir gelungen, den Blutstrom endlich zu stillen – und jetzt reißt Ihr alle Wunden wieder auf!«

»Silentium, Schwachkopf«, fuhr ihn der Doctor an, »wenn dem Knaben die Hilfe eines wahren Medicus zuteil werden soll, dann muß dieser Medicus ja wenigstens über das Ausmaß der Traumata unterrichtet sein!«

Die Verbände fielen. Sie enthüllten grauenvolle

Wunden, die ohne jeden Zweifel von Reißzähnen stammen mußten. Ein großes Raubtier hatte das Bein des Jungen regelrecht zerfleischt; der Blutverlust mußte so stark gewesen sein, daß tatsächlich keine Hilfe mehr möglich war.

»Himmel – Herrgott —« Doctor Minutus war nun doch beunruhigt. »Wie ist denn das passiert – und wo? Welche Bestie hat dir diese lethalen Raptiones administriert, mein Junge? Das ist ja — ein Casus incomparabilis – wahrhaftiger Gott!« Er wandte sich dem Bader zu, der mit zorngerötetem Gesicht an seiner Seite gestanden hatte. »Mach wieder zu, Quacksalber – und diesmal fester und besser als gehabt! Schlamperei —«

Der Bader lief noch dunkler an. Aber er zerbiß seine wütende Bemerkung über die »hochgelehrte Schulmedizin« zwischen den Zähnen. Mit sanften Fingern und bewundernswertem Geschick verband er den jungen Albert noch einmal. Dabei schien er ihm keine Schmerzen zu bereiten, denn der Verletzte regte sich nicht.

Gret, die sein wachsbleiches Antlitz beobachtete und längst erkannt hatte, daß er im Sterben lag, sah, wie die Lider des Jungen flatterten und sich unendlich langsam öffneten. Blaßblaue, müde Augen schauten Gret an. Von den blutleeren Lippen lösten sich gehauchte Worte – tonlos, aber gerade noch zu verstehen: »Bei Melaten — im Wald —«, flüsterte Albert Opdemhoff, »er — hat schon viele getötet —«

Die Worte rissen ab. Nach einem schweren, gequälten Atemzug flossen sie wieder. »Er ist — sehr

groß – und ganz grau – Er – er hat sie alle um-«
Ein leiser, schmerzerfüllter Seufzer folgte. Dann stand der Atem des Jungen still. Es war zu Ende.

Gret hatte es nie besonders traurig gefunden, alte Leute sterben zu sehen, aber dieser eben Gestorbene war ja noch ein halbes Kind gewesen – ein Junge, der sein Leben gerade erst begonnen hatte! Das traf sie tief.

Sie wandte sich ab und suchte die Fassung zu bewahren, während der Priester in Begleitung der armen Mutter dieses Jungen das Zimmer betrat. Es war sehr schwer, an dem Totenbett nicht mitzuweinen.

Als der Doctor, dickfellig wie er war, sie jetzt auch noch aufforderte, mit ihm nach Mathilde zu sehen, da verweigerte Gret ihm den Dienst. »O nein«, sagte sie empört, »das müßt Ihr diesmal schon allein besorgen! Ich geh nach Hause. Mehr als das kann ich an einem einzigen Tag nicht verkraften. Ich bin schließlich nicht aus Stein, Doctor!«

Theophilus Minutus verstand kein Wort. Er sah ihre zornige Miene und bestand nicht mehr darauf, daß sie bei der Visite anwesend war. »Schön«, knurrte er verwirrt und verärgert, »dann geh! Aber daß mir so was nicht andauernd vorkommt, Grundlin! Ihr Weiber mit eurem schwachen Magen –«

Gret hörte dieses letzte Wort der Verständnislosigkeit nur noch undeutlich. Sie hatte die Tasche mit den ärztlichen Instrumenten einfach auf den Boden fallen lassen und war hinausgelaufen. Mit langen Sätzen rannte sie die Treppe hinunter, lief an den leise schluchzenden Hausmägden vorbei, die wie ein

Häuflein verängstigter Hühner in der Halle standen, und stürzte auf die Straße. Sie brauchte frische Luft; die Atmosphäre im Opdemhoffschen Haus war allzu bedrückend gewesen.

Für den Heimweg wählte Gret ein schnelles Tempo. Die Kälte des Spätnachmittags klärte ihr bald den Kopf, so daß sie sich wieder besser fühlte. Und etwas wurde ihr bewußt: Nicht allein der unzeitgemäße Tod des jungen Albert Opdemhoff hatte diese Bestürzung, diesen inneren Aufruhr in ihr ausgelöst. Daran war noch ein ganz anderes Gefühl beteiligt gewesen – das Gefühl, daß dieser Todesfall in irgendeiner Weise mit dem Fall der verschwundenen Kinder verknüpft war.

Die Vermutung hatte sie wie ein Faustschlag getroffen – und sie konnte sich nicht dagegen wehren. Sie sagte sich zwar immer wieder, daß ein solcher Verdacht unbegründet war, aber das Gefühl blieb. Es wollte einfach nicht weichen.

Als Gret sich zu Hause in Abwesenheit des Doctors daranmachte, die Tiere für den Abend zu versorgen, hatte sich der Gedanke, daß es eine Verbindung zwischen dem Verschwinden der Bettelkinder und dem Tod des jungen Opdemhoff gab, völlig in ihr festgesetzt. »Wir werden schon noch herauskriegen, wo die Zusammenhänge liegen«, sagte sie zu Schnüß, die neben dem Stall saß und Gret beim Ausmisten zusah, »es wurmt mich, daß ich bis jetzt gar nichts weiß – weder über die eine noch über die andere Sache. Aber das wird sich ändern, mein Hund. Auf alle Fälle handelt es sich hier um eine ganze Reihe von Verbrechen – und ich werde das Gefühl nicht los, daß ich nahe dran bin, sie aufzudecken. Herrgott«, sie stieß ihre Mistforke hart auf den gefrorenen Boden, »es muß doch möglich sein, dabei weiterzukommen!«

»Wuff«, sagte Schnüß und legte ihre dunkle Stirn in Denkerfalten.

Gret rief sich die letzten Worte des sterbenden Jungen noch einmal ins Gedächtnis. Bei Melaten im Wald, hatte er geflüstert und die Augen angstvoll aufgerissen, als sähe er etwas Entsetzliches vor sich. Er hat schon viele getötet – er ist sehr groß und ganz grau. Und er hat sie alle um –

Umgebracht.

Das hatte Albert Opdemhoff mit Sicherheit sagen wollen. Doch der Tod hatte ihm das Wort aus dem Mund genommen.

Groß, grau. Ein Bär vielleicht oder ein Wolf – ein starker, wilder Einzelgänger. Wer sonst konnte solche schrecklichen Wunden reißen?

»Wuff«, machte Schnüß noch einmal.

Oder ein Hund?

Gret stellte die Forke in den Schuppen und verriegelte die Stalltür. Sie mußte unbedingt mit jemandem über die Angelegenheit reden, aber mit wem? Doctor Minutus würde gar nicht zuhören oder sie schlicht der allzu lebendigen Phantasie bezichtigen. Dazu kam, daß ihm die Kinder der lahmen Agnes egal waren. Was hatte ein Mann wie er mit Bettelvolk zu schaffen? Um solche Leute sollte sich die Kirche kümmern oder der Büttel – das war seine Meinung.

Hans Stellmacher. Nur, wie würde der sich anstellen, wenn Gret ihm schilderte, daß sie einem Verbrechen auf der Spur war? Nein, mit Hans konnte sie auf keinen Fall darüber sprechen. Den mußte man vor vollendete Tatsachen stellen, wenn man nicht bei allen notwendigen Nachforschungen behindert werden wollte –

»Männer«, knurrte Gret, und Schnüß gab ebenfalls ein kleines Grollen von sich. Wozu waren die Kerle eigentlich zu gebrauchen? »Das starke Geschlecht«, ärgerte sich Gret weiter. »Ha, daß ich nicht lache! Angeber oder Angsthasen – die ganze Bande!« Sie ballte die Fäuste und verzog das Gesicht zu einer mißmutigen Grimasse. So sehr sie Hans liebte, so lästig war ihr seine ewige Besorgnis um ihr Wohlergehen.

Dann mußte sie über sich selbst lachen. »Mach ich's eben allein.«

»Wuff«, sagte Schnüß.

Gret kam eine Idee. Friedel – Der lange Friedel wäre jemand, mit dem man sich beratschlagen konnte. Hatte er ihr nicht, als sie ihn nach dem Streit mit Hans an die Luft gesetzt hatte, die Unterkunft genannt, in der er sich aufhielt?

Wo war das doch gleich gewesen? Brückenstraße, Haus zum Mohren.

Bis dahin war es nur ein Katzensprung. Die Brückenstraße führte zum Heumarkt. Im Handumdrehen konnte sie dort sein.

»Schnüß«, sagte sie zu der Hündin, »das ist es! Wir besuchen den langen Friedel. Komm, mein Mädchen!«

Das Tier sah sie mit glänzenden braunen Augen an und erhob sich schwanzwedelnd. Es folgte Gret in übermütigen Sätzen, als sie in ihren Gadem ging, um Arbeitsschürze und Holzpantinen auszuziehen und sich zum dritten Mal an diesem Tag ausgehfertig zu machen.

Es hatte angefangen, sacht zu regnen – feine Wassertropfen, mit Graupeln vermischt. Deshalb war Gret ziemlich naß und durchfroren, als sie den kurzen Weg in die Brückenstraße zurückgelegt hatte. Schnüß schien das ungemütliche Februarwetter nichts auszumachen; sie schüttelte lediglich die Tropfen vom Pelz, als sie vor dem Haus zum Mohren anhielten, und wartete gelassen, während Gret das Haus in Augenschein nahm.

Es war ein schönes, hell verputztes Gebäude mit einem schmalen, hohen Treppengiebel, an dessen Spitze ein dicker, runder, in bunten Farben bemalter Negerkopf den Vorübergehenden die Zunge herausstreckte. Im Erdgeschoß gab es eine Schankwirtschaft, die sehr sauber und gepflegt schien – das war an den blankgeputzten kleinen Fensterscheiben der Gaststube zu erkennen.

Gret trat ohne Zögern ein, den Hund dicht neben sich. Die Schenke war um diese Zeit sehr gut besucht; ordentlich gekleidete Gäste – Handwerker oder Gesellen aus den anliegenden Straßen – saßen beim Abendschoppen an dem langen Bocktisch vor einem helllodernden Kaminfeuer.

Gret wandte sich an den Wirt, einen adrett wirkenden Fünfziger von fülliger Statur, der hinter dem Tresen gerade ein neues Bierfaß anstach. »Bei Euch wohnt doch der Friedel, nicht?«

»Hmm.« Der Wirt drehte sich zu ihr um und lächelte sie an. Er zwinkerte fröhlich. »Ich seh', du willst ihm 'nen Hund zum Ausbilden bringen«, sagte er aufgeräumt und warf einen bewundernden Blick auf Schnüß, »schönes Tier – alles was recht ist. Der Friedel ist oben in seiner Kammer, ich lass' ihn rufen. Such dir solange 'nen Platz! Bier – ja?«

»Gern«, sagte Gret und gab das freundliche Lächeln zurück. Sie ging zum Feuer und setzte sich auf den breiten, gemauerten Sockel vor dem Kamin. Schnüß ließ sich friedlich zu ihren Füßen nieder.

Der Wirt schickte derweil seine Frau, die am Tisch Gäste bedient hatte, nach Friedel. Die große, dralle, hübsch in Blau und Weiß gekleidete Frau, deren melierte Haare einmal fuchsrot gewesen sein mußten, kletterte die Stiege hinauf, die am hinteren Ende des Schankraums ins Obergeschoß führte. Ihr Mann zapfte für Gret einen Becher Bier und servierte.

Schon, als Gret den ersten Schluck getrunken hatte, war die Wirtin wieder in der Gaststube, den langen Friedel im Gefolge. »Na, das ist aber eine schöne Überraschung«, Friedel grinste übers ganze Gesicht, »daß du dich wirklich mal bei mir melden würdest, hätte ich mir in meinen schönsten Träumen nicht vorstellen können! Du hast mich also vermißt, was?«

Gret mußte auch grinsen. »Lass' den Blödsinn«, dämpfte sie seinen Übermut, »Friedel, ich muß dringend mit dir reden. Dringend – hörst du?«

»Ach so.« Sein Gesicht verlor das Lächeln, aber nicht den heiteren Ausdruck. »Ich nehme an, es handelt sich noch immer um diesen kleinen Jungen, den du wiederfinden willst?«

»Allerdings.« Gret rückte ein Stückchen beiseite, um ihm auf dem Kaminsockel einen Sitzplatz freizumachen. »Hör zu –«

Friedel setzte sich und ließ sich auch ein Bier bringen. Dann lauschte er aufmerksam, während Gret ihm erzählte, was sich bis jetzt ergeben hatte. »Und ich hab' das komische Gefühl«, schloß sie ihren Bericht, »daß es einen Zusammenhang zwischen den verschwundenen Bettelkindern und dem Unfall gibt, der Albert Opdemhoff das Leben gekostet hat. Ich kann's nicht erklären – ich hab' einfach nur so'n Gefühl. Was soll ich jetzt machen?

Friedel schüttelte den Kopf. »Jedenfalls lebst du im Augenblick ganz schön gefährlich«, gab er langsam zurück, »ganz allein auf den Alten Graben zu gehen – in so ein berüchtigtes Lokal! Wirklich, das hätte böse für dich ausgehen können.«

»Ich hatte ja Schnüß bei mir.«

»Gott sei Dank!« Friedel bedachte den Hund, der ausgestreckt dalag und ihn mit ruhigen Augen anschaute, mit einem nachdenklichen Blick. »Das Tier muß sehr gut erzogen worden sein, ehe es verlorenging und bei dir landete. Sonst hätte es dir kaum eine Hilfe sein können. Abgesehen davon, daß es sich dir freiwillig untergeordnet hat – was ich noch immer ganz erstaunlich finde.«

Gret überhörte seine Ausführungen. »Friedel«, drängte sie, »zurück zur Sache! Was kann ich noch tun, um den Verbleib des kleinen Jungen aufzuklären? Fällt dir nicht eine Möglichkeit ein, die ich vielleicht übersehen habe?«

Der Lange zuckte die Achseln. »Melde den kleinen Rutger beim Büttel als vermißt. Lass' ihn offiziell suchen. Auf diese Weise –«

»Herrgott, Friedel!« Gret fuhr fast aus der Haut. »Du weißt doch genau, daß sowas nie Erfolg hat! Ich glaube, die Kinder sind einem Verbrechen zum Opfer gefallen, und der junge Albert Opdemhoff –«

»Dabei zumindest liegst du falsch«, stoppte Friedel ihren Ausbruch. »Der junge Albert Opdemhoff ist von einem Wolf angefallen worden. Das ist ganz offensichtlich. Für morgen ist übrigens eine Wolfsjagd angesetzt – nur zu deiner Information.«

»Woher willst du denn das wissen?« Gret riß die Augen auf.

»Ich bin mit der herzoglich-bergischen Meute dabei«, sagte Friedel trocken, »oder hast du schon wieder vergessen, wer ich eigentlich bin? Der Herzog hält sich doch in der Stadt auf. Nur deshalb bin ich hier, Elfchen. Als Läufer und als Führer der Hunde gehöre ich zum direkten Gefolge.«

»Aber was hat der Herzog von Berg denn mit Albert Opdemhoff zu tun?« Gret verstand noch immer nicht.

»Der Herzog und Alberts Vater sind befreundet«, erklärte Friedel geduldig, »und weil das so ist, werden wir morgen den Wolf jagen, der den Jungen getötet hat. So ist das.«

»Weißt du dann am Ende mehr über den Todesfall als ich?« Gret sah den Langen gespannt an. Er war in ihrer Achtung soeben ein ganzes Stück gewachsen.

Friedel setzte seinen Bierbecher neben sich auf den Kaminsockel und fuhr sich mit allen zehn Fingern durch seinen üppigen, fuchsigen Schopf. »Das könnte schon sein«, sagte er, »mir ist im Haus Opdemhoff ganz genau geschildert worden, wie das Unglück sich zugetragen hat.«

»Wie denn?«

»Der Junge hatte einen Spazierritt unternommen«, erzählte Friedel, »wollte sein Lieblingspferd etwas bewegen – trotz des schlechten Wetters. Unterwegs fiel ihn ein Wolf an, er stürzte und wurde schwerverletzt aufgefunden von einem Mädchen, das gerade in der Gegend war. Das Mädchen hat dann auf der Straße ein Fuhrwerk angehalten, und so ist der Junge ziemlich schnell nach Hause gebracht worden. Sein Pferd hat übrigens ein Aussätziger aus Melaten später eingefangen ...«

Gret überlegte einen Augenblick. »Weiß man, wie das Mädchen heißt und wo es zu finden ist?«

»Nein. Die Kleine sei sofort wieder im Wald verschwunden, sagt der Fuhrmann, der den Jungen gebracht hat.«

»Ist denn wenigstens bekannt, wie das Mädchen aussah?«

»Na, ich schätze, es sah nicht anders aus als all die anderen Armeleutekinder. Herr Opdemhoff wollte die Kleine ja belohnen – aber der Fuhrmann konnte, was sie betraf, überhaupt keine Angaben machen.«

Sonderbar. Gret kaute auf der Unterlippe. »Hat das Mädchen gesagt, Albert Opdemhoff sei von einem Wolf angefallen worden – hat sie das Raubtier vielleicht selbst gesehen?« bohrte sie weiter. Sie konnte sich mit dem, was Friedel ihr eben dargetan hatte, nicht zufriedengeben.

»Weiß ich nicht. Aber es ist anzunehmen.«

»Was macht dich so sicher?«

»Welches Tier sollte es denn sonst gewesen sein? Bären sind in dieser Gegend schon seit Menschengedenken nicht mehr gesehen worden, das weiß ich genau.«

Gret verfiel wieder in nachdenkliches Schweigen, während sie mit dem Zeigefinger sacht über die fast verheilten Striemen auf Schnüß' Rücken fuhr.

Friedel bemerkte das. »Du meinst, es könnte auch ein Hund gewesen sein … Das halte ich für ziemlich unwahrscheinlich. Draußen bei Melaten gibt es keinen Edelhof, wo große Jagdhunde gehalten werden.«

»Wo ist das Unglück überhaupt geschehen?« fragte Gret hartnäckig.

»In einem kleinen Waldstück nicht weit von der Aussätzigenstation.«

»Und da soll also morgen auf den Wolf gegangen werden?«

»Ja. In aller Frühe. Ich bin sicher, wir erlegen das Untier.« Friedel strich sich wieder durch die Locken. »Wenn eins da ist, dann erwischen wir es.«

»Ich weiß nicht«, sagte Gret, »aber ich hoffe inbrünstig, daß ihr wirklich auf einen Wolf stoßt. Wenn die Jagd aus ist – wirst du mir dann berichten, wie sie abgelaufen ist?«

Friedel lächelte. »Aber sicher. Ich zeig dir sogar das Fell, sobald wir's haben.« Er runzelte die Stirn. »Du bist mir schon ein komisches Vögelchen. Ich hab' keine Ahnung, warum du dich so in diese Sache verbissen hast, denn die zu erwartenden Informationen über die Wolfsjagd führen dich bestimmt nicht auf die Spur der verlorenen Kinder.«

»Vielleicht will ich dich nur noch mal wiedersehen, ehe du mit deinem Herzog wieder abreist«, neckte Gret ihn in einer plötzlichen Anwandlung von Spottlust. »Eitel, wie du bist, wirst du dir das sicher schon ausgemalt haben, nicht? Aber mach dir keine falschen Hoffnungen«, funkelte sie ihn lustig an, »ich bin vergeben – und das bleibe ich auch!«

»Leider«, sagte Friedel und seufzte theatralisch. »Aber ich finde schon noch die Frau meines Lebens.«

»O bestimmt!« Gret mußte kichern, obwohl ihr eigentlich überhaupt nicht zum Lachen zumute war.

Friedel war schon ein netter Kerl, trotz seines draufgängerischen Benehmens. Sie zwinkerte ihm zu. »Es gibt genug Mädchen, die dumm genug sind, um auf dich hereinzufallen – früher oder später.«

Friedel rollte die Augen in komischer Verzweiflung. »Meinst du wirklich? Immer, wenn mir die Richtige über den Weg läuft, ist sie schon besetzt.«

»Armer fussiger Kater«, bedauerte ihn Gret.

Sie lachten beide.

Dann kam Gret abrupt und ohne Übergang auf ihr Thema zurück. »Morgen früh also?«

»Ja«, sagte Friedel und wurde ebenfalls wieder ernst. »Die Meute ist schon mit der Fähre von Deutz herübergebracht worden. Wir brauchen diesmal mehr als die beiden Leibhunde, die der Herzog immer bei sich hat.«

»Wo residiert er eigentlich?«

Friedel lächelte. »Seit den alten Zeiten, als einer aus der Familie derer von Berg Kölner Erzbischof war, hat er einen Wohnsitz in der Stadt. Er braucht niemanden um Gastfreundschaft zu bitten.«

»Aha.« Gret wunderte sich. »Aber weshalb logierst du dann in diesem Gasthaus und nicht bei deiner Herrschaft?«

»Ich stehe nicht gern unter Aufsicht«, gab Friedel zurück, »ich brauche eine gewisse Freiheit. Außerdem halte ich mich, wenn ich in Köln bin, am liebsten zu Hause auf.«

»Zu Hause?«

Friedel lächelte noch einmal. »Na, in diesem Haus

bin ich geboren«, sagte er, »der Mohrenwirt ist mein Vater.«

»Ach«, Gret betrachtete ihn mit ganz neuen Augen, »du siehst ihm nicht besonders ähnlich.« Der Lange hatte wirklich nicht viel von dem vierschrötig gebauten, eher rundlich-untersetzten und dunkelhaarigen Besitzer dieser Gastwirtschaft.

»Ich komm nach meiner Mutter«, erklärte Friedel, »die war früher das längste, knochigste und scharfzüngigste Weibsbild in der ganzen Stadt.« Er warf einen liebevollen Blick zu der Wirtin hinüber, die gerade energisch den Tresen abwischte. »Sie ist es, glaube ich, immer noch. Und sie hat rote Haare wie ich.«

»Das erklärt einiges. Aber so frech wie du war deine Mutter sicher nie.«

»Du hast es nötig!« Friedel prostete Gret zu.

Gret trank ihren Becher aus. »Bevor unsere Unterhaltung wieder aus den Fugen gerät, mache ich mich lieber auf den Heimweg«, sagte sie und warf dem Langen einen belustigten Blick zu. »Morgen nach der Wolfsjagd reden wir weiter.«

»Darf ich bei dir vorbeikommen?«

»Immer, wenn du brav bist.« Gret verabschiedete sich und verließ mit Schnüß das Gasthaus zum Mohren.

Im letzten grauen Licht des sinkenden Tages sahen die Häuser links und rechts der Straßen mit ihren zugeklappten Schlagläden fast abweisend, ja feindselig aus. Gret fröstelte und tätschelte im Gehen die

Hündin, die gelassen mit ihr Schritt hielt. Um diese Zeit war fast niemand mehr unterwegs; Buden und Werkstätten waren längst geschlossen, und die Straßen lagen verlassen.

Gret beschleunigte ihre Schritte. Die Kettenwärter waren bereits dabei, an den Ecken die Sperrketten aus den Kettenhäuschen abzurollen und quer über die Straßen zu spannen. Sobald es ganz dunkel war, hatte man Mühe, diesen Hindernissen auszuweichen.

Eben wollte Gret bei Sankt Columba auf die Herzogstraße einbiegen, als ihr jemand entgegenkam, hastig vorüberhuschte, die Kirche umrundete und hinter der Umfassungsmauer verschwand. Gret hatte die kleine, schmalschultrige Gestalt zwar nur schemenhaft gesehen, aber sie dennoch sofort erkannt. Das kleine Schankmädchen aus der Gans war an ihr vorbeigerannt – das verschüchterte und verhärmte Kind vom Alten Graben!

Was mochte die Kleine hier wollen – so weit entfernt von dem Haus, in dem sie arbeitete und wohnte? Gret überlegte nicht lange. Sie rannte in die Richtung, in die das Kind gelaufen war. Schnüß folgte.

Das Mädchen war in die Elstergasse eingebogen. Sonderbarerweise lief es damit in die Gegend zurück, aus der es gekommen war; es überquerte die Herzogstraße und hielt auf die Einmündung zur Kupfergasse zu. Barfuß war es viel schneller als Gret, die mit ihren holzsohlenbeschwerten Schuhen nur ungelenk vorankam.

»Halt«, rief Gret hinter dem Kind her, »warte doch mal! Ich tu dir ja nichts, ich möchte nur ein Wort mit dir reden!«

Das Mädchen blieb stehen, drehte sich um, schien Gret zu erkennen. Es hielt einen Augenblick inne. Doch ehe Gret auch nur die geringste Chance hatte, es einzuholen, rannte das zerlumpte, armselige Geschöpf weiter, als sei der Leibhaftige hinter ihm her. Schnell wie der Wind hastete es die Kupfergasse hinunter und tauchte in den Schatten der vielen schmalen alten Häuser ein, die dicht verschachtelt den Anfang der Schwalbengasse säumten.

In die Schwalbengasse wagte sich Gret um diese Tageszeit nicht mehr hinein. Hier gab es mehrere übelbeleumdete Häuser, wo die besseren Dirnen ihre Dienste anboten. Anständige Frauen umgingen die Schwalbengasse ab der Dämmerung am besten, wenn sie nicht von liebeshungrigen Männern angesprochen werden wollten.

Ärgerlich brach Gret die Verfolgung ab. »Dann eben nicht«, murmelte sie enttäuscht, streichelte Schnüß, die nicht eingegriffen hatte, über den Kopf und drehte wieder um. Schnüß hätte die Kleine leicht einholen können, aber sie hatte keine Anstalten dazu gemacht – so, als habe sie gewußt, daß sie dem Mädchen damit Angst eingejagt hätte.

»Jetzt sag mir, mein Hund«, brummelte Gret, während sie nach rechts abbog und mit Schnüß die Langgasse hinunterging, »warum fürchtet sich die Kleine bloß so vor mir? Ich hab' ihr doch überhaupt keinen Grund dazu gegeben …«

Der Hund blickte kurz zu ihr auf, legte die Stirn in Falten und leckte dann einmal sacht über ihre Hand.

»Hast recht«, sagte Gret, »wir kriegen es schon raus – und wenn wir noch einmal auf den Alten Graben geben müssen.«

An der Ecke, wo die Glockengasse in die Langgasse einmündete, bogen sie wieder links ab und stapften nebeneinander zum anderen Ende, wo Doctor Minutus' Haus stand. Gret schloß ihren Gadem auf und schlüpfte in ihr Stübchen, das von dem fast erloschenen Feuer noch immer angenehm warm war. »Komm, Schnüß«, rief sie nach dem Hund, »jetzt kriegst du erst mal dein Abendessen!«

Das Tier gehorchte nicht gleich. Gret rief noch einmal. Ein warnendes Knurren war die Antwort, gefolgt von einem gedämpften Angstlaut.

Eine Kinderstimme. Überrascht streckte Gret den Kopf zur Tür hinaus. Schnüß hielt zwischen den Zähnen einen dicken Knochen, an dem noch reichlich Fleisch hing, und verteidigte ihn mit Geknurr gegen einen kleinen Jungen, der geduckt ein paar Schritte von ihr entfernt stand und sich nicht weitertraute.

»He«, sprach Gret den Jungen an, »was machst du denn so spät noch?«

Der Junge ließ sie nicht aussprechen. »Nimm dem 'und den Knochen ab«, sagte er mit angstzitternder Stimme, »laß ihn das Härmchen nicht fressen – es ist vergiftet!«

Der welsche Jakob! »Ja, aber ...«, stotterte Gret,

»was machst du denn hier – und woher hat Schnüß überhaupt das Fressen?«

»Bitte«, drängte Jakob, »nimm ihr erst den Knochen ab! Isch erzähl dir dann alles!« Es schien dem kleinen Gauner sehr ernst zu sein. Also näherte sich Gret dem Hund, der wieder leise zu grollen begann. Gret ließ sich davon nicht beeindrucken. »Lass' aus, Schnüß«, sagte sie streng und griff nach dem Knochen, »wirst du wohl ...?«

Schnüß schaute verwirrt drein und hielt das Eisbein halbherzig fest. Aber nach einer zweiten, noch strengeren Aufforderung ließ sie den leckeren Brokken fallen und duldete ohne Widerstand, daß Gret ihn an sich nahm. »Jetzt gehen wir erst einmal hinein«, sagte Gret zu Jakob und winkte den Jungen in ihren Gadem.

Der welsche Jakob zögerte keinen Augenblick. Er folgte ihr hastig. »Nun«, fragte ihn Gret, als er verlegen an der Tür stehenblieb, »willst du dich nicht setzen und mir erzählen, was dich herführt?«

Jakob schien einen Kloß zu schlucken, der ihn in der Kehle drückte. Er brauchte einen Augenblick, bis er sich gesammelt hatte. Dann hockte er sich auf die Kleidertruhe am Fenster und sah Gret zu, wie sie den Fleischknochen ins Feuer warf und die Lampe anzündete. »Isch mußte einfach vorbeikommen«, sagte er nach kurzem Schweigen, »ich konnte doch nischt zulassen, daß sie disch ...«

»Daß sie mich – was?«

»Du warst so gut zu mir«, fuhr der Junge flüsternd fort, »isch will nischt, daß dir was angetan wird!« Seine Stimme wurde lauter, steigerte sich zu einem leidenschaftlichen Falsett. »Dein 'und soll vergiftet werden – damit du keinen Schutz mehr 'ast! Und danach wollten sie disch aus dem Weg räumen!«

Gret mußte sich auf ihren Schemel setzen. Die Knie waren ihr plötzlich schwach geworden. »Wer wollte das«, fragte sie erschrocken, »woher weißt du das überhaupt?«

Der welsche Jakob schluckte. »Isch 'ab ein Gespräch belauscht«, sagte er, »zwischen dem Gänsewirt und einem Mann, den isch nischt kenne. Sie sagten: Das Weib, das 'ier 'erumschnüffelt, muß ausgeschaltet werden ... zuerst der 'und, dann die Frau selbst ... sie ist Magd bei einem Docteur ...« Jakob verkrampfte die dünnen Finger ineinander. »Da wußte isch, du warst gemeint«, fügte er mit bebender Stimme hinzu.

Gret atmete tief durch. Plötzlich kehrte ihre Gelassenheit zurück. »Wie sah der andere Mann aus?« wollte sie von Jakob wissen.

»Leider – isch konnte ihn nischt sehen aus meinem Versteck«, sagte der kleine Gauner, »aber er sprach, wie feine Leute sprechen.«

»So«, murmelte Gret. Sie sah den Mann mit der Maske vor sich. »Was haben die beiden denn sonst noch besprochen – weißt du das vielleicht?«

»Sonst nischts«, antwortete Jakob, »mehr 'ab isch wenigstens nischt mitgekriegt. Isch mußte weg, mein Versteck war nischt sischer ...«

»War das im Gasthaus zur Gans?«

Jakob nickte wortlos und senkte den Kopf.

»Was hattest du dort zu suchen? Du wolltest doch nicht mehr hingehen!«

Der kleine Gauner zog die Schultern hoch. »Isch bin ihnen nachgeschlischen«, sagte er tonlos, »dem Erbsenzähler und dem Jeorsch. Der Kriescher 'atte sie 'ingeschickt.«

»Ich dachte, der Erbsenzähler ist der Hauptmann eurer Bande! Der Kriescher ist doch viel zu klein dafür – der hat ja immer Angst!« Gret heftete ihren Blick fest auf den welschen Jakob. »Wenn du mir Lügengeschichten erzählst, brauchen wir gar nicht mehr weiterzureden!«

Der Straßenjunge hob ruckartig den Kopf. »Sacre Dieu«, stieß er hervor, und seine dunkelbraunen Augen füllten sich mit Tränen, »il faut, que vous m' croyez! Der Kriescher, der ist schon fünfzehn! Und das mit dem ewigen 'eulen, das ist sein Trick, um die Leute zu narren. Er tut es immer, wenn er erwischt wird. Und er macht sisch viel jünger, als er ist!« Ein Schluchzen schüttelte ihn plötzlich. »Der Kriescher 'at immer wieder welsche von uns in die Gast'aus zur Gans geschickt – und seit gestern sind sie verschwunden, alle beide! Der Erbsenzähler und der Jeorsch, das waren meine besten Freunde ... mes amis de cœur ...«

Die Worte waren schneller und schneller aus ihm herausgesprudelt – ein Sturzbach der Trauer und der Anklage. »Sie sind weg – und isch weiß nischt, was aus ihnen geworden ist! Isch weiß nur, sie werden niemals wiederkommen, wie die anderen vor ihnen! Und du – du bist als nächste dran, weil du nach einem der Jungen suchst ...« Er schluchzte. »Aber wenn du mir nischt glaubst ... sacre nom de Dieu ...« Die Stimme versagte ihm. Er weinte lautlos, seine mageren Schultern zuckten.

Sein Kummer war echt. Daran bestand für Gret kein Zweifel. Einen Augenblick betrachtete sie das abgemagerte Kerlchen, das da in seinen elenden, ausgefransten Lumpen barfüßig auf ihrer Truhe hockte und seinen Tränen freien Lauf ließ. Dann stand sie auf, ging zu dem verlorenen kleinen Burschen und legte die Arme um ihn. »Ich glaube dir«, sagte sie tröstend, »und ich bin dir sehr dankbar, kleiner Jakob. Aber Weinen hilft uns nicht weiter. Nun müssen wir uns überlegen, was wir tun sollen.«

Der Junge krallte sich an Gret fest. Sie fühlte seine Schluchzer wie heftige kleine Rucke. »Da gibt's nischts, was wir tun können«, würgte er heraus, »es ist alles vergebens! Jeorsch und Drees, der Erbsenzähler, die kommen nie mehr wieder, genau wie der Junge, den du gesucht hast! Keiner weiß, wohin sie verschwunden sind – keiner!«

Gret streichelte den struppigen Zottelkopf. »Noch nicht«, sagte sie leise, »aber wir könnten es herausbekommen.«

Das Kind hörte auf zu schluchzen. Es ließ Gret los. »Wie denn?« fragte es, Trostlosigkeit im Blick. »Es ist sehr gefährlisch, die Nase da 'ineinzustecken – isch trau misch nischt!«

»Sollst du auch nicht.« Gret nahm den Jungen noch einmal in den Arm. »Aber ich, kleiner Jakob, ich lasse mich nicht mehr von der Spur abschütteln.

Nicht nur, um die Verschwundenen wiederzufinden, sondern weil noch andere in Gefahr sind ...«

»Du wirst nischts erreischen.«

»Warum glaubst du das?«

»Noch nie ist einer wiedergekommen«.

»Dann wird es Zeit, daß jemand eingreift. Meinst du nicht auch?«

Jakob schwieg. Aber er nickte.

Der Fleischknochen hatte jetzt schon eine Weile in Grets Feuerstelle gelegen; er verkohlte qualmend und verbreitete dabei einen unangenehm stechenden Geruch. Gret schnupperte und verzog das Gesicht. »Scheußlich! Stinkt viel schlimmer als verbranntes Fleisch!«

»Das ist das Rattenpulver«, sagte Jakob und wischte sich über die Augen.

Gret angelte den Knochen aus der Glut, so daß er nicht weiterbrennen konnte, und stülpte ihren kleinen eisernen Eimer darüber. »Woher wußtest du, daß ausgerechnet dieser schöne Bissen vergiftet war«, fragte sie Jakob nachträglich, »es hätte doch auch sein können, daß Doctor Minutus ihn für den Hund hingelegt hatte, oder ein netter Nachbar.«

»Nein.« Der Junge war sich seiner Sache ganz sicher. »Die Marie aus der Gans 'at den Knochen 'ergebracht«, sagte er, 'isch 'ab sie in dieser Straße gesehen, und sie geht sonst nie aus. Sie muß 'ier'ergeschickt worden sein – damit sie den 'und vergiftet.«

Wenn Gret noch eine Spur von Zweifel an der Aufrichtigkeit dieses kleinen Straßenjungen gehabt hatte – jetzt war er ausgeräumt. Auch ihr selbst war ja das kleine Schankmädchen aus dem Wirtshaus am Alten Graben begegnet, und es hatte ein sehr merkwürdiges, unverständliches Benehmen an den Tag gelegt.

»Du glaubst mir schon wieder nischt«, sagte Jakob traurig.

»Doch, mein Junge«, beruhigte ihn Gret, »jedes Wort. Ab sofort werde ich auf meinen Hund und mich aufpassen und vorsichtiger zu Werke gehen.«

»Dann war es gut, daß isch disch gewarnt 'abe«, sagte Jakob. Seine Stimme klang erwachsener, als seine Jahre es rechtfertigten. »Obwohl isch dir nischt noch weiter'elfen kann ...«

»O doch«, antwortete Gret gedankenverloren, »du kannst weiterhin Augen und Ohren offenhalten. Und vielleicht – wenn du Wichtiges erfahren solltest – könntest du dich wieder bei mir melden.« Sie lächelte dem Gossenkind ermutigend zu. »Magst du jetzt etwas essen? Du wirst genauso hungrig sein wie ich nach diesem langen Tag.«

Jakobs Augen strahlten auf, aber nur für einen Wimpernschlag. Dann erlosch das Licht in seinem Blick wieder. »Non, merci«, lehnte er ab, »isch muß wieder weg – bin schon viel zu lange 'ier! Der Kriescher 'at für 'eute abend einen Bruch geplant ... und es fällt auf, wenn isch nischt pünktlich am Treffpunkt bin ...«

»Einen Einbruch? Aber ich hatte euch Kindern doch neues Geld versprochen, wenn die Silberstücke alle sind, die ihr neulich bekommen habt! Ich hatte dem Kriescher gesagt –«

Jakob machte ein verlegenes Gesicht. »Die paar Albus – da lacht der Kriescher drüber«, murmelte er, »der ist ganz andere Beute gewöhnt! Und die meisten Jungen aus der Bande sind so wie er. Sie wollen lieber stehlen, weil … es macht mehr plaisir …« Er wischte sich die Nase an seinem zerschlissenen Ärmel. »Nur ein paar von uns – die wären gern ehrlich. Aber wenn man einmal drin ist in der Bande …«

»Jakob!« Es erschreckte Gret, was der Kleine da so nüchtern erklärte. »Kannst du nicht einfach aufhören damit? Es wäre doch so leicht, wenn du –«

»Isch singe nischt«, sagte Jakob. Ein gewisser Stolz war aus seiner Stimme herauszuhören. »Und weil isch das nie tun würde, kann isch die Bande nischt verlassen. Der Kriescher läßt keinen aussteigen, der einmal zu ihm ge'ört. Verräter 'olt der Teufel.«

Wie oft hatte Gret diesen Satz so oder in ähnlicher Form schon gehört! Als Jakob ihn aussprach, bekam er auf einmal viel mehr Gewicht. Gret spürte die übermächtige Furcht, die in den Worten des Straßenkindes lag.

»Dann mußt du wohl gehen«, sagte sie und strich dem Jungen noch einmal übers Haar, »aber vergiß nicht, meine Tür ist immer offen für dich. Komm wieder, wenn du kannst, Jakob.«

Der kleine Bettler sah sie mit dunklen, traurigen Augen an. »Au revoir«, murmelte er, »vielleischt …« Dann schlüpfte er ohne ein weiteres Wort des Abschieds hinaus in die Nacht.

Gret fühlte sich fürchterlich. Dem kleinen Straßenjungen gegenüber kam sie sich schäbig vor, weil ihr nichts einfiel, womit sie ihn und seine willigen Kameraden aus dem Milieu des Elends und des Verbrechens befreien konnte, in dem sie gefangen waren. Der lahmen Agnes gegenüber hatte sie Gewissensbisse, weil sie nichts, aber auch gar nichts über den Verbleib des kleinen Rutger herausgebracht hatte.

Was wußte sie denn überhaupt? In den Tagen seit Aschermittwoch war sie zwar ununterbrochen tätig gewesen, aber nur der vage Verdacht eines Verbrechens hatte sich ergeben, die Vermutung, daß den Kindern etwas Schreckliches zugestoßen sei. Das war alles. Bis jetzt hatte Gret nicht einmal eine Vorstellung von der Art des Verbrechens – geschweige denn von demjenigen, der es möglicherweise begangen hatte.

Waren die Kinder vielleicht an Schiffer verkauft worden, die sie mit sich fortgeführt hatten? Das hätte zumindest ihr spurloses Verschwinden erklärt.

Handelte vielleicht der Wirt des Hauses Zur Gans nicht nur mit gefährlichen Kampfhunden, sondern auch mit Kindern – und hatte seine kleine Magd vielleicht Angst, ebenfalls verkauft zu werden? Warum sonst verschwieg sie, was sie über die vermißten Jungen wußte?

Eines war Gret klar: Der Wirt der Gans hatte ganz sicher viel zu verbergen. Er fürchtete Grets Nachforschungen und war deshalb sogar bestrebt, sie endgültig aus dem Weg zu räumen. Welche Tat suchte der fette Kerl zu verschleiern? Die Spuren aller verschollenen Kinder führten in das Gasthaus Zur Gans, und dort endeten sie auch. Wie zum Kuckuck sollte Gret Spuren verfolgen, die nicht vorhanden waren?

Während sie für Doctor Minutus das Abendessen zubereitete – Erbsenmus mit Speckpfannkuchen –, brütete Gret über all diesen Fragen und hörte kaum dem Redeschwall des Doctors zu.

»Es ist ein Unding«, sagte er gerade, »daß in unseren Wäldern immer noch Wölfe herumwildern, Kinder und Vieh zerreißen und gute Leute in Angst und Schrecken versetzen. Aber morgen früh – da soll der Bestie, die den armen kleinen Albert umgebracht hat, endlich der Garaus gemacht werden. Die Jagdgesellschaft zieht schon vor Tagesanbruch los; es haben sich sogar ein paar hiesige Edelherren angeschlossen. Herr Isenhart von Luittgen schickt einige Männer als Jagdhelfer. Herr Hardefust und sein Busenfreund, der junge Quattermart, reiten persönlich mit. Aber die nutzen, wenn du mich fragst, nur die Gelegenheit, sich mal wieder richtig auf einer Jagd auszutoben.«

Gret wendete mit geübtem Schwung den Pfannkuchen und legte dann einen dicken Stich frische Butter auf das Erbsenmus, das schon fertig in der Schüssel dampfte. »Den Hardefust und den Quattermart hab' ich schon mal gesehen«, sagte sie, nur um etwas zu Doctor Minutus' Monolog hinzuzufügen, »aber wer ist der andere?«

»Herr von Luittgen?« Der Doctor lachte. »Den kennst du nicht? Na, ich will dir zugute halten, daß sich Herr von Luittgen nur selten in der Stadt aufhält. Paß mal auf, Kindchen –«, er setzte sich am Küchentisch in Positur.

Diese würdevoll-aufrechte Haltung kannte Gret. Sie grinste verstohlen. Jetzt würde eine Belehrung folgen.

»In Herrn von Luittgen hast du einen der mächtigsten Männer von Köln vor dir«, dozierte der Doctor, »einundfünfzig Jahre – genau wie ich. Verheiratet mit einer Kaufmannswitwe aus Hamburg. Stinkreich. Stink-reich, verstehst du? Die Hamburger handeln ja mit Heringen.« Er kakelte über sein Witzchen. »Allerdings – er selber hat auch einiges an den Füßen. Englandfahrer, Mitglied der Gaffel Windeck – wenn du weißt, was ich meine. Grundbesitz überall in der Stadt … fast wie der Rink, der ja auch in der Gaffel Windeck zu Hause ist. Land außerhalb der Mauern. Verschwiegert und verwandt mit fast allen, die Rang und Namen haben. Leider kinderlos. Und deshalb gibt er viel Geld für die Armen aus. Stiftungen an Waisenhaus, Findelhaus, verschiedene Klöster und Gemeindekirchen. Ein nobler, großmütiger Herr – damit du das jetzt mal weißt. Als er von dem Unglück der Opdemhoffs erfuhr, hat er sofort seine Hilfe angeboten – weil er nämlich zufällig in der Stadt ist.«

Gret erinnerte sich an die sonderbare Aschermittwochsmesse – ein Seelenamt für die Unschuldigen, die ohne die Sakramente der heiligen Kirche dahingegangen waren … »Ja«, sagte sie, »er hat neulich eine Messe lesen lassen – für solche, die ohne den Beistand eines Priesters gestorben sind. Für Leute, die er gar nicht kennt.«

»Das ist Herr Isenhart«, sagte Doctor Minutus bewundernd, »immer edel und herzensgut. Leider habe ich noch nie das Vergnügen gehabt, persönlich seine Bekanntschaft zu machen, und nach allem, was ich weiß, reist er Ostern bereits wieder ab. Ein wirklicher Verlust für die Kölner Gesellschaft.«

Gret dachte an den welschen Jakob und seinesgleichen. »Ich wollte, es gäbe mehr Menschen wie diesen Herrn von Luittgen«, murmelte sie, »und weniger von denen, die aus dem Elend Kapital schlagen …«

»Wie meinst du das?« Doctor Minutus zog die Augenbrauen hoch. Seine Miene umwölkte sich.

»Ach, nur so«, sagte Gret.

»Ich hoffe, dein Ausspruch war nicht als ein Seitenhieb auf die edle Kunst der Medizin gedacht!«

Gret fühlte sich gezwungen, zu lachen. Sie stellte ihrem Dienstherrn den Teller hin. »Aber Doctor! Wie könnt Ihr auch nur im entferntesten annehmen, daß ich so was meinen könnte! Auf den Gedanken wäre ich heute beim besten Willen nicht gekommen …«

»Bei dir kann man nie sicher sein«, brummelte der Doctor, während er mit Appetit dem Pfannkuchen zu Leibe rückte, den Gret ihm vorgesetzt hatte.

»Habt Ihr den Herrn von Luittgen wirklich noch nie in Person gesehen?« wechselte Gret schnell das Thema, damit der Doctor sich nicht doch noch entschloß, den Beleidigten zu spielen.

»Nein, nie«, sagte der Hausherr mit vollem Mund, »ich sagte ja bereits – er hält sich nur recht selten in der Heimat auf. Meist ist er auf Reisen, und deshalb hat unsereins kaum Gelegenheit, diesen großen Sohn der Stadt kennenzulernen. Aber bewundern kann man ihn auch, wenn er in der Fremde weilt.«

Gret war enttäuscht. »Also wißt Ihr nicht, wie er aussieht. Schade. So was interessiert einen doch!«

Der Doctor brummte. Er langte nach einem zweiten Pfannkuchen. Wenn Gret etwas vom Abendessen abhaben wollte, mußte sie sich jetzt beeilen. Also holte sie sich einen der bunten Steinzeugteller vom Kaminsims und bediente sich auch. Während sie aß, begannen sich ihre Gedanken wieder um das Rätsel zu drehen, das sie zu lösen hatte. Sie verfiel von neuem ins Grübeln und ging nicht mehr auf Doctor Minutus' Versuche ein, noch ein wenig mit ihr über Haushaltsangelegenheiten zu streiten. So gern sie sonst auch mit ihm die Klinge kreuzte – heute stand ihr nicht der Sinn nach einem zünftigen Wortgefecht.

Den Hausherrn ärgerte ihre Maulfaulheit. Er warf ihr einen listigen Seitenblick zu und murmelte etwas von »langweilige Transuse«. Doch er mußte feststellen, daß selbst diese schwere Provokation heute nicht verfing und gab auf. Mit einem knurrigen »Gute Nacht« verzog er sich und ließ sie mit den abgegessenen Tellern allein.

Gret wandte sich den letzten Arbeiten des Tages zu und zog sich dann ebenfalls zurück. Als sie sich auf ihren Strohsack bettete, wußte sie allerdings genau, sie würde in dieser Nacht nicht viel Schlaf finden. Zu sehr war sie damit beschäftigt, einen Weg auszumachen, um die verlorene Spur der Kinder wieder aufnehmen zu können.

Schon weit vor Tagesanbruch wachte sie auf. Sie war schweißgebadet; und daran waren wohl die schweren Träume schuld, die sie gequält hatten. Eiskaltes Wasser aus dem Waschgeschirr machte ihre Augen wieder klar. Sie würde am Vormittag zum Heilig-Geist-Spital gehen und sich nach dem Herrn von Luittgen erkundigen. Doctor Minutus' Worte über diesen Wohltäter der Armen hatten sie neugierig gemacht. Wenn der Herr von Luittgen tatsächlich so mildtätig war und ein Herz für die Armen hatte, dann würde er sich vielleicht für die Sache des kleinen Rutger und für die jugendliche Einbrecherbande einsetzen. Ein Mann mit solcher Macht konnte sicher mehr erreichen als eine einfache Dienstmagd – und wenn sie noch so leidenschaftlich kämpfte.

Dieser Gedanke machte Gret vollends munter. Sie kleidete sich an, kämmte und flocht ihre Haare, steckte sie wie immer zu einem straffen Nackenknoten zusammen und setzte ihre blauwollene Haube auf. Dann stapfte sie im ersten Morgenlicht durch den Garten zum Stall. Sie würde Rosa, die Muttersau, schon jetzt füttern und auch den Hühnern vorsorglich ihre Körner hinstreuen. Dadurch blieb ihr später mehr Zeit für das, was sie sich vorgenommen hatte. Sie würde gleich nach dem Frühstück losgehen können – so Doctor Minutus wollte.

Die Stalltür knarrte, als Gret sie entriegelte. Drinnen war es fast völlig dunkel. Rosa, die auf ihrer dikken Strohschütte gedöst hatte, kam sofort auf die Beine, als sie das Klappern des Futtereimers hörte. Sie grunzte leise und knabberte an den Latten ihres Kobens.

Gret füllte den Eimer bis zum Rand mit Kleie aus der Schweinefutterkiste. Sie liebte es, der runden, wohlgenährten und gepflegten Muttersau die Mahlzeiten hinzuschütten. Rosa gehörte schon seit vielen Jahren irgendwie zur Familie; sie war ein kluges und umgängliches Schwein, mit dem es leicht war, gut Freund zu sein.

»Guten Morgen, mein Schatz«, sagte Gret zärtlich zur Begrüßung und klatschte der Sau mit der flachen

Hand auf den prallen Speckrücken. »Gut geschlafen? Wahrscheinlich so gut wie immer – beneidenswert! Hier Süße, Frühstück! Laß es dir schmecken!«

Rosa grunzte begeistert. Sie konnte es kaum erwarten, daß Gret ihr die Kleie in den Sandsteintrog schüttete. Als der Inhalt des Eimers herabkam, landete ein Teil des Futters auf dem Kopf der Sau. »Ferkel«, lachte Gret, »du bist eben doch 'ne richtige Wutz!«

Sie lehnte sich an den Koben, um dem Schwein einen Augenblick lang beim Fressen zuzusehen. Ein plötzliches, knirschendes Geräusch ließ sie herumfahren.

Da, an der Tür, war ein Mann …

Noch ehe Gret ihre Überraschung gemeistert hatte, sprang der fremde Kerl auf sie zu und packte sie. Mit einem Ruck drehte er ihr die Arme auf den Rükken, hielt sie mit einer Hand fest, warf ihr mit der anderen eine Schlinge um den Hals – alles, ohne einen Laut von sich zu geben.

Instinktiv wehrte sich Gret. Sie suchte verbissen, sich dem eisernen Griff des Mannes zu entwinden. Stumm rang sie mit ihm, aber er war groß und sehr kräftig. Und die Seilschlinge begann sich um ihren Hals zusammenzuziehen.

Der Kerl hatte vor, sie zu erwürgen, ihr völlig die Luft abzuschnüren! In Todesangst löste sich ein rauher Schrei aus Grets Kehle. Fast gleichzeitig flog die Stalltür auf, knallte gegen die Bretterwand. Ein Schatten glitt heran – pfeilschnell, wie von einer Armbrust abgeschossen. Die Wucht, mit der Schnüß den Mörder ansprang, war so groß, daß der Mann zu Boden gerissen wurde.

Gret war frei. Der Hund vor ihr hatte sich in den Jackenärmel des Mannes verbissen und zerrte wütend daran.

Der Ärmel ging in Fetzen. Ehe Schnüß Gelegenheit hatte, wieder zuzupacken, war der Mann mit der geschmeidigen Eleganz einer Katze auf den Beinen. Er hastete zur Stalltür, verfolgt von Schnüß, die ihm mit langen Sprüngen in den Garten nachsetzte.

Gret blieb stehen und mühte sich, wieder zu Atem zu kommen. Von draußen drangen Kampfgeräusche zu ihr in den Stall; Schnüß stieß ihr kehliges, scharfes Knurren aus, und ihr Widersacher fluchte – in einer Sprache, die Gret nicht verstehen konnte. Trampelnde, schnelle Schritte entfernten sich. Dann war alles still.

Gret löste die Schlinge von ihrem Hals und warf das Hanfseil achtlos auf den Boden. Dann ging sie hinaus in den Garten.

Hier bot sich ihr ein grotesker Anblick: Der Kerl, der sie überfallen hatte, war fort. Schnüß stand auf einem der leeren Beete und versuchte durch wildes Hin- und Herschütteln des Kopfes die zerrissene Jacke wieder loszuwerden, die der Mörder ihr vor seiner Flucht fest um Gesicht und Nacken verknotet hatte.

Obwohl Gret nach dem ausgestandenen Schrecken das Herz zum Zerspringen hämmerte, mußte sie lachen. »Arme Kleine«, sagte sie und ging schnell zu dem Hund hinüber, »was hat der böse Mensch mit dir gemacht? Komm, ich befreie dich von dem dummen Lappen!«

Der Mann, der Gret an diesem Morgen aufgelauert hatte, um sie zu ermorden, war jedenfalls kein gewöhnlicher Verbrecher gewesen. Das wurde Gret klar, als sie nach dem Frühstück die Jacke, die der Mörder zurückgelassen hatte, noch einmal genauer betrachtete.

Sie war aus erstklassigem, fehlerfrei gewebtem, gewalktem und auf Glanz gebürstetem englischem Wolltuch gemacht; solcher Stoff – tiefblau gefärbt und von ganz weicher Qualität – kostete ein kleines Vermögen; einen so edlen Stoff konnte sich ein schlichter Bürger auf keinen Fall leisten – und schon gar nicht ein Armer. Einer aus Verbrecherkreisen konnte nur auf unehrliche Weise daran gekommen sein.

Andererseits hätte ein Verbrecher eine gestohlene Jacke von dieser Qualität sicher nicht selbst getragen, schloß Gret. Er hätte das prachtvolle Stück auf dem schnellsten Wege bei einem Hehler zu barer Münze gemacht. Und was Gret zusätzlich zu der Annahme brachte, daß es sich bei dem Mörder um keinen ganz gewöhnlichen Halunken handelte, das war der zusammengefaltete Zettel, der sich in der Ärmeltasche der Jacke fand.

Auf dem kleinen Stück Papier stand in schwarzbrauner Tinte und großzügig geschwungenen, eleganten Buchstaben, »Glockengass, Gadem beym Doctor hunt ist aus ge ...« Es folgte ein durch Nässe verschmierter Streifen; nach diesem unleserlichen Teil lautete die letzte Zeile: »bey H.I. – nach Mittag – z. Katzen, Perlenpfuhl.«

Was hätte ein Galgenvogel aus der Gosse wohl mit etwas Geschriebenem oder Gedrucktem anfangen sollen, dachte Gret. Es war höchst unwahrscheinlich, daß so einer lesen oder schreiben konnte – ja, es kam eigentlich niemals vor. Die Tatsache, daß der Mann, der sie überfallen hatte, diese Künste ganz offensichtlich beherrschte, trennte ihn eindeutig von der Masse der gewöhnlichen Verbrecher. Er mußte aus besseren Kreisen stammen.

Unwillkürlich stieg in Gret das Bild des Maskierten aus dem Gasthaus zur Gans auf, und sie verglich ihn mit dem Mann, der sie im Morgengrauen hatte ermorden wollen. Sie hatte den Angreifer im tiefen Dämmerlicht des Stalls kaum erkennen können; sein Gesicht war völlig im Dunkeln geblieben. Doch seine Silhouette in der offenen Tür war ihr deutlich im Gedächtnis geblieben. Es war eine große, beeindruckende Silhouette gewesen – breitschultrig, schlank und geschmeidig. Und sie hatte eine unverkennbare Ähnlichkeit mit der Gestalt des Maskierten gehabt.

Dieser Gedanke ließ Gret fast von ihrem Sitz hochfahren. Sie hielt den Atem an und grub die Finger in den weichen Stoff der vornehmen Jacke. War es möglich, daß ein Edelmann sich zu einer so gemeinen Tat herabließ?

Nein. Er konnte es nicht gewesen sein. Der Maskierte hatte graues Haar gehabt, aber der Mörder im

Stall war jung gewesen – höchstens Mitte zwanzig, schätzte Gret, während sie sich das Geschehen noch einmal durch den Kopf gehen ließ. Seine Bewegungen waren die eines jungen, körperlich gestählten Mannes gewesen – nicht die eines alten Herrn von über fünfzig.

Gret schleuderte die Jacke auf ihren Strohsack und ballte die Fäuste. Zu den Hinweisen, die sie bisher gesammelt hatte, war wieder einer hinzugekommen – und auch dieser brachte sie nicht einen winzigen Schritt weiter. Im Gegenteil: Die Suche nach den vermißten Kindern gestaltete sich immer verwirrender, die Geschehnisse wurden immer rätselhafter. Und je intensiver sie nachforschte, um hinter das Geheimnis zu kommen, desto mehr schien es sich ihrem Blick zu verhüllen. Weniger denn je hatte sie eine Vorstellung von der Tat oder dem Täter oder dessen Beweggründen.

»Nur vage Vermutungen«, sagte sie mit zusammengebissenen Zähnen, »nichts als nebelhafte Vorstellungen! Und ich wette, sie sind alle falsch!«

Daß der Wirt aus der Gans die Kinder auf Schiffe verkauft hatte, war schon möglich. Aber wie zum Kuckuck paßte dann der feine Herr ins Bild, der jetzt dazugekommen war? Wie zum Kuckuck paßte überhaupt alles zusammen ...?

Gret stand auf und nahm die Schüssel mit dem Futter für Schnüß vom Sims ihres kleinen Kamins. »Da, Schätzchen«, sagte sie zu der Hündin und stellte ihr die Kumme hin, »heute kriegst du was besonders Feines – frischen Haferbrei mit einem ordentlichen

Stück Pökelfleisch. Ich sehe nicht ein, warum die Fastenzeit auch für dich gelten sollte.«

Schnüß wedelte freudig und verleibte sich mit lautem Zungenschlagen ihre Mahlzeit ein. Die schönen Schweinsrippen, die Gret für sie aus dem Salz genommen und sorgfältig gewässert hatte, hob sie sich zur Krönung des Frühstücks auf. Ganz zum Schluß zerkaute sie mit sichtlichem Behagen Fleisch und Knochen, und sie ließ nicht einen Krümel übrig.

Gret hatte sich inzwischen für den Gang zum Domhof angekleidet. Sie setzte eine dunkelgraue Haube aus ganz grobem Wollstoff auf und rückte sie so tief in die Stirn, daß ihr Gesicht von dem breiten Schirmrand beschattet wurde. Heute wollte sie nicht von jedermann auf Anhieb erkannt werden; zuviel war schon geschehen, als daß sie sich ganz ohne Vorsicht auf der Straße sehen lassen konnte.

Das riesige, warme Schultertuch vervollständigte ihre winterliche Vermummung. Als sie zur Tür ging, sprang Schnüß auf und wollte sich gleich an ihre Fersen heften. »Nein, diesmal nicht«, sagte Gret zu ihrem Hund, »diesmal würdest du mich nur verraten. Bleib schön da, bis ich wiederkomme – und paß gut auf das Haus auf!«

Schnüß schenkte ihr den unvermeidlichen melancholischen Blick und legte die Stirn in tiefe Falten, wie sie das immer tat, wenn sie aufmerksam zuhörte. Gret kraulte ihr noch einmal den muskulösen Nakken und verließ dann ihren Gadem. Sie schloß die Tür nicht ab; mit einem so fähigen Wächter wie

Schnüß brauchte sie vor ungebetenen Gästen keine Angst zu haben.

Das Heilig-Geist-Spital, ein uraltes, schmuckloses Gebäude aus grauem Stein, lag im Schatten des Doms. Von hier aus konnte man die Baustelle sehen – das Untergeschoß des Langhauses und die mächtigen Stümpfe der beiden Türme, die bis jetzt unvollendet waren und an denen in letzter Zeit auch kaum noch gearbeitet wurde. Wie jedesmal, wenn Gret hier vorüberging, fragte sie sich auch heute wieder, ob der Dom wohl jemals fertig werden würde. Wahrzeichen der Stadt war mittlerweile der gewaltige Hebekran, der einen der Turmstümpfe krönte ...

Der Kran zeugte jedenfalls davon, daß die Stadtväter das ehrgeizige Projekt des Dombaus noch nicht völlig aufgegeben hatten, oder? Gret lächelte. Vielleicht war auch das Gegenteil der Fall, und das riesige Hebegerät sollte nur den Anschein einer Bautätigkeit erwecken ...

Möglich war in Köln beides. Gret kannte die Mentalität der Menschen ihrer Heimatstadt zu gut. Komm ich heut' nicht, komm ich morgen – übermorgen ist auch noch ein Tag ... Mit dieser Einstellung hatten Auswärtige so ihre Schwierigkeiten. Sie brauchten gewöhnlich eine ganze Weile, bis sie die Leichtherzigkeit der Kölner begreifen konnten und merkten, daß in dieser Stadt die wirklich wichtigen Dinge keineswegs vernachlässigt wurden. Den Ernst des Lebens zu erkennen und dennoch kein Kind von Traurigkeit zu sein – das war kölsch. Wer von draußen kam, mußte erst lernen, daß man in Köln über Mißgeschicke nicht fluchte, sondern lachte, und daß sich viele Probleme von allein lösten, wenn man ihnen nur genügend Zeit ließ ...

Bei diesem Gedanken kicherte Gret. »Und ich benehme mich auch schon fast wie eine Auswärtige«, murmelte sie zu sich selbst, »so verbohrt und angespannt. In meiner Sache drängt zwar die Zeit, aber was nützt es, wenn ich dagegen räsoniere? Immer einen Schritt nach dem anderen, Grundlin – und nicht gejammert!«

Sie betrat das Heilig-Geist-Spital. Seit langem wurden in dem großen Gewölbesaal keine Kranken mehr untergebracht; er diente jetzt der Speisung der bedürftigen Bürger. An seine ehemalige Bestimmung als Siechenhalle erinnerten nur noch die durch hölzerne Trennwände abgeteilten Nischen zu beiden Seiten. Die Krankenbetten, die einmal darin gestanden hatten, wurden längst in den anderen Spitälern der Stadt genutzt – im Haus Ipperwald oder im Haus zur Weiten Tür.

An dem mächtigen, fast zwanzig Ellen messenden Wangentisch in der Mitte des Saals wurde gerade das Brot für heute ausgegeben. In langer Reihe warteten die Empfänger der städtischen Wohltätigkeit – graue, armselige, gebeugte Gestalten, Menschen, die unverschuldet in Not geraten und auf die Hilfe anderer angewiesen waren. Hier wurden diejenigen notdürftig mit Nahrung versorgt, die sich als Kölner Bürger auf dem Rathaus offiziell als Arme gemeldet hatten und als bedürftig anerkannt worden waren. Sie hatten ihre Bettelmarke bekommen und besaßen damit das Recht, an den Türen und im Heilig-Geist-Spital um Essen zu bitten.

Vielen sah man an, daß sie einmal bessere Zeiten erlebt hatten. Selbst in der bittersten Armut suchten sie noch immer das Aussehen wohlanständiger Leute zu wahren, flickten sorgfältig ihre erbärmlichen Lumpen und hielten sich sauber. Die meisten verrieten durch ihre niedergeschlagenen Augen oder verschlossenen Mienen, daß sie sich schämten, Bettler zu sein und von der Mildtätigkeit anderer Bürger leben zu müssen. Sie trugen ihre Not mit Widerwillen und betrachteten sie als Schande.

Dadurch unterschieden sie sich deutlich von den nicht anerkannten Bettlern, die Wunden und schauerliche Verkrüppelungen vor den Leuten zur Schau stellten und es meist sehr gut verstanden, aus dem Mitleid anderer Kapital zu schlagen.

Am anderen Ende des langen Tisches, halb versteckt hinter einem Berg frischer Brote, stand eine junge Begine. Sie teilte den Hausarmen nach einer Liste die Ration für den heutigen Tag aus und hakte mit einem Kohlestückchen jeweils den Namen dessen ab, der sein Teil in Empfang genommen hatte. An der Seitentür war eine ältere Nonne damit beschäftigt, weitere gelieferte Brote zu zählen.

Auf diese Klosterfrau, die schon seit vielen Jahren in der Armenpflege tätig war, steuerte Gret zu. Sie kannte die freundliche, wenn auch ein wenig grämliche Dominikanerin von einigen früheren Begegnungen; Doctor Minutus hatte einmal ihre Magengeschwüre behandelt.

»Gelobt sei Jesus Christus, Schwester Therese«, grüßte Gret.

»In Ewigkeit, Amen. Was führt dich her?« Die Nonne kniff die Augen zusammen und legte den Kopf schief wie eine Schleiereule.

»Eigentlich nur die Neugier, Schwester«, flunkerte Gret, »ich hab' gehört, Herr Isenhart von Luittgen ist wieder in der Stadt, und ich wollte ein bißchen mehr über den berühmten Mann erfahren, der doch so viel Gutes tut ...«

»Herr von Luittgen? Das ist mir aber nicht bekannt, daß der wieder da ist.« Die alte Nonne preßte den Mund zu einem schmalen Strich zusammen, der zu ihren weit geöffneten, rehbraunen Augen einen sonderbaren Kontrast bildete. »O, das ist ein Mensch, wie unser Herrgott ihn sich wünscht«, fügte sie hinzu, »er verzehrt sein Vermögen nicht allein, sondern teilt reichlich an diejenigen aus, die weniger Glück hatten als er.«

»Das bewundere ich ja so an ihm«, sagte Gret, »habt Ihr schon einmal mit ihm gesprochen – von Angesicht zu Angesicht?«

Das alte Antlitz der Dominikanerin zerknitterte zu einem scharfkantigen Lächeln. »Lange nicht mehr«, sagte sie, »das letzte Mal vor zwanzig Jahren, als er die Stiftung fürs Spital machte. Ein großer, stattlicher Mann. Damals war er mit seinem Söhnchen hier ...«

»Aber es heißt doch, er sei kinderlos.«

»So ist es auch«, erklärte Schwester Therese, »auf

Reisen stieß dem Jungen ein Unglück zu ... er war damals sechs. Man sagt, er sei in Engeland begraben.«

»Dann kennt also auch der reiche Herr von Luittgen den Schmerz.«

»O, ganz sicher! Vielleicht gibt er deshalb so reichlich an die Armen.»

»Sagt, Schwester, wo wohnt er, wenn er in der Heimat ist? Ich würde ihn so gern einmal sehen!«

»Das kann ich dir nicht sagen – genausowenig, wie ich dir sein heutiges Aussehen beschreiben könnte.« Die alte Nonne runzelte die Stirn. »Er besitzt viele Häuser in der Stadt; einige sind vermietet, andere stehen ihm ganz oder teilweise zur Verfügung.«

»Könnt Ihr mir nicht ein paar seiner Residenzen nennen?« Gret heftete bittend den Blick auf die Augen der alten Klosterfrau. »Ich wäre schon zufrieden, wenn ich nur wüßte, wo ich ihm vielleicht einmal zufällig begegnen könnte.«

Schwester Therese mißbilligte. »Ist das nicht zuviel der Bewunderung? Ich hoffe, du willst Herrn Isenhart nicht mit deiner Verehrung belästigen!«

»Aber nein, Schwester!« entkräftete Gret die Befürchtungen der alten Nonne. Die ließ sich überzeugen. Sie nannte verschiedene Domizile des stadtbekannten Wohltäters: »Das Haus zur Linden am Heumarkt, das Haus zu den Hähnen, Breite Straße, das Haus zum Blauen Schild bei Sankt Cäcilien, das Haus Irlenbach beim Kloster der Lungenbrüder und der Simonshof unter Sechzehn Häusern. Die anderen kenne ich nicht.«

Gret hatte gut aufgepaßt und sich Namen und Straßen gemerkt. »Danke, Schwester Therese«, sagte sie überschwenglich, »vielleicht hab' ich jetzt doch mal das Glück, den berühmten Menschenfreund aus der Nähe zu sehen!«

Sie verabschiedete sich eilig. Kopfschüttelnd schaute die alte Nonne ihr nach, wie Gret aus den Augenwinkeln noch sehen konnte. Gott sei Dank wußte Schwester Therese nicht, wofür Gret die Informationen brauchte. Sonst hätte sie sicher alles getan, um dem feinen Herrn eine lästige Bittstellerin vom Hals zu halten!

Gret hatte den Ausgang fast erreicht, als sie am Ende der wartenden Schlange der Elendsgestalten die lahme Agnes entdeckte. Agnes stand tief gebückt und schwer auf ihre Krücken gestützt; es sah aus, als könne sie sich kaum auf den Beinen halten, denn sie schwankte leicht hin und her. Ihr verhärmtes Gesicht hatte die Farbe von Kalkmörtel.

Sie war allein. Als sie Gret auf sich zukommen sah, senkte sie den Kopf noch tiefer und versuchte, das Gesicht mit einem Zipfel ihres fadenscheinigen Umschlagtuches zu verhüllen – so, als sei es ihr peinlich, hier angetroffen zu werden.

»Agnes«, sagte Gret und überspielte ihre Betroffenheit, »gut, daß ich dich sehe! Du machst dich rar – obwohl wir doch allen Grund hätten, in Verbindung zu bleiben!«

Die Lahme gab keine Antwort.

»Wo sind denn die Mädchen?«

»Zu Haus«, kam es flüsternd, »ich war bei Martin – da sollten sie nicht dabei sein.«

»Wie geht es deinem Jungen?«

Agnes brach lautlos in Tränen aus. »Nicht gut«, flüsterte sie, »er tobt – weil sie ihn hinauswerfen wollen. Er soll nach Hause; Kost und Pflege im Spital kann ja niemand für ihn bezahlen.«

»Was?« Gret erschrak. »Er soll entlassen werden?«

Agnes weinte heftiger. »Er hat seine Mutter nicht einmal erkannt«, brach es kummervoll aus ihr hervor, »es hat mir wehgetan, ihn so zu sehen – meinen kleinen, großen Martin! Er hat sogar nach mir geschlagen ... obwohl er Tränen in den Augen hatte.«

Gret stutzte. Dann legte sie den Arm um Agnes' krumme Schultern. »Paß auf«, sagte sie, »ich zahle Kost und Pflege für ihn – bis auf weiteres. Sei stark und gräme dich nicht so sehr. Martin geht es besser, als du glaubst.«

»Kost und Pflege willst du zahlen?« flüsterte Agnes mit einem ängstlich-abwehrenden Seitenblick auf die anderen Leute in der Warteschlange, »das kann ich nicht annehmen!«

»Du wirst es müssen, wenn du deinem Sohn helfen willst«, gab Gret nüchtern zurück, »außerhalb des Spitals ist er vermutlich in Lebensgefahr.«

Agnes riß die Augen auf. »In Lebensgefahr? Aber dennoch –«

»Es ist nur ein Verdacht«, sagte Gret leise, »aber wir sollten kein Risiko eingehen.«

Agnes begann am ganzen Leibe zu zittern. »Dann tu, was du für richtig hältst, Gret«, murmelte sie in tiefem Schrecken, »ich glaube sogar, daß du recht haben könntest, wenn ich daran denke, wie Martin sich aufgeführt hat. Er ist verrückt vor Angst!« Sie tastete nach Grets Händen. »Bitte, hilf! Laß mich nicht auch noch den Martin verlieren!«

Sie ahnte, daß Rutger vielleicht nie wiederkommen würde. Mit der Intuition einer Mutter fühlte sie, daß eins ihrer Kinder verloren war. Gret spürte einen Schmerz, der ihr die Kehle zudrückte. »Es wird alles gut werden«, versuchte sie mit erstickter Stimme zu trösten; dann ließ sie Agnes los, drehte sich um und verließ eilig die Halle, bevor der Bettlerin ihre nassen Augen auffallen konnten.

Gret machte die Runde durch die Stadt. Sie suchte alle die Häuser auf, die Schwester Therese ihr als Besitz des Herrn von Luittgen genannt hatte. Der Simonshof unter Sechzehn Häusern war ein großes, weitläufiges Anwesen mit vielen Nebengebäuden, umgeben von Feldern und Gartengrundstücken. Ein Knecht, der mit einem Reisigbesen den Hof fegte, gab Gret mürrisch die Auskunft, daß er den Besitzer noch nie gesehen habe und daß der Hof im übrigen an einen Viehhändler und Fleischhauer verpachtet sei. Hubert – wie er heiße – führe aber die Wirtschaft nicht selbst, sondern überlasse alles seinen Knechten ... und das sei wieder einmal typisch, daß immer die Untergebenen die ganze Arbeit aufgebürdet bekämen, und außerdem …

Gret verschwand, ehe der Knecht sich richtig in sein Klagelied auf den Fleischhauer Hubert hineinsteigern konnte. Sie ärgerte sich darüber, daß sie nichts über den Aufenthalt des Herrn von Luittgen hatte in Erfahrung bringen können und hoffte auf mehr Glück bei den anderen Häusern.

Aber auch in der Breiten Straße und in der Lungengasse wurde sie enttäuscht. Sowohl das Haus zu den Hähnen als auch das Haus Irlenbach waren von Mietern bewohnt, die alle den Herrn von Luittgen noch niemals persönlich gesehen hatten. In beiden Gebäuden waren zwar Wohnungen für den Hausbesitzer reserviert, aber die standen leer und wurden immer nur in größeren Abständen gereinigt.

Das alles fand Gret sehr seltsam. Die Art, wie die Mieter sich über Herrn von Luittgen äußerten, konnte den Eindruck erwecken, als existiere dieser Herr nur der Sage nach. Die Mieter wußten ihn weder zu beschreiben, noch hatten sie jemals persönlich mit ihm zu schaffen gehabt. Er war wie ein Phantom – alle Welt kannte ihn, aber mit niemandem war er wirklich bekannt.

Das Haus zum Blauen Schild bei Sankt Cäcilien stand leer. Die Nachbarn hatten Herrn von Luittgen noch niemals zu Gesicht bekommen. Sie wußten nur, daß er ein großer Wohltäter der Armen war und sich meistens im Ausland aufhielt. Im Haus zur Linden am Heumarkt konnte man ihr lediglich sagen, daß der Besitzer zum letzten Mal vor acht Jahren nach dem Rechten gesehen habe. Seitdem habe sich immer ein Verwalter um das Einziehen des Mietzinses gekümmert ...

Die ganze lange Wanderung quer durch die Stadt hatte also nichts gebracht. Der reiche und mächtige Mann, den sie um Hilfe hatte angehen wollen, blieb unauffindbar – so unauffindbar wie Rutger. Enttäuscht und müde brach Gret ihr Vorhaben ab und machte sich auf den Heimweg. Sie überquerte den Heumarkt, bog in die Straße am Gürzenich ein und ging dann rechter Hand die Straße an der Goldwaage entlang.

An der Ecke, wo links der Perlenpfuhl abzweigte, fiel ihr plötzlich etwas ein. War nicht ein Haus in dieser Straße auf dem verschmierten Zettel erwähnt gewesen, den sie in der Jacke des Mörders gefunden hatte?

Gret suchte sich zu erinnern. Haus zur Katzen – H.I. ... das hatte daraufgestanden. Sie blieb stehen und zögerte einen Augenblick. Es war vielleicht nicht ganz ungefährlich, sich am Perlenpfuhl sehen zu lassen; möglicherweise hielt sich ja dort der Verbrecher auf, der sie heute morgen überfallen hatte ...

Aber der Drang, sich das Haus zur Katzen im Vorübergehen einmal anzusehen, bezwang alle Vorsicht. Gret betrat zögernd die vornehme Gasse, dann ging sie immer zielstrebiger an den stattlichen Kaufmannsresidenzen vorüber, die mit ihren schönen Giebeln und den gepflegten Fassaden dem Perlenpfuhl das Gepräge gaben. Endlich stand sie vor dem fraglichen Gebäude.

Es mußte das richtige Haus sein; über dem von kleinen Halbsäulen flankierten Portal prangte ein bunt ausgemaltes steinernes Relief, das zwei überschlanke, elegante schwarze Katzen zeigte. Sie hielten als Schildträger einen zierlichen Wappenschild mit einem Familienzeichen:

Gret erschrak und vergaß, weiterzugehen. Sie starrte wie gebannt auf das Zeichen und wußte zuerst nicht, warum ihr Herz so wild schlug. Aber dann begriff sie.

Drei senkrechte Linien, die mittlere länger. Die beiden äußeren trugen unten einen Querstrich – der eine zeigte nach rechts, der andere nach links. Und das Ganze wurde von einer Pfeilspitze durchkreuzt, die nach unten wies ...

Herrgott. So hatte der Schurke aus dem Wirtshaus Zur Gans das Zeichen beschrieben, das den Schlag einer Sänfte geschmückt hatte – der Sänfte, in der sich der maskierte Edelmann befördern ließ!

Gret mußte sich zur Ruhe zwingen. Sie schaute den kleinen Wappenschild noch einmal an und merkte sich alle Einzelheiten. Dann schob sie mit einer hastigen Handbewegung ihre Haube tiefer in die Stirn und setzte ihren Weg schnellen Schrittes fort.

Der Perlenpfuhl war eine kurze Straße. Gret atmete auf, als sie die Kreuzung Herzogstraße erreicht hatte. Hier bog sie nach rechts ab und war nach wenigen Schritten in der Glockengasse.

Ihre Gedanken wirbelten. Der nobel gekleidete Unhold, der heute früh versucht hatte, sie aus dem Weg zu räumen, stand also ganz offensichtlich in Verbindung mit dem Maskierten vom Gasthaus zur Gans. Der wiederum mußte ihn geschickt haben, um …

Aber weshalb?

So sehr Gret sich auch anstrengte – sie fand nur einen einzigen Grund dafür: Der Maskierte wollte verhindern, daß Gret weiterhin nach dem verschwundenen Rutger suchte, weil er etwas mit seinem Verschwinden zu tun hatte.

Blieb die Frage, woher er überhaupt wußte, daß sie nach dem Kind suchte. Sie hatte ja kein einziges Wort mit ihm gewechselt. Und wer versteckte sich eigentlich hinter dieser Maske? Die Frage, was mit den Kindern geschehen sein mochte, stellte sich unter den veränderten Umständen natürlich neu. Daß ein reicher Edelmann sie verkauft hatte, um an Geld zu kommen, schien ausgeschlossen. Dem fetten Wirt hätte Gret das zugetraut; aber ein Mann mit Vermögen hatte eine solche Geldquelle nicht nötig.

Gret stand wieder ganz am Anfang. Die neue Information, auf die sie durch Zufall gestoßen war, hatte sie meilenweit zurückgeworfen. Sie seufzte. Sie würde alles, was sich ergeben hatte, gründlich durchdenken und dann versuchen müssen, dem geheimnisvollen Edelmann hinter die Maske zu schauen. Jetzt, wo sie sein Familienzeichen kannte, würde das nicht mehr ganz so schwierig sein. Und dann …

Sie näherte sich ihrem Gadem. Die Tür stand eine Handbreit offen. Gret konnte den fahlbraunen Rükken des Hundes durch den Spalt schimmern sehen. Wie hatte Schnüß die Tür öffnen können? Die Klinke war doch fest eingerastet gewesen …

Gret drückte die Tür ganz auf. Ein überraschender Anblick bot sich ihr. Drinnen auf der Kleidertruhe saß Doctor Minutus, ihm gegenüber auf dem Schemel Hans Stellmacher. Und der Hund, der wie ein Standbild vor der halbgeöffneten Tür Wache gehalten hatte, erhob sich jetzt von seinem Posten und begrüßte Gret mit einigen überschwenglichen Hopsern.

»Nanu«, sagte Gret. »Besuch? Wie kommt es, Doctor, daß Ihr hier seid – und was bringt dich zu mir, Hans?«

Theophilus Minutus stand auf und schürzte empört die Lippen. »Grundlin«, schnaubte er, »ich suche dich im ganzen Haus – nicht ohne wichtigen Grund, versteht sich. Weder in Küche noch Keller bist du zu finden – also mache ich mich auf in dieses Gelaß. Wen finde ich vor? Nicht etwa meine Magd – nein, ein schmuddeliges kleines Balg von Straßengöre, das gerade dem Hund ein unappetitliches Stück Fleisch hinhält! Ich schlage dem dummen Ding den Brocken aus der Hand – schließlich, sage ich ihr, kann ich ein solches Tier immer noch ohne Almosen von Fremden ernähren – und werfe sie kurzerhand hinaus. Nun, da Grundlin nirgends zu erblicken ist, will ich mich wieder in mein Haus zurückbegeben. Doch die Bestie«, er deutete mit theatralisch zitterndem Finger auf Schnüß, »die Bestie, so klug sie zu sein schien, verwechselt mich mit einem Eindringling und läßt mich nicht mehr hinaus! Während ich mich nun dem unverständigen Tier verständlich zu machen suche, erscheint zum guten Schluß noch dieser hier«, er warf einen feindseligen Blick auf Hans, »tritt einfach herein und wird ebenfalls von der dummen Kreatur festgehalten, als er sich wieder entfernen will. Ich sage dir, Grundlin, da werden Änderungen notwendig sein!«

Hans Stellmachers Gesicht hatte sich bei den letzten Worten des Doctors mit dunkler Röte überzogen. Er sprang vom Schemel auf. »Ich wäre ja längst weg, wenn ich die Möglichkeit gehabt hätte«, sagte er zornig, »es ist wahrhaftig keine Freude, länger als nötig in Gesellschaft eines Arztes ausharren zu müssen – noch dazu eines Zwingherrn, der seiner Wirtschafterin den Umgang vorschreibt, obwohl sie seit geraumer Zeit volljährig ist!«

»Was«, meldete sich Doctor Minutus giftig zu Wort, »vorschreibt …? O nein! Ich hätte es nur gern, wenn sie die Leute, mit denen sie umgeht, sorgfältiger auswählen würde!«

»Das ist eine Beleidigung«, donnerte Hans, jetzt lautstark und wütend, »nehmt das zurück, aber auf der Stelle! Einen ehrbaren Handwerker könnt Ihr doch nicht wie einen Mühlenstößer behandeln!«

»Grrrrrr ...«, machte Schnüß.

Gret begann schallend zu lachen. »Himmel«, brachte sie heraus. »Habe ich gestandene Männer vor mir – oder kleine Jungen? Bitte sagt mir doch, um was es eigentlich geht. Damit ich weiß, warum ich die Herren so albern finde!«

»Albern – pah!« Doctor Minutus plusterte sich auf. »Soll ich es etwa mit Freuden begrüßen, wenn dieser ... dieser Mensch sich bereits ausmalt, wann er mir meine Magd aus dem Haus holt?«

»Damit werdet Ihr Euch abfinden müssen, alter Hagestolz«, bollerte Hans, »das ist eine ausgemachte Sache – und lange wird nicht mehr damit gewartet, das sage ich Euch!«

»Moment«, warf Gret dazwischen, »in der Angelegenheit hab' ich ja wohl auch noch ein Wort mitzureden, oder?«

Hans drehte ihr mit einem Ruck das Gesicht zu. »Was willst du damit sagen? Hat der alte Gockel dich etwa weichgekocht? Hast du's dir anders überlegt?«

»Heilige Muttergottes!« Gret spürte beim Anblick von Hans' zornrotem Gesicht, wie sich ihre Heiterkeit in Ärger verwandelte. »Was ist denn in dich gefahren? Wenn du so von mir denkst, dann –«

»Genau!« Hans schwoll eine Ader an der Schläfe, während er Theophilus Minutus einen finsteren Blick zuschoß. »Wozu brauchst du mich eigentlich noch? Andauernd bist du in der Stadt unterwegs, nie treffe ich dich mal zu Hause an. Und wenn ich es wage, auf dich zu warten, dann vergällt mir dein Dienstherr so gründlich die Zeit, daß ich ... daß ich schon glauben muß ...«

Gret wurde böse. »Weißt du, was ich glaube, Hans? Du solltest jetzt gehen. Komm wieder, wenn du dich beruhigt hast.«

Diesen Ton kannte Hans. Sofort wurde er wieder zahm. »Gretchen«, sagte er, »ich wollte nur kurz bei dir vorbeischauen, und da –«

»Ja, ja.« Gret stemmte die Fäuste in die Hüften. »Du solltest dich was schämen! Wenigstens von dir hätte ich Verstand erwartet!« Und mit einem strengen Blick löste sie die unfreiwillige, durch Schnüß' Wachsamkeit verursachte Herrenversammlung auf.

Hans würde später wiederkommen. Und Doctor Minutus schlurfte zurück ins Haus – nicht ohne Gret noch einmal darauf hingewiesen zu haben, daß dort eine wichtige Aufgabe ihrer harrte.

Diese präsentierte sich in Form eines uralten weißen Leinennachthemdes, das der Doctor liebevoll für sie auf der Lehne der Küchenbank ausgebreitet hatte. Gret war das Hemd nur allzu vertraut; sie haßte es von Herzen. Doch der Doctor hing an dem alten Lappen, der durch Tausende von Wäschen weich und schmiegsam geworden war. Er verlangte nun zum zigsten Mal, daß die zerfaserten Ärmel und der ausgefranste Kragen noch »ein letztes Mal« ausgebessert würden.

»Sieh mal, Kindchen«, sagte er in seinem samtweichen Schmeichelton, »wenn du hier und da ein paar neue Fäden durch das Gewebe ziehst, dann ist das Gewand nachher wieder wie neu! Es ist mein wertvollstes Stück – du wirst es für mich retten, ja?«

»O Gott!« stöhnte Gret. Sie hatte den abgenutzten, schlaffen Lappen schon so oft in den Händen gehabt – immer »ein letztes Mal«. »Doctor, das wertvolle Stück ist ein hoffnungsloser Fall! Es besteht ja nur noch aus Stopfstellen! Wann werdet Ihr Euch endlich davon trennen? Als Putzlumpen könnte das Ding doch noch gute Dienste leisten …«

»Putzlumpen – mein Lieblingshemd? O nein … Bitte, Kindchen, richte es mir wieder her – nur noch dieses eine Mal! Ich wäre sogar bereit, dir –«

Gret unterbrach ihn, ehe er unhaltbare Versprechungen machen konnte. »Gut. Ich will sehen, ob ich Eurem todkranken Liebling das Leben noch ein bißchen verlängern kann. Aber versprechen kann ich nichts. Und ein neues Nachthemd wird angeschafft – noch diese Woche. Da führt kein Weg dran vorbei!«

Darauf nickte der Hausherr eifrig – wie schon so viele Male zuvor. Ein glücklicher Ausdruck breitete sich auf seinem runden Gesicht aus; höchstpersönlich holte er Gret das Flickzeug aus dem Kasten. Dann wollte er still in seinem Studierzimmer verschwinden, um sie nicht bei der Arbeit zu stören.

»Eins noch, Doctor!« Gret hielt ihn am Ärmel fest. »Wie sah das Kind aus, das dem Hund das Fleisch geben wollte?«

»Hä …?«

»Die Kleine, die Ihr aus meinem Gadem hinausgeworfen habt.«

Theophilus Minutus blickte verständnislos. »Wie soll sie denn ausgesehen haben? Ein Armeleutekind, judiziere ich – obwohl es doch ungewöhnlich ist, daß solche Hungerleider einem Hund Fleisch bringen ...«

»War sie etwa acht bis zehn Jahre alt – und hatte sie dünnes blondes Haar?«

»Kann sein ... ich habe nicht so genau hingeschaut, weil ich mich zu sehr über das ungebührliche Verhalten der kleinen Drecksgöre geärgert habe. Als ob ich so arm wäre, daß ich nicht einmal einen Hund satt machen kann!«

Brummelnd schlurfte er hinaus. Gret streichelte Schnüß, die sich zu ihren Füßen unter dem Küchentisch niedergelegt hatte. Diesmal hatten also Standesdünkel und Eitelkeit des Doctors dem Hund das Leben gerettet, daran bestand kein Zweifel. Schnüß durfte nicht mehr alleingelassen werden. Sie schwebte in Lebensgefahr – genau wie Gret selbst.

Gret fädelte die Nadel ein und machte sich an die lästige Stopfarbeit. Augenblicklich begannen ihre Gedanken sich um den Wappenschild am Haus zur Katzen zu drehen. Sie legte das ausgefranste Leinenhemd noch einmal hin und tunkte den Zeigefinger in den Buttermilchkrug, der auf dem Tisch stand. Sorgfältig malte sie das Zeichen, das in den Schild eingemeißelt war, auf die Tischplatte:

Was mochte es darstellen? Naßglänzend auf dem weißgescheuerten Eichenholz, wirkte es bedrohlich … fast wie eine Spinne …

Gret setzte ein Familienzeichen daneben, das sie kannte – die Hausmarke der Fernhandelsfirma Rink:

Hier war der Eindruck ganz anders. Das Rinksche Symbol strahlte Kraft aus, Ruhe und Besonnenheit … auch wenn Gret kein Wappentier, keinen Gegenstand oder Buchstaben darin erkennen konnte.

Sie verglich die beiden so grundverschiedenen Zeichen. Auch das spinnenartige zeigte offenbar keinen bestimmten Gegenstand – einen Anker etwa oder ein anderes Gerät … aber man konnte es in Buchstaben zerlegen!

Gret zog zischend die Luft durch die Zähne. Ein V,

ein I, ein L und ein spiegelverkehrtes L … Initialen eines Namens?

VIL … LIV … LVI …. ILV … VLI …

IVL. Isenhart von Luittgen.

Gret sprang vom Tisch auf und begann in der Küche hin- und herzugehen. Wenn das, was sie sich da eben zusammengereimt hatte, richtig war – dann steckte hinter all den rätselhaften Vorgängen ein Mann, den niemand mit einem Verbrechen in Verbindung bringen würde: Herr Isenhart von Luittgen – der Wohltäter der Armen. Wenn sie das Familienzeichen richtig gedeutet hatte, dann war Isenhart von Luittgen der Mann mit der Maske!

Der Gedanke war so ungeheuerlich, daß es Gret den Atem verschlug. Auf einmal hämmerte ihr das Herz wieder bis zum Hals, und sie mußte sich setzen. Jetzt ging ihr auf, daß die Gefahr, in der sie sich befand, noch weit größer sein mußte, als sie gedacht hatte. Herr von Luittgen war ein Mann von wirklicher Macht – das zeigte der riesige Besitz, den er sein eigen nannte. Wie konnte eine kleine Magd es wagen, gegen einen solchen Gegner anzutreten?

Gret war schwindlig. Sie schloß die Augen und atmete krampfhaft ein. Sie sah den hochgewachsenen Mann in Schwarz wieder vor sich, diesen reichen Edelbürger, der offenbar der Welt eine makellose Fassade zeigte und sein wahres Gesicht hinter einer Maske verbarg. Schon beim Hundekampf im Wirtshaus Zur Gans hatte dieser Mann sie mit tiefem Abscheu erfüllt; jetzt kamen noch Angst und Schrecken hinzu – und eine große Hilflosigkeit.

Herr Isenhart von Luittgen mußte überall einflußreiche Freunde haben – im Rat, bei der Justiz, in der Kaufmannschaft und beim Stadtadel. Gret war klar, daß sie nicht die geringste Chance hatte, Gehör zu finden, sollte sie zu diesem Zeitpunkt beim Gerichtsherrn ihren Verdacht gegen einen so untadeligen Bürger äußern. Man würde sie auslachen – zumal sie ja nicht einmal wußte, was für eine Tat überhaupt begangen worden war. Und für Herrn von Luittgen würde es ein leichtes sein, sie endgültig aus dem Weg zu räumen, ehe sie ihm weiter nachspüren und ihm auf die Schliche kommen konnte.

Sollte sie aufgeben? Nein. Damit würde sich die Gefahr, in die sie durch ihre Suche nach den verschwundenen Kindern geraten war, nicht verringern. Außerdem wehrte sich ihr Gerechtigkeitssinn dagegen die Sache auf sich beruhen zu lassen. Es konnte nicht angehen, daß ein mächtiger Mann ungehindert Verbrechen beging, bloß weil Reichtum und Beziehungen ihm das ermöglichten.

Gret ballte die Faust und ließ sie auf die Tischplatte niederfallen. Als nächstes würde sie –

Doctor Minutus betrat die Küche. Er warf einen Blick auf sein Hemd, das unberührt dalag. »Ich sehe, du hast noch nicht einmal angefangen«, schmollte er, »dabei ist es doch außerordentlich dringend!«

Gret schlug noch einmal mit der Faust auf den Tisch. »Doch«, knurrte sie, »ich habe angefangen – und ich werde es auch zu Ende bringen. Darauf könnt Ihr Euch verlassen!«

»So war das doch nicht gemeint«, sagte der Doctor, erschrocken über ihre heftige Erwiderung. Er suchte sie zu besänftigen. »Da ist was auf dem Tisch verschmiert. Ich wische es mal gleich weg, damit nicht mein Hemd ruiniert wird!« Er nahm den Lappen und trat geschäftig an den Tisch. »Sieh mal«, fügte er hinzu, »der Schmier hat die Form von zwei Familienzeichen ...«

Gret lächelte. »Was Ihr nicht sagt.«

»Ja wirklich. Hier das Rinksche – und da das von Luittgen. Lustiger Zufall!« Er lachte und putzte Grets Zeichnungen mit Schwung weg. »So, Kindchen, jetzt ist alles wieder reinlich. Freut es dich, daß ich dir im Haushalt helfe?«

Gret nickte. Doch seine naive Bemerkung konnte ihr diesmal kein Lächeln entlocken. Denn er hatte eben ihre Überlegungen bestätigt. Sie hatte recht gehabt – der Mann mit der Maske war Isenhart von Luittgen.

Den ganzen Tag über konnte Gret nur daran denken, wie sie ihre Nachforschungen weiterführen sollte. Sie erledigte ihre täglichen Pflichten in Haus und Garten in tiefem Grübeln und wechselte kaum ein Wort mit ihrem Dienstherrn. Auch Hans, der wie abgemacht am Nachmittag noch einmal erschien, merkte schnell, daß ihr der Sinn nicht nach einer Unterhaltung stand. Er ging bald und billigte ihr damit zu, daß sie den heutigen Tag wieder einmal für sich brauchte – aus welchem Grund auch immer.

Gret blieb allein in ihrem Gadem zurück. Das war

ihr sehr recht; sie wartete ungeduldig auf den langen Friedel, der ja versprochen hatte, nach der Rückkehr von der Wolfsjagd Bericht zu erstatten. Endlich klopfte es an ihre Tür. Der Hund hob wachsam den Kopf, legte sich aber sofort wieder hin. »Herein«, sagte Gret.

Aber nicht Friedel trat ein, sondern die lahme Agnes. Sie humpelte mühsam an ihren Krücken in Grets Wohnstübchen, und ihr Gesicht wirkte blasser und leidender, als Gret es je bei ihr gesehen hatte.

»Agnes«, sagte Gret überrascht, »komm, setz dich!« Sie bot der Bettlerin den Platz auf der Truhe beim Fenster an. »Du bist ja ganz durchfroren! Ich wäre heute noch zu dir gekommen – auch, weil ich dir neues Holz bringen wollte!«

Agnes ließ sich auf Grets Kleiderkiste niedersinken. »Verzeih, daß ich dich zu Hause störe, Gret«, murmelte sie, »aber ich muß einfach mit einem Menschen reden, der mich versteht. Ich habe so schreckliche Angst um Rutger und Martin. Und seit heute mittag ist auch meine Liesbeth weg ...«

»Was? Du, das kann nicht sein. Sie wird jeden Moment wiederkommen. Es ist ja noch hell draußen!«

Die lahme Agnes schlang die Arme fest um den Oberkörper. »Ich hatte sie gegen Mittag losgeschickt, um Weißwäsche abzuliefern, die ich repariert hatte. Das ist jetzt vier Stunden her. Aber Liesbeth trödelt nie. Es muß ihr was passiert sein.«

Gret wurde kalt, trotz der Wärme in ihrer Stube. Auch sie kannte das kleine Mädchen als pflichtbewußt, ernsthaft und zuverlässig. Nein, Liesbeth hätte sicher keine Zeit verschwendet. Sie wäre so schnell wie möglich zu ihrer Mutter zurückgekehrt. »Wohin hast du das Kind denn geschickt?«

»Ins Haus zur Katzen am Perlenpfuhl. Mit einem Korb voll Tischleinen.«

Gret mußte sich abwenden, um Agnes ihr Entsetzen nicht zu zeigen. Hastig bückte sie sich und warf ein Scheit in ihr Feuer. Es dauerte mehrere Atemzüge, bis sie wieder sprechen konnte. »Hast du schon jemanden hingeschickt, der sich erkundigt, wo Liesbeth bleibt?« fragte sie, um irgend etwas zu sagen.

»Ja«, erwiderte Agnes, »ein Nachbarsjunge war da. Die Magd hat ihm Auskunft gegeben. Liesbeth sei noch mit einer Kiepe Reisig in ein anderes Haus gegangen. Der Junge hat dann dort nachgesehen. Aber da war Liesbeth nicht. Das Haus stand leer – es war unbewohnt!«

Gret beugte sich noch tiefer über ihr Feuer. »Welches Haus?« fragte sie. Aber sie kannte die Antwort bereits.

»Das Haus zum Blauen Schild bei Sankt Cäcilien«, Agnes' Stimme klang gebrochen. Gret wußte, die arme Mutter kämpfte mit den Tränen der Angst. »Der Junge konnte meine Liesbeth nirgends finden, und niemand hatte sie dort gesehen. O Gret, was soll ich nur machen?«

Gret räusperte sich. Sie suchte verzweifelt nach Worten. In diesem Augenblick klopfte es ein zweites Mal an ihre Tür. Das rettete sie aus ihrer Sprachlosigkeit. Sie ging schnell und öffnete – und diesmal war es Friedel, auf den sie so ungeduldig gewartet hatte.

Der Lange trat ein; er trug noch seine Jagdkleidung – lederne, erdverschmierte Stiefel und Beinkleider und einen vor Feuchtigkeit glänzenden braunen Lederkoller über der eng gegürteten Jacke aus dickem grünem Wolltuch. Einen Wimpernschlag lang ruhte sein Blick lächelnd auf Gret; dann glitt er zu Agnes hinüber, die, eingehüllt in ihr abgeschabtes Wolltuch, wie eine bleiche Madonna auf Grets Truhe saß. »Oh«, sagte er, »du hast Besuch … da störe ich wohl?«

»Nein, nein!« Gret winkte ihn hastig in die Stube. »Gut, daß du endlich da bist! Du ahnst ja nicht, wie wichtig mir das ist!«

»So«, sagte Friedel. Er schaute dabei unverwandt Agnes an.

Gret faßte ihn beim Arm und zog ihn herein. »Das ist Friedel«, sagte sie zu Agnes, »der Meuteführer des Herzogs von Berg. Er weiß über Rutger und Martin Bescheid.«

»Was sagst du da?« Agnes verkrampfte ihre schmalen weißen Hände ineinander und hob Friedel ihr Gesicht entgegen. »Oh, dann bringt Ihr mir vielleicht Nachricht von meinem kleinen Jungen – oder Ihr könnt mir helfen, ihn wiederzufinden!«

»Nein«, stotterte der Lange. Seine Augen waren ganz groß geworden. »Ihr … Ihr seid die Mutter des verschwundenen Kindes, wenn ich recht verstehe … Nein, leider gibt es nichts Neues … Ich hatte lediglich Gret von der Jagd berichten wollen …«

Agnes hielt den Blick auf Friedel geheftet. Ihre Augen glänzten von unvergossenen Tränen. »Verzeiht«, flüsterte sie, »ich weiß, ich erwarte zuviel ... sogar von Menschen, die ich noch niemals gesehen habe. Wirklich, ich wollte nicht unbescheiden sein.«

»Aber das seid Ihr nicht«, murmelte Friedel und näherte sich ihr langsam, »ganz und gar nicht! Ihr habt ein Recht auf alle Hilfe, die es geben kann ...«

Gret, die die Tür ins Schloß gezogen hatte und Friedel und Agnes erst jetzt anschaute, überkam ein sonderbares Gefühl. Zwischen der verkrüppelten Bettlerin und dem schneidigen jungen Mann – so unglaublich es auch schien – hatte sich in diesen wenigen Augenblicken etwas entwickelt ... eine innere Verbindung, die greifbar schien. So deutlich spürte sie Gret.

»Agnes«, sagte sie, »Friedel bringt mir Auskunft über das Ergebnis der Wolfsjagd, die für heute morgen angesagt war. Wie ist sie denn abgelaufen?« Sie wandte sich dem Langen zu. Der antwortete mechanisch, ohne sich zu ihr umzudrehen:

»Es wurde kein Wolf angetroffen, geschweige denn erlegt. Den größten Teil des Tages haben wir damit verbracht, unsere Hunde vom Schwarzwild abzuhalten und sie am Ausgraben von Dachsen zu hindern. Die Jagd war ohne jeden Erfolg. Aber das mußte erwartet werden, denn die Schäfer und Bauern in der Gegend hatten seit Jahren keinen Wolf mehr gesichtet.«

»Auch keinen Bären?«

»Nein. Ich glaube, du hattest recht.« Friedel warf Gret einen flüchtigen Blick zu, ehe er wieder Agnes anschaute. »Der junge Opdemhoff ist wahrscheinlich von einem großen Hund angefallen worden – vielleicht sogar von mehreren.«

»Wie steht es mit Beweisen dafür?«

»Ich habe im Wald nahe Melaten Fährten gesehen, die größer waren als alle Wolfsfährten, die mir bisher vorgekommen sind. Die anderen meinten zwar, daran sei der aufgeweichte Boden schuld – da träten sich Wolfspfoten immer viel breiter ein. Aber ich weiß es besser.«

»Ja«, sagte Gret. Sie überlegte einen Augenblick, während Friedel seine Aufmerksamkeit wieder Agnes zuwandte. »Euer Junge wird gefunden werden«, sagte er zu ihr, »ich wünschte, ich könnte –«

»Friedel«, unterbrach ihn Gret, »sprich bitte noch einmal mit jemandem, der sich auskennt. Ich muß wissen, wie der Besitz von Isenhart von Luittgen bemessen ist – welche Ländereien, Güter, Häuser ihm gehören und wo sie liegen.«

Friedel riß sich – offenbar widerstrebend – von Agnes' Anblick los. »Isenhart von Luittgens Besitz? Was sollte das nützen?«

»Tu es einfach«, forderte Gret, »ich brauche die Auskunft dringend, Friedel! Wenn ich sie habe, erkläre ich dir alles. Und bitte, sei schnell. Die Zeit drängt. Es ist schon wieder ein Kind verschwunden.«

»Noch ein Kind …?«

»Meine Liesbeth«, flüsterte Agnes. Die Tränen, die sich in ihren Augen gesammelt hatten, flossen über und rannen in glitzernden Bächen über ihre Wangen. »Zwei meiner Kleinen sind jetzt fort – und Martin …« Sie schluchzte auf und schlug die Hände vors Gesicht. »Verzeiht, Herr …«

»Ach Gott«, sagte Friedel. Auf seinem Gesicht zeigte sich tiefstes Mitgefühl, gemischt mit etwas anderem, das Gret nicht deuten konnte. »Ich wünschte, ich könnte mehr für Euch tun«, fügte er leise hinzu, »aber morgen muß ich die Stadt wieder verlassen. Euer Mann wird Euch beistehen – da bin ich sicher …«

»Agnes ist Witwe«, sagte Gret trocken. »Was soll das heißen – du mußt fort?«

»Der Herzog reist«, gab Friedel zur Antwort. Er schluckte schwer. »Ich kann nicht bleiben, so gern ich auch möchte.«

»Paß auf, Friedel«, sagte Gret, »und sieh mich an, wenn ich mit dir rede! Wenn du morgen nicht mehr hier bist, dann mußt du noch heute die Informationen für mich einholen, hörst du?«

Friedel starrte Agnes an. Er schien geistesabwesend.

»Hörst du?« wiederholte Gret. »Du mußt auf der Stelle los – jemanden über Herrn von Luittgen ausfragen!«

»Ja«, murmelte Friedel.

Agnes ließ sich von der Truhe gleiten, suchte am Fensterbrett Halt, weil die verkrüppelten Beine sie ohne Stütze nicht tragen konnten, und langte mit der freien Hand nach ihren Krücken. »Ich werde nach Hause gehen und beten«, sagte sie, ein zitterndes Schluchzen in der Stimme, »was kann ich sonst tun?«

Sie heftete den Blick flehend auf Gret, »wirst du mir Nachricht geben – wenn du eine für mich hast?«

Gret reckte sich. »Was für eine dumme Frage«, gab sie zurück und legte all ihre Kraft in die Worte, »natürlich werde ich das! Und es soll eine gute Nachricht sein, Agnes. Ich hab' dir versprochen, nicht aufzugeben – nun halte du auch durch! Wenn es irgend möglich ist, hol' ich dir deine Kinder zurück!«

»Gott gebe es«, flüsterte Agnes. Schwer gestützt auf ihre Krücken, humpelte sie zur Tür.

Friedels Augen waren riesengroß geworden. »Nein«, sagte er, »so nicht!« Seine Stimme klang belegt. Mit einem langen Schritt war er bei Agnes und nahm ihr die Krücken weg. »Stützt Euch auf mich – ich begleite Euch. Ich glaube, wir haben viel miteinander zu reden.«

»Das geht nicht«, stammelte Agnes, »wie könnt Ihr Euch dazu herablassen, mit einer Bettlerin –«

»Kein Wort mehr«, sagte Friedel. »Lieber Himmel, warum seid Ihr mir nicht viel früher begegnet?«

Agnes wankte. Sie hielt sich an Friedel fest und schaute ihm voll in die Augen. Ehe sie zu Boden sinken konnte, hob er sie einfach hoch und nahm sie wie ein Kind auf die Arme. »Ihr seid leicht wie eine Eiderdaune«, murmelte er, »es wird mir ein Vergnügen sein, Euch heimzutragen, Agnes …«

Die Lahme wehrte sich nicht mehr gegen sein unglaubliches Ansinnen. In allerhöchstem Erstaunen sah Gret, wie sie schüchtern nickte und ihn gewähren ließ. In den hellgrünen Augen des langen Kerls lag auf einmal ein Strahlen. »Und unterwegs müßt

Ihr mir von Eurem Leben erzählen, Agnes«, sagte er sanft, »ich weiß ja so gut wie nichts – alles, alles will ich wissen!«

Er klinkte mit einer Hand geschickt die Tür auf und trat ins Freie, die Lahme fest auf dem Arm. Als er mit ihr davonstapfte, sah er aus wie der heilige Christophorus, den Gret einmal auf einem Altarbild gesehen hatte.

Gret hatte nicht lange Zeit, um sich über Friedels unerklärliches Verhalten zu wundern; schon nach einer halben Stunde war er wieder da. Er strahlte noch immer; etwas war mit ihm geschehen, und Gret mußte einfach danach fragen: »Sag mal, wie kommst du dazu, die Agnes einfach –«

Friedel unterbrach sie. Seine Augen leuchteten. »Du mußt mir verzeihen, Gret, daß ich ab sofort nur noch an eine denken kann«, sagte er, »so ist es schon einmal gewesen – vor langer Zeit, als ich noch ein Junge von achtzehn Jahren war.«

»Wovon redest du?« Gret verstand kein Wort.

Er lachte. »Ich bin damals weggegangen aus der

Stadt, weil ich es nicht ertragen konnte, daß ein anderer sie mir weggenommen hatte …«

»Wen denn? Friedel, du sprichst in Rätseln!«

»Zuerst war ich mir nicht sicher«, sagte er und lachte noch einmal. »Nach so vielen Jahren …« Plötzlich faßte er Gret um die Taille und wirbelte sie übermütig herum. »Mädchen, ich hab' sie wiedergefunden, und sie braucht mich! Ich hab' sie wieder – jetzt reißt mich nichts und niemand mehr von ihrer Seite!«

Gret machte sich unwillig von ihm los. »Von wem zum Kuckuck ist überhaupt die Rede? Spuck es aus – damit ich weiß, warum du dich wie ein Irrer aufführst!«

»Herrgott, hast du's denn nicht begriffen?« Friedels Augen schwammen plötzlich. »Von Agnes ist die Rede, meiner süßen kleinen Agnes! Ich hab' sie liebgehabt bis zum Verrücktwerden … und ich glaub', sie mochte mich auch. Aber ich war ein wilder Bursche mit achtzehn … ihr Vater hat sie deswegen mit dem Steinmetz verheiratet. Das schien ihm sicherer.«

»Was …?« Gret war fassungslos. »Du kennst die Agnes?«

»Seit Ewigkeiten«, sagte Friedel, »und ich liebe sie noch immer – jetzt vielleicht mehr als in meiner wüsten Jugendzeit. Seit damals war ich tausendmal verliebt, aber ich habe immer nur sie gesucht … bis heute …«

»Soll das heißen, du willst sie –« Gret brachte das Wort »heiraten« nicht über die Lippen. »Friedel, sie ist eine bettelarme Witwe mit fünf unmündigen Kindern – und noch dazu ein Krüppel.« Wenn er das, was er da angedeutet hatte, wirklich ernst meinte, dann war er ein Wunder an Treue.

Friedel standen tatsächlich die Tränen in den Augen. »Sie hat noch nicht eingewilligt«, sagte er leise, »aber ich kriege sie schon rum! Sie hat übrigens die gleichen dummen Einwände wie du, Gret.« Er wischte sich verstohlen übers Gesicht. »Ihr Weiber seid doch alle gleich – immer seht ihr Schwierigkeiten, wo keine sind. Wozu braucht die Agnes eine Mitgift? Geld habe ich doch genug. Ihren Kindern wäre ich gern ein Vater. Und rennen kann ich wie ein Hase – warum sollte sie das auch können müssen?«

»Du weißt, wie sie's gemeint hat, Friedel.«

»Ja. Nun muß ich ihr nur noch klarmachen, wie ich's meine. Und daß ich mich keineswegs ein zweites Mal davon abhalten lasse, sie zu meiner Frau zu machen. Es sei denn, sie sagt nein ...« Er hatte sich wieder gefunden. »Gret, ich bin so glücklich wie noch nie im Leben! Gleichzeitig hab' ich Angst, sie könnte mich aus den falschen Gründen abweisen. Gret – hilfst du mir?«

»Ja«, sagte Gret einfach. Dann wechselte sie das Thema.

Friedel war entsetzt, als er über alles im Bilde war, was Gret heute – mehr oder weniger zufällig – erfahren hatte. Er zögerte nicht lange, nun, da ihn das Verschwinden der Kinder persönlich betraf und machte sich sofort auf den Weg zum alten Bertram, dem Zwingermeister des Herrn Scharffenstein. »Der

Bertram weiß bestens Bescheid«, sagte er zwischen Tür und Angel, »er ist auch heute noch in der Stadt. Morgen hätte ich ihn schon wieder auf der anderen Rheinseite suchen müssen.«

»Wie lange wirst du brauchen?«

»Höchstens eine halbe Stunde, wenn ich den Bertram antreffe«, er setzte seine topfförmige Filzmütze auf, »sollte ich ihn nicht finden, kann es auch eine ganze Stunde dauern. Denn dann muß ich zu Frau Änne, der Beschließerin im Haus Aldenhoven. Die kennt sich ebenfalls aus, aber sie ist eine schreckliche Sabbeltasche!«

»Friedel – ich warte dringend auf dich«, sagte Gret und preßte seinen Arm.

Er rannte los. Und er machte seinem Beruf als Läufer alle Ehre, denn er schaffte es tatsächlich in einer halben Stunde. »Dem Herrn Isenhart von Luittgen gehören große Ländereien außerhalb der Mauern«, berichtete er atemlos, »Ackerland in Riehl mit einem Pächter, der es bewirtschaftet. Dazu – höre und staune – der Wald bei Melaten, wo wir heute den Wolf gejagt haben. Und in der Nähe der Ruinen von Sankt Mechtern besitzt er ein Gehöft mit Feldern, Rübenäckern und Obstwiesen. Die Häuser, die ihm in der Stadt gehören, kannte der alte Bertram nicht alle; jedenfalls brächten ihm die Ländereien und Häuser hohen Gewinn – bis auf das Gehöft bei Sankt Mechtern. Darauf säße ein fauler, schlampiger und ungehobelter Kerl, der auf keinen Fall einen angemessenen Ertrag heraushole – sagt der Bertram. Die miese Schlafmütze sei dafür einfach zu träge …«

»Gut«, sagte Gret, »sehr gut.«

»Was kann daran gut sein?«

Friedel verstand ihre Bemerkung nicht. Aber Gret bot ihm keine Erklärung. Sie war, nachdem sie jetzt wußte, was sie tun mußte, zu sehr mit dem Durchdenken ihres Plans beschäftigt.

»Was hast du denn vor?« fragte Friedel.

»Zuerst muß Martins Unterbringung in Sankt Revilien bezahlt werden«, gab sie zurück, »danach sehen wir weiter. Wenn nur die Zeit nicht so knapp wäre! Für heute ist es bereits zu spät …«

»Zu spät für was?«

»Friedel, du solltest dich um Agnes kümmern«, sagte Gret ausweichend. »Wenn du sie wirklich liebst, dann steh ihr bei. Sie braucht jemanden, der sie tröstet und ihr Mut macht.«

Darauf ging der Lange sofort ein. »Du hast recht«, sagte er, »das ist im Augenblick das einzige, was ich für sie tun kann. Vor allem muß sie aber erst einmal anständig untergebracht werden – mitsamt den Kindern.«

»Dann tu das«, sagte Gret, »und überlass' alles andere mir.«

Friedel war bereits an der Tür. »Aber morgen weihst du mich in deinen Plan ein?«

»Bestimmt. Ich brauche ja vielleicht deine Hilfe.«

Er ging. Und Gret zog auch ihren Umhang an. Die Sache in Sankt Revilien mußte zuerst erledigt werden.

Die alte Pflegerin, die für die Gelder des Hospitals zuständig war, hatte nicht schlecht gestaunt, als Gret ihr Martins Zehrgeld für die nächsten drei Tage einfach in die Hand gezählt hatte. »Ich dachte, der Junge hat niemanden«, hatte sie sich gewundert, »und abgesehen davon ist er doch auch nicht gefährlich. Warum sollte er also weiterhin im Tollhäuschen eingeschlossen bleiben?«

»Es handelt sich lediglich noch um wenige Tage«, hatte Gret die Begine aufgeklärt, »seine Mutter weiß im Augenblick nicht, wohin mit ihm.«

Das hatte für die Pflegerin plausibel geklungen. Völlig beruhigt war sie, als Gret ihr versprochen hatte, den Jungen nach Ablauf der Frist persönlich abzuholen. »Sicherlich wird man ihn nicht allein herumlaufen lassen können«, sagte sie mit neugewonnener Gelassenheit, »aber wenn er in ein Narrenkleid mit Schellen gesteckt würde und immer unter Aufsicht wäre, dann bräuchte er nicht eingesperrt zu werden. Es ist nur nötig, ihn anderen Menschen als Verrückten kenntlich zu machen – meinst du nicht auch?«

Gret nickte. Sie hatte keine Lust, der guten, aber etwas abgestumpften Seele klarzumachen, daß Martin an etwas ganz anderem litt als an Wahnvorstellungen. Ganz bestimmt hätte die alte Begine sie weder verstanden noch ihr geglaubt.

Ohne sich auf eine längere Unterhaltung über Sinn und Unsinn des Einschließens von Irren einzulassen, verabschiedete sich Gret. Zu Hause warteten die letzten Arbeiten des Tages.

Heute entledigte sie sich ihrer häuslichen Pflichten noch schneller als gewöhnlich. Schon vor Einbruch der Dunkelheit hatte sie das Vieh versorgt und das Abendessen zubereitet. Doctor Minutus, der bei der Mahlzeit auch heute wieder zum Monolog verdammt war, bekam die einseitige Unterhaltung bald satt und verschwand in seinen Gemächern. Gret konnte ungestört nachdenken.

Sie wusch wie immer das Geschirr ab, fegte die Küche aus und sicherte das Herdfeuer. Nachdem auch das Bett des Doctors noch mit der eisernen Kohlepfanne angewärmt war, ging sie nach nebenan in ihr Häuschen und machte es sich dort gemütlich. Sie legte ein frisches Scheit auf, zündete die Tranlampe an und nahm sich noch einmal des Doctors zerschlissenes Nachthemd vor.

Morgen würde sie im Haus nur das Nötigste tun. Sie mußte den größten Teil des Tages freinehmen – denn sie würde sich das verluderte Gehöft bei Sankt Mechtern, das Herrn von Luittgen gehörte, einmal gründlich ansehen. Samt den umliegenden Ländereien. Der Mensch, der das Anwesen bewirtschaftete, hatte nach Friedels Beschreibung eine gewisse Ähnlichkeit mit dem fetten Wirt aus der Gans am Alten Graben; der einzige Unterschied zwischen den beiden bestand darin, daß der Wirt trotz aller Schlamperei in seiner schmierigen Kaschemme bestens zu verdienen schien …

Schnüß hatte es sich zu Grets Füßen bequem gemacht. Sie lag ausgestreckt, den breiten Kopf auf die Vorderpfoten gebettet, und träumte. Man sah es an ihren gelegentlich wild zuckenden Läufen.

Gret lächelte. Sie würde den Hund mitnehmen. Das Tier hatte ihr bis jetzt unschätzbare Dienste geleistet. Wäre doch gelacht, wenn wir beide morgen nicht wenigstens ein Spur von den Kindern fänden, dachte Gret – eine Spur, die man weiterverfolgen kann!

Von der Tür her kam ein leises Geräusch. Schnüß fuhr sofort hoch, ihre Stirn legte sich in Falten. Gret stand auf. »Ist da jemand?« fragte sie unsicher.

»Isch bin es«, flüsterte eine wohlbekannte Kinderstimme, »der Jacques … und noch zwei Mann. Dürfen wir reinkommen?«

»Es ist offen«, sagte Gret überrascht.

Der Hund beschnüffelte die drei kleinen zerlumpten Gestalten, die zögernd Grets Stube betraten, aber er knurrte nicht mehr. Gret sah die Kinder fragend an. »Na?«

»Wir 'aben Angst«, sagte der welsche Jakob.

»Warum? Bist du beim Stehlen erwischt worden – und jetzt suchen dich die Klocken?«

»Nein«, kam bedrückt die Antwort, »der 'asenköttel und der Thomas Drommenschläger«, er deutete auf seine beiden Begleiter, »die müssen morgen zum Alten Graben. Ils sont mes amis … meine Freunde! Isch wollte fragen, was soll isch tun?«

Die beiden anderen Jungen, die neben Jakob standen, nickten stumm. Sie schienen jünger zu sein als er – höchstens sechs oder sieben.

»Und wer sagt, daß sie zum Alten Graben müssen?« fragte Gret. »Sie brauchen doch einfach nicht hinzugehen. Wer zwingt sie denn?«

»Sie 'aben keine Wahl«, sagte Jakob, »diesmal 'at sie unser 'auptmann an den Wirt vermietet. Und wenn sie nischt erscheinen in der Gans, dann stößt er sie aus der Bande aus. Und dann 'ätten sie niemanden mehr ...«

»Kommt, ihr drei«, sagte Gret, »setzt euch ans Feuer und wärmt euch erst einmal. Ihr seid ja ganz durchfroren.«

»Gret, was sollen wir machen?« erwiderte Jakob.

»Ruhig Blut. Erst setzt euch. Dann hole ich euch etwas zu essen. Und anschließend überlegen wir, was zu tun ist.« Gret ging zur Tür. »Ich bin sofort wieder da.«

»Verpfeift die uns auch nicht?« hörte sie, bereits auf dem Weg in die Küche des Doctorhauses, den einen der kleinen Gauner fragen. »Pas Marguerite«, kam Jakobs Antwort, »Gret doch nischt ... nie und nimmer!«

Gret brachte etliche dicke Brotschnitten und ein paar Scheiben Schwarzgeräuchertes aus der Küche. Die Straßenjungen, die wie unterernährte Spatzen vor ihrer Feuerstelle hockten, hatten einen solchen Überfluß an Nahrung schon lange nicht mehr vorgesetzt bekommen. Sprachlos schauten sie zuerst Gret, dann die Köstlichkeiten an und wagten es nicht, zu-

zugreifen. Erst als Gret sie dazu nötigte, machten sie sich heißhungrig darüber her.

Blitzschnell verschwand alles Eßbare. Die drei zerzausten Spatzen aßen so hastig, als hätten sie seit Tagen keine Mahlzeit mehr bekommen.

»Jakob«, sagte Gret, als das letzte Bröckchen in den hungrigen Mäulern verschwunden war, »der Hasenköttel und der Thomas Drommenschläger sind allerdings in Gefahr.« Sie betrachtete nachdenklich Jakobs kleine Begleiter, die eng aneinandergeschmiegt auf dem Fußboden saßen und sie mit großen, verängstigten Augen anschauten. Ein Gedanke kam ihr. »Wir müssen herausbekommen, was auf dem Alten Graben mit den Kindern geschieht«, fuhr sie fort, »und deshalb müssen deine Freunde morgen ins Wirtshaus Zur Gans.«

Jakob war schreckensbleich geworden. »Nein«, rief er, »das dürfen sie nicht – sonst sehen wir sie nie wieder!«

»Lass' mich ausreden, Jakob«, sagte Gret ruhig. Sie hatte jetzt einen Plan. »Deine Freunde gehen morgen wie abgemacht zum Alten Graben. Und du folgst ihnen unauffällig. Wenn sie das Wirtshaus wieder verlassen, bleibst du dicht dran und legst eine Spur … eine Fährte, der ich nachgehen kann. Hast du verstanden, was ich meine?«

Der magere kleine Kerl mit dem spitzen Mausgesicht saß ganz still. Er hielt seine schwarzen Knopfaugen auf Gret gerichtet, während er nachdachte. Gret konnte förmlich sehen, wie seine Gedanken arbeiteten. Nach einem Moment der Anspannung kam

Jakobs Antwort. »Ja – isch weiß, was du meinst. Aber was ist, wenn Thomas und der ’asenköttel nirgendwohin gebracht werden? Wenn sie im ’aus …« Er unterbrach sich selbst. Seine Augen weiteten sich vor Furcht.

Gret legte dem Jungen den Arm um die knochigen Schultern. »Das wäre in der Tat möglich«, murmelte sie. »Wenn ich keine Spur finde, hole ich den Büttel – und dann lasse ich das Gasthaus auf den Kopf stellen, damit deinen Freunden nichts geschieht.«

»Isch ’ab trotzdem Angst«, flüsterte Jakob.

»Ich auch«, sagte Gret. »Aber wenn wir allen Mut zusammennehmen, den wir aufbringen können –«

»Ja«, hauchte Jakob. Thomas Drommenschläger und der kleine Hasenköttel nickten, ohne zu zögern.

»Dann werden wir das Rätsel auch lösen«, sagte Gret. »Wir alle zusammen. Und jetzt hört mir aufmerksam zu.«

Sie erzählte den drei Lumpenkindern in knappen Worten, was sie bisher entdeckt hatte. Der welsche Jakob, Thomas Drommenschläger und der Hasenköttel lauschten stumm. Ihre schmalen Kindergesichter spiegelten allen Schrecken wider. Aber ihre Augen waren auf einmal die Augen alter Männer, die zuviel Elend gesehen hatten.

»Deshalb glaube ich«, schloß Gret ihren kurzen Bericht, »daß der Herr von Luittgen seine Hände im Spiel hat. An uns ist es jetzt, aufzudecken, was aus den Verschwundenen geworden ist und den Verbrechern das Handwerk zu legen.«

Die drei kleinen Gauner blickten plötzlich nicht mehr ängstlich, sondern entschlossen drein. »Wir sind dabei«, sagte der welsche Jakob. Seine Freunde nickten. »Auch wenn es dir dabei nur um diesen Rutger und um Liesbeth geht, die wir nicht kennen«, fügte der Hasenköttel mit dünner Kinderstimme hinzu. »Wir wollen nicht, daß aus unserer Bande noch mehr zum Teufel gehen«, ergänzte Thomas Drommenschläger, »wir halten zusammen. Der Kriescher soll uns gegen den Luittgen anführen.«

Gret schüttelte energisch den Kopf. »Der Kriescher und seine engen Freunde dürfen nicht eingeweiht werden«, sagte sie mit Nachdruck, »das wäre vielleicht gefährlich.«

Der welsche Jakob riß die Augen auf. Ein Funke des Verstehens blitzte darin. »Rischtig«, sagte er hastig, »wir lassen den Kriescher da raus – ihn und auch die anderen. Wir machen es allein. Höchstens den Pädsappel und den Peschmütz, die könnten wir mit reinnehmen – weil sie den Kriescher nischt leiden können …«

»Aber«, begann der kleine Hasenköttel.

»Kein Wenn und Aber«, zischte der welsche Jakob, »isch erklär dir später, warum. Jetzt wird der Plan gemacht!«

»Der Plan steht eigentlich schon fest«, sagte Gret. Sie öffnete den Deckel ihrer Truhe und nahm ein altes blaues Leinenmieder heraus. »Diesen Lappen«, erklärte sie und hob das Mieder hoch, »den zerschneide ich in kleine Stücke. Mit den Fetzen –«

»– legen wir die Spur«, führte der welsche Jakob

den Satz weiter, »damit du verfolgen kannst, wo'in der Thomas und der 'asenköttel vielleischt gebracht werden.«

»Du hast ja den Hund«, sagte Thomas Drommenschläger mit einem respektvollen Seitenblick auf Schnüß, »der riecht die Stoffstücke bestimmt.« Er ließ seine schmuddelige Hand in den Ausschnitt seines ausgefransten wollenen Hemdes gleiten und zog ein spitzes Federmesser hervor. »Darf ich den Stoff zerteilen?«

Gret nickte zustimmend. Der Junge machte sich ans Werk. Im Handumdrehen hatte er das alte Kleidungsstück in Dutzende von kleinen Schnipseln zerlegt. Der welsche Jakob stopfte sie in seine Jacke, bis auf einen, den er Gret reichte. »Für den Hund.«

»Wann geht es zum Wirtshaus Zur Gans?« fragte Gret.

»Nachmittags um vier«, sagte Jakob.

»Da ist es schon dämmrig«, dachte Gret laut nach, »ich könnte dann die Stoffstückchen ohne den Hund tatsächlich nicht mehr erkennen. Wie gut, daß ich dich habe, Schnüß!«

Jakob wirkte ganz ruhig. Sein Gesicht hatte eine Härte angenommen, die überhaupt nicht zu seinem kindlichen Alter paßte. Gret fühlte sich bei seinem Anblick plötzlich an ein kleines Tier erinnert, das sich todesmutig gegen einen übermächtigen Gegner wehrt. »Wir lassen uns nischt mehr einfach verschleppen«, murmelte der Straßenjunge entschlossen, »zu vielen ist es schon passiert – jetzt ist Schluß damit! Isch will wissen, was aus dem Jeorsch und dem Erbsenzähler geworden ist.«

»Wir auch«, fielen die beiden anderen ein, »wir holen sie raus – wo immer sie gelandet sind.«

»Ihr seid die Lockvögel«, mahnte Gret in einem plötzlichen Anflug von Bedenken, »verratet euch nicht und paßt auf – soweit das möglich ist!«

Der welsche Jakob sah Gret mit wissenden Augen an. »Keine Sorge«, sagte er langsam, »Thomas und der 'asenköttel sind ja nischt allein – wie die anderen vor ihnen. Diesmal geht keiner verloren.«

»Wir müssen jetzt weg«, sagte der Hasenköttel. Die drei zerlumpten Kerlchen erhoben sich wie auf Kommando. »Treffen ist Schlag acht beim Haus Opdemhoff. Das dürfen wir nicht verpassen.«

»Ihr wollt doch nicht etwa wieder ...?«

»Nein«, unterbrach der welsche Jakob Grets besorgte Frage. »Wir haben nicht vor, da einzubreschen. 'eute war die Beerdigung mit großem Totenschmaus – und die Leute sind reich. Da fällt aller'and für uns ab.«

»Ach so.« Gret war beruhigt. »Ja, die werden viele Gäste haben.«

»Alles, was Geld oder einen Namen 'at«, sagte der welsche Jakob lakonisch.

Wahrscheinlich auch Herr von Luittgen, dachte Gret. Sie begleitete die drei Straßenkinder hinaus. »Laßt Vorsicht walten«, sagte sie zum Abschied, »macht eure Sache gut. Wir sehen uns morgen – wo immer das sein wird.«

Der welsche Jakob lächelte. Es war ein sonderbares, hartes Lächeln, das irgendwie beunruhigend auf Gret wirkte. Der kindlich-ängstliche Ausdruck war völlig aus seinem Gesicht verschwunden. Statt dessen sah Gret die Strenge eines alten Mannes. »A demain«, sagte er, »on les aura ...«

»He«, erwiderte Gret, »ich verstehe kein Welsch!«

»Bis morgen«, wiederholte Jakob, »und wir werden sie kriegen, Gret.«

Damit verschwanden die drei kleinen Lumpenbündel. Gret schaute ihnen nach, und ganz unerwartet überlief sie ein Frösteln. Die Art, wie der welsche Jakob sich von ihr verabschiedet hatte, verstörte sie, und sie wußte nicht warum. War es sein unergründliches Lächeln gewesen, oder hatten die fremden Worte in Jakobs Muttersprache diese unerklärliche Unruhe in ihr ausgelöst?

In der Wärme ihrer kleinen Wohnstube grübelte Gret darüber nach. Sie kam nicht drauf. Und das irritierte sie noch mehr.

Ganz erfüllt von Unrast, machte sie sich wieder an ihre Flickarbeit. Mit Mühe zwang sie sich dazu, sauber und ordentlich Fäden durch das zerschlissene Gewebe zu ziehen. Doch nach wenigen Augenblicken mußte sie das abgenutzte Kleidungsstück erneut hinlegen. Es hatte keinen Zweck; ihre Finger waren zu zittrig, um sicher arbeiten zu können.

Die Tranlampe flackerte. Sie war fast leergebrannt. Gret entschloß sich, sie an diesem Abend nicht mehr nachzufüllen, sondern schlafen zu gehen. Sie befeuchtete Daumen und Zeigefinger und drückte die kleine, blakende Flamme an der tönernen Lampenschnauze aus. Und als es im Zimmer stockdunkel wurde wußte sie, was schuld war an ihrer inneren Unruhe. Jakobs Abschiedsworte hatten ein Gefühl ausgelöst, das schon die ganze Zeit in ihr gelauert hatte – eine Hemmung, die Suche nach den verlorenen Kindern fortzusetzen. Dieses Gefühl warnte: Wenn sie den eingeschlagenen Weg weiterverfolgte, dann mußte etwas Unaussprechliches, Grauenvolles ans Licht kommen. Und sie war nicht sicher, ob sie stark genug sein würde, diesem Entsetzlichen genügend Widerstand zu bieten.

On les aura, hatte Jakob gesagt – wir werden sie kriegen. Konnte nicht auch das Gegenteil geschehen – es wird uns besiegen ...?

Gret schauderte vor dieser Ahnung des Gefährlichen. Noch lange lag sie in der Dunkelheit wach und fand keine Ruhe.

Die Nacht war voller Alpträume gewesen. Dennoch verstärkte sich bei Gret während des Vormittags das Gefühl, als müsse das, was sie erwartete, ihre Alpträume an Schrecken noch weit übertreffen.

Gret hatte sich ja entschlossen, die Suche nicht aufzugeben und unbeirrt durch irgendwelche Gefühle den Weg weiterzuverfolgen, der sich ihr eröffnet hatte. Und so verbrachte sie den ersten Teil des Tages damit, in Windeseile ihre Arbeit zu tun, sich selbst Mut zuzusprechen und sich alle Bedenken und Ängste auszureden.

Sobald Doctor Minutus sich nach dem Mittagsmahl zur Universität begeben hatte, um dort seine

Vorlesung über Anatomie und Seuchenbekämpfung zu halten, machte sich Gret auf den Weg. Sie wollte, bevor sie die Klocken verständigte und der Spur nachging, die der welsche Jakob und seine Freunde legen würden, erst noch einmal selbst den Wald bei Melaten durchsuchen. Es war ja möglich, daß Dinge zu finden waren, die Friedel bei der Wolfsjagd übersehen hatte und die helfen konnten, das Rätsel um die verschwundenen Kinder zu entschleiern.

Dick in ihr wollenes Umschlagtuch eingepackt, den Hund an der Seite, marschierte sie in dem kalten Nieselregen, der um die Mittagszeit eingesetzt hatte, zum Hahnentor hinaus. Dieses Tor, von dem die westlichste Landstraße nach Aachen führte, wirkte mit seinen Zinnen und Pechnasen fast wie eine Burg. Doch wie es bei schönem Wetter immer eindrucksvoll und prächtig erschienen war, so hatte es heute etwas Abweisendes, Bedrohliches. Sogar die Stadtknechte, die hier Wache schieben mußten, machten bei diesem Schmuddelwetter trotz der leuchtend rotweißen Farbe ihrer Gugeln einen tristen Eindruck. Übelgelaunt musterten sie die junge Frau, die da im Regen vorüberstapfte und ungewöhnlicherweise von einem mächtigen Hund begleitet war, aber Gret strebte unbeirrt weiter.

Vor der umfriedeten Anstalt Melaten, wo die Aussätzigen – die lebenden Toten – in kleinen Häuschen untergebracht waren, lag der größte der drei städtischen Richtplätze. Auf dem Weg zu dem Waldgelände, das Gret durchsuchen wollte, war sie gezwungen, das berüchtigte Rondell zu passieren.

Während sie sich dem Hochgericht näherte, schickte sie ein kurzes Dankgebet zum Himmel. Offenbar hatten in den letzten Wochen keine Hinrichtungen stattgefunden, und so war der riesige, aus im Dreieck stehenden Pfosten und Querhölzern errichtete Galgen leer. Nur auf dem daneben stehenden Rad, das einen weiteren hohen Balken krönte, hingen die verwitterten, gebleichten Überreste eines Straßenräubers, der schon vor vielen Monaten hier sein unrühmliches Ende genommen hatte.

Gret wandte den Blick ab und beschleunigte ihre Schritte. Sie erinnerte sich noch an diesen Mann und seine Bande. Der Straßenräuber hatte jahrelang die Kaufleute auf den Handelsstraßen nach Köln in Angst und Schrecken gehalten. Selbst bei der Zeremonie am Blauen Stein, wo man den Stab über ihn gebrochen hatte, war er beispiellos hart und verstockt geblieben. Als der Henker, Meister Hans, ihn mit dem Rücken an den Blauen Stein gestoßen und die traditionellen Worte gesagt hatte: »Wir stoßen dich an den Blauen Stein. Du kömmst dingem Vatter und dinger Mutter nit mehr heim.« – In diesem Augenblick, wo die Zuschauer immer die Rührung packte – da hatte der hartgesottene Bösewicht nur laut gelacht. Mit einem unflätigen Lied hatte er sein Todesurteil aufgenommen. Erst hier auf dem Rad, als Meister Hans ihm die Knochen zertrümmert hatte, war ihm das Singen vergangen.

Gret zog sich das Tuch fester um die Schultern. Sie war damals nicht zur Hinrichtung gegangen – das tat sie grundsätzlich nicht, auch wenn andere das Spektakel sehr genossen. Jost, der Fuhrmann, der im vorderen Gadem wohnte, hatte ihr berichtet und sie einmal mehr davon überzeugt, daß die Todesstrafe an den Zuständen nichts bessern konnte. Die Stadt hatte lediglich Rache genommen; aber andere Verbrecher ließen sich selbst durch die fürchterlichsten Strafen nicht davon abhalten, weiterhin das Gesetz zu brechen, zu rauben und zu morden …

Während Gret auf den kleinen Wald zuschritt, mußte sie an den welschen Jakob und die anderen Straßenkinder denken, die den Weg des Verbrechens bereits eingeschlagen hatten. Irgendwann würden auch sie am Galgen enden, wenn niemand ihnen die Möglichkeit bot, anständig aufzuwachsen. Findelhäuser und Armenherbergen waren Brutstätten des Verbrechens – jedermann wußte das. Dort bekamen die Heimatlosen zwar Nahrung und ein Dach über dem Kopf, aber es war die Hoffnungslosigkeit, die solche verlassenen und verachteten Kinder zu Verbrechern werden ließ. Welche Hoffnungen konnte sich ein kleiner Bursche wie der welsche Jakob denn schon machen? Kein Handwerksmeister durfte ein Kind in die Lehre nehmen, dessen Herkunft im Dunkel lag. Ganz abgesehen davon, daß es kein Lehrgeld zahlen konnte …

Diese Gedanken bedrückten Gret. Sie selbst hatte das große Glück gehabt, von einer gütigen Pflegemutter aufgenommen worden zu sein. Sie hatte es Mutter Imma vom Blaubach zu verdanken, daß sie nicht in der Gosse verkommen war. Während sie in den triefenden Wald eindrang, atmete sie tief durch.

Sie würde versuchen, etwas für die Kinder der Einbrecherbande zu erreichen, wenn erst die Aufgabe gelöst war, die sie sich gestellt hatte. Vielleicht war es doch möglich, Jungen wie den welschen Jakob aus ihrer elenden Lage herauszureißen …

Der Waldboden war mit verrottetem Laub vom vergangenen Herbst bedeckt. Grets feste Schuhe versanken fast bis zu den Knöcheln in nassen Blättern. Aber sie achtete nicht auf ihre Füße, die langsam feucht wurden, sondern suchte mit aufmerksamen Blicken die Umgebung ab, während sie Schritt für Schritt einem schmalen Trampelpfad folgte.

Überall nur trostlose, graubraune Nässe. So sehr sie sich auch anstrengte, sie entdeckte nichts außer den Fährten der Wildtiere. Außerdem hatte sie sehr bald das Ende des Waldstücks erreicht. Es war kleiner gewesen, als sie vermutet hatte.

Sie stand einen Augenblick still und überlegte, ob sie das Wäldchen noch einmal quer oder diagonal durchwandern sollte, als ihr auffiel, daß Schnüß nicht mehr an ihrer Seite war. Der Hund hatte sich ein Stück entfernt und den Kopf in ein niedriges Gebüsch gesteckt. Er knurrte und winselte gleichzeitig und schien irgend etwas gefunden zu haben.

Mit ein paar Schritten war Gret bei Schnüß. Das Tier kam rückwärts aus den Sträuchern heraus, etwas Längliches, Schlaffes im Fang, das es heftig zu schütteln begann.

»Lass' aus«, forderte Gret und streckte die Hand aus. Willig öffnete Schnüß die starken Kiefer und gab das Fundstück frei. Es war ein Riemen mit Schnalle; das ursprünglich wohl hellbraune Leder hatte durch Schmutz und Nässe eine fast schwärzliche Tönung angenommen. Neben der bronzenen Schnalle war eine viereckige Metallapplikation angebracht, deren verkrustete Oberfläche ein Muster ahnen ließ.

Gret betrachtete den Riemen eingehend. Für einen Gürtel war er zu kurz, aber wozu mochte er sonst gedient haben? Vielleicht handelte es sich um ein Halsband für einen wahrhaft riesigen Hund. Vorsichtig kratzte Gret mit dem Fingernagel über das Metallschildchen. Die Dreckschicht platzte ab und enthüllte ein Zeichen, das sie kannte: das Familienzeichen derer von Luittgen.

Schnüß verschwand wieder im Gebüsch. Gret brauchte einen Augenblick, bis sie sich gefaßt hatte. Dann steckte sie das Halsband in ihre Rocktasche und rief nach dem Hund.

Doch Schnüß kam nicht. Sie raschelte zwischen den Sträuchern herum, scharrte und winselte. »Was hast du denn noch?« sagte Gret ungeduldig. »Her zu mir, damit wir weitergehen können!«

Der Hund zeigte sich kurz. Aber er machte keine Anstalten, zu folgen. Statt dessen kehrte er zu einer Stelle zurück, wo nackte Erde zu sehen war, und begann wild zu graben. Gret arbeitete sich durch die kahlen Büsche. »Komm, Schnüß«, sagte sie energisch, »jetzt ist nicht die richtige Zeit zum Buddeln!«

Der Hund knurrte leise. Er arbeitete weiter. Gret hielt plötzlich den Atem an. Unter Schnüß' Pfoten wurde in der aufgescharrten Erde ein braunes, blutverkrustetes, kurzhaariges Fell sichtbar. Ein totes Tier war hier begraben worden – ein großer Hund. Und während Schnüß wie besessen den Lehm weiter aufkratzte, enthüllte sich auch, woran der Hund gestorben war. In seinem Brustkorb, direkt hinter den Schulterblättern, steckte bis zum Heft eingerammt ein kurzer Dolch …

So sehr Gret beim Anblick des blutigen Kadavers grauste – sie schaute genau hin. Unbegreiflich, warum die zierliche Waffe mit dem Tier vergraben worden war. Der kleine Dolch hatte einen schwarzen Ebenholzgriff, der mit silbertauschierten Ornamenten verziert war; er schien sehr wertvoll zu sein. Warum hatte man ihn in dem Kadaver steckenlassen?

Kurzerhand faßte Gret die schlanke Stichwaffe, zog sie heraus, wischte sie in dem dürren Gras ab, das neben dem Erdgrab den Boden bedeckte, und steckte sie ebenfalls ein. Mit den Füßen schob sie notdürftig wieder etwas Erde über die Tierleiche und gebot Schnüß, jetzt mitzukommen. Sie würde nach Hause zurückkehren und sich über die verwirrenden und erschreckenden Funde in diesem Waldstück erst Gedanken machen, wenn die Spurensuche am Alten Graben abgeschlossen war. Den Kindern zu folgen – das mußte vor allem anderen den Vorrang haben.

Sie stapfte zurück zum Trampelpfad, und der Hund heftete sich diesmal folgsam an ihre Seite. Eben wollte sie umdrehen und den Weg zurückgehen, als ihr Blick zwischen den Stämmen am Waldrand auf einige niedrige, strohbedeckte Gebäude fiel, die in kurzer Entfernung unter einigen kahlen Bäumen standen. Dicht davor waren die wenigen Mauerreste des Klosters Sankt Mechtern zu erkennen, das zur Zeit des Neußer Krieges vor mehr als zwanzig Jahren niedergelegt worden war. Man hatte damals die Gebäude geschleift, damit sie dem Feind nicht als Stützpunkt dienen konnten.

Bei dem Bauernhaus mußte es sich um das Anwesen handeln, das dem Herrn von Luittgen gehörte. Ein Gehöft bei Sankt Mechtern, hatte Friedel ja gesagt …

Gret verspürte plötzlich den Drang, hinüberzugehen und aus der Nähe einen Blick darauf zu werfen. Sie hatte in der Stadt alle Häuser in Augenschein genommen, die ihrer Kenntnis nach zum Besitz des Herrn von Luittgen gehörten, und gerade hatte sie auch seinen Wald durchforscht. Nur den Hof bei Sankt Mechtern hatte sie noch nicht gesehen.

Es war nicht sehr weit bis zu den Gebäuden. Außerdem hatte der Nieselregen nachgelassen. »Gut«, entschied sie und kraulte Schnüß mit spitzen Fingern das feuchte Nackenfell, »statten wir dem Haus da drüben einen heimlichen Besuch ab. Lange wird's nicht dauern, und danach haben wir immer noch reichlich Zeit, wieder in die Stadt zurückzugehen. Was meinst du?«

Der Hund blickte mit seinen ausdrucksvollen braunen Augen zu ihr auf und runzelte die dunkle Stirn. Gleichzeitig öffnete er sein breites Maul ein wenig und ließ die rosige Zunge ein Stückchen heraushängen. Wieder das faltige, freundliche Lächeln. Gret mußte kichern. »Meine Süße«, sagte sie und streichelte das Tier noch einmal, obwohl es ganz durchfeuchtet war, »du bist ein Prachtmädel! Also – dann los!«

Schnüß' »Lächeln« wurde breiter. Sie begann zu hecheln und sah wieder wie ein Hund aus. In elastischem Trab folgte sie Gret an der Hecke aus Schlehdorn und Haselbüschen entlang, die geradewegs zu den Klostertrümmern und dem einsamen Gehöft führte.

Gret war dankbar dafür, daß die Sträucher sehr dicht standen und deshalb auch ohne Laub etwas Deckung boten. Dennoch ließen sie einen guten Blick auf das Anwesen zu, und Gret erkannte im Näherkommen, daß der Hof aus einem Wohnhaus, einem geräumigen Stall und einer Scheune bestand. Dann war da noch ein runder, wandloser Unterstand, dessen Pfosten ein kegelförmiges Strohdach trugen und der offenbar zur Lagerung von Holz genutzt wurde. Denn dort waren Bretter aufgestapelt.

Noch ein paar Schritte, und sie hatte das Gelände des niedergerissenen Klosters erreicht. Die halb von dornigem Gestrüpp überwucherten Fundamentreste reichten sehr dicht an die Gebäude des Hofes heran. Gret überlegte einen Augenblick. Sollte sie es wagen, sich im Schutz der Brombeerranken und der hohen, vertrockneten Gräser noch näher an das Gehöft heranzuarbeiten – auf die Gefahr hin, daß sie vielleicht bemerkt wurde?

Warum eigentlich nicht. Der Pächter, der dieses Anwesen bewirtschaftete, konnte sie unmöglich kennen. Falls er sie entdeckte, würde ihr schon eine passende Begrüßung für ihn einfallen. Vielleicht konnte sie ihn sogar ein bißchen ausfragen …

Beherzt überstieg Gret die Mauertrümmer. Sie bewegte sich jetzt offenbar auf dem ehemaligen Fußboden eines Hauptgebäudes der abgerissenen Klosteranlage. Die noch erkennbare Linie der Außenmauern ergab nach Grets Schätzung das großzügige Maß von dreißig auf vierzig Schritt. Gret warf einen kurzen Blick in die Runde. An das große Gebäude hatten sich – wie die Mauerreste deutlich verrieten – noch mehrere Seitenflügel angeschlossen. Sankt Mechtern war ganz sicher ein Kloster von Bedeutung gewesen. Das bewies die beachtliche, ausgedehnte Anlage. Schade, daß es der Spitzhacke zum Opfer fallen mußte, dachte Gret. Wie immer war ein Krieg daran schuld gewesen.

Sie stapfte vorsichtig weiter, immer hart an der Brombeerhecke entlang, von der das Fundament der vorderen Außenmauer gesäumt war. Schritt für Schritt näherte sie sich einer Lücke im Dornengestrüpp, durch die sie sich weiter an das vor ihr liegende Gehöft heranarbeiten konnte. Der runde Holzschuppen war bereits ganz nah. Sie mußte nur noch einmal ein Stückchen freies Gelände überqueren und ein paar Trümmer umgehen, dann –

Der Boden unter ihren Füßen gab nach. Es polterte und krachte. Sie stürzte abwärts. Ein scharfer, schmerzhafter Schlag traf sie am Kopf – Blitze zuckten, kleine Funken tanzten. Dann wurde es dunkel.

Langsam öffnete Gret die Augen. Es war noch immer finster. Ihr Schädel dröhnte. Ein dumpfer Schmerz …

Vorsichtig betastete sie ihren Hinterkopf und die dicke Beule, von der der Schmerz ausstrahlte.

Wo war sie? Wie war sie hierher gekommen? Sie konnte sich überhaupt nicht darauf besinnen. Es hatte gepoltert … dann war sie abgerutscht …

Jedenfalls fühlte sie Schnüß neben sich in der Dunkelheit. Der Hund leckte ihr mit seiner nassen, warmen Zunge sacht die Wange und schnaufte leise. Gret hob den Kopf, strengte die Augen an. Da, direkt über ihr, konnte sie einen Fleck ausmachen – ein unregelmäßiges Stück Himmel in der Farbe tiefer Dämmerung.

Herrgott. Sie mußte durch den Fußboden des ehemaligen Klostergebäudes in einen Keller gefallen sein. Die morsche Decke hatte ihrem Gewicht nicht standgehalten und war unter ihr eingebrochen. Und offenbar war sie stundenlang ohne Besinnung gewesen, denn draußen ging bereits das Tageslicht zur Neige!

Lieber Himmel! Sie mußte hier heraus – und das sofort! Wenn sie sich nicht auf der Stelle zum Alten Graben aufmachte, dann würde sie die Spur der blauen Tuchfetzen, die der welsche Jakob legen wollte, nicht mehr erkennen – und morgen früh war es vielleicht zu spät!

Gret rappelte sich auf, biß die Zähne zusammen, als der Schmerz noch einmal durch ihren Kopf schoß. Sie mußte das Loch in der Decke erreichen, sich hochziehen, herausklettern …

Es war unmöglich. Die Stelle, wo sie eingebrochen war, lag fast in der Mitte des Kellerraums. Und Gret reichte selbst mit ausgestreckten Armen und auf den Zehenspitzen stehend nicht annähernd an die Decke heran. Was nun?

Mit fliegender Hast schleppte Gret die Steinbrocken zusammen, die unter dem Loch verstreut lagen. Aufeinandergestapelt ergaben sie einen kleinen Hügel. Gret stieg hinauf, reckte sich und bekam jetzt den Rand des Loches zu fassen. Sie versuchte einen Klimmzug. Es knirschte über ihr; Mörtel rieselte.

Gret machte einen zweiten Versuch – ganz, ganz vorsichtig. Diesmal krachte es leise, bröckelte unter ihren Fingern … ein weiteres Stück der Kellerdecke brach ab und polterte auf den Boden.

Gret wankte, rutschte auf ihrem Schutthügel aus und stürzte. Scharfkantige Mörtelbrocken schürften ihr die Schienbeine auf. So ging es nicht. Auf diese Weise würde sie nicht aus ihrem Gefängnis herauskommen. Verdammtes Pech.

Irgendwo mußte es doch einen Ausgang aus diesem Gewölbe geben. Jeder Keller hatte einen Ausgang. Vielleicht gab es die Reste einer Treppe, die nach oben führte. Und sollte sie zugeschüttet sein, mußte man sie eben freiräumen.

Gret stand stöhnend auf. Alle Knochen taten ihr weh. Aber für Gejammer war jetzt keine Zeit, auch wenn die zerschrammten Beine noch so brannten. »Komm, Schnüß«, sagte sie zu der Hündin, die nicht von ihrer Seite gewichen war, »wir müssen hier raus – egal wie!« Der Hund winselte leise und leckte ihre Hand.

Gret wandte sich nach links und tappte mit ausgestreckten Armen vorsichtig geradeaus, bis ihre Fingerspitzen nach einigen Schritten eine Wand berührten. Unverputzte Mauersteine, glatt behauen. Gret drehte sich wieder nach links und tastete sich langsam an der Wand entlang. Zwanzig Schritte, dann hatte sie die andere Seite des Kellerraumes erreicht. Wieder nach links. Sechs Schritte. Da war die erhoffte Tür!

Aufgeregt tastete Gret sie in der Finsternis ab. Sie bestand aus dicken, rauhen Bohlen, war mit massiven Bandeisenbeschlägen schwer gesichert und offenbar von außen verriegelt. Alles Rütteln und Schieben brachte sie nicht auf. Sie bewegte sich keinen Zoll.

Gret erinnerte sich an ihr Fundstück aus dem Wäldchen, den kleinen Dolch. Vielleicht konnte man den zum Öffnen der Tür benutzen ... Sie tastete noch einmal, verwarf den Gedanken wieder. Die eisernen Beschläge waren viel zu solide; die zierlich gearbeitete Waffe konnte nur daran abbrechen, und damit war nichts gewonnen.

Aus dieser Tür ging es nicht hinaus – das war sicher. Nicht ohne ein gröberes Werkzeug jedenfalls. Die übrigen Wände mußten abgesucht werden. Möglicherweise war noch ein zweiter Durchgang vorhanden. Gret schob sich weiter nach links an den Steinen entlang. Acht, zehn Schritte, dann kam die Ecke. Es ging an der Gegenseite zurück. Vier, fünf, sechs Schritte. Gret prallte auf ein Hindernis.

Sie tastete mit vorgestreckten Händen. Ein Kasten stand da – eine roh gezimmerte Kiste mit Deckel. Auf dem Deckel lag etwas ... ein langer Gegenstand – ein Stab aus Holz mit einer Spitze aus faserigem, klebrigem Werg. Eine Fackel! Und daneben ein Kästchen, eine metallene Dose, handspannenlang.

Gret hob sie auf. Der Verschluß öffnete sich ganz leicht – Grets vorsichtig tastende Finger berührten einen Feuerschwamm, ein Stück Stahl, einen Feuerstein ... Licht! Sie konnte Licht machen.

Sie verschwendete keine Zeit damit, sich zu fragen, wie Fackel und Feuerzeug hierher gekommen sein mochten – in das Kellergewölbe eines Klosters, das schon vor über zwanzig Jahren geschleift worden war. Sie benutzte das hilfreiche Gerät. Stahl, Stein und Feuerschwamm waren völlig trocken; drei Schläge, Stahl auf Stein, vorsichtig in der Dunkelheit ausgeführt – und ein Funke zündete. Der Schwamm brannte an, ein winziges Flämmchen zuckte auf und entzündete mühelos die pechgetränkte Wergwicklung der Fackel.

Erst als sie das Licht in der Hand hielt, wunderte sich Gret darüber, daß sie es hier vorgefunden hatte. Wieso hatte die Fackel dagelegen – mit Feuerzeug, bereit zur Benutzung? Der schlichte, rohe Holzkasten, dessen Deckel keinen Verschluß hatte, war leer. Er bot keine Erklärung.

Gret drehte sich um. Die Eisenbeschläge der Tür, die sie eben entdeckt und aufzustoßen versucht hatte, waren von Rost überzogen. Nichts deutete darauf hin, daß die Tür in letzter Zeit geöffnet worden war.

Sehr sonderbar. Gret drehte sich noch einmal in die andere Richtung und ließ den Lichtkreis der Fackel über den Boden wandern. Er beleuchtete Fußabdrücke – und einige Schleifspuren. Es mußte also doch jemand außer ihr selbst dagewesen sein. Und das konnte noch nicht allzulange her sein.

Ein unangenehmes Gefühl beschlich Gret. Ihr war kalt; eine Gänsehaut überlief sie. Sie schnalzte leise mit der Zunge, um den Hund zu locken. Wo war Schnüß? Im Augenblick konnte sie das Tier nirgends entdecken.

Die Fackel flackerte leicht im Luftzug, der durch das offene Loch in der Kellerdecke hereinwehte. Am anderen Ende des Gewölbes sah sie den Hund. Er scharrte in einem Erdhaufen herum – ausgerechnet!

»Schnüß«, rief Gret mit gedämpfter Stimme, »was soll denn das? Du kannst doch jetzt nicht buddeln!« Der Hund hob den Kopf, winselte, machte sich wieder ans Graben. Gret wurde ärgerlich.

Mit energischen Schritten näherte sie sich dem Tier, das eifrig weiterscharrte. Erst im letzten Moment bemerkte sie die offene Grube, die sich direkt vor ihren Füßen auftat. Eine gefährliche Falle. Leicht hätte sie da hineingeraten und sich beim Sturz die Beine brechen können. Gret blies die Backen auf. Schnüß, die herüberschaute, sah im Flammenschein wie ein Kobold aus.

»Verflixt«, sagte Gret, »das war knapp!« Sie hob die Fackel höher, damit Licht in die Grube fallen konnte, und blickte hinein. Und dann setzte ihr Herz einen Schlag aus. Ihre Finger krallten sich um den Stiel der Fackel und preßten ihn so hart, daß es wehtat. Ein tonloser Schrei kam wie ein ersticktes Keuchen aus ihrer Kehle.

Leichen lag da in der Erdgrube – kleine, bis zur Unkenntlichkeit entstellte, blutverkrustete Körper ... zwei tote Kinder, deren Gesichtszüge unter all dem Schmutz und Blut kaum noch zu ahnen waren.

Gret spürte, wie ihr die Beine den Dienst versagten, ihre Knie knickten ein, und sie sank am Rand der Grube nieder. Entsetzt wollte sie den Blick abwenden, aber aus irgendeinem Grund war ihr das nicht möglich. Sie schaute hin, nahm den grauenhaften Anblick mit allen Einzelheiten in sich auf, hob sogar die Fackel, um besser sehen zu können. Die kleinen Leichen wirkten zerfetzt – als fehlten Teile von ihnen. Sie waren unbeschreiblich zugerichtet.

Gret konnte dieses Grauen keinen Augenblick länger ertragen. Etwas Merkwürdiges geschah: Ein Teil ihres Ichs sonderte sich ab, verschloß sich, um nicht laut zu schreien und die Nerven zu verlieren. Der andere Teil schaute weiter die Leichen an und zog nüchtern Schlüsse.

Da unten lagen Jeorsch und Drees, der Erbsenzähler, oder das, was von ihnen übrig war. Grets starke Hälfte hatte sie identifiziert – trotz der fürchterlichen Entstellungen. Die beiden Jungen mußten erst vor kurzer Zeit hierher geschleppt worden sein; ihr Grab war ja noch nicht einmal zugeschaufelt.

Sie waren bestialisch ermordet worden. Dann hatte man sie verschwinden lassen. Niemand wäre auf die Idee gekommen, sie hier zu suchen ...

Gret mußte sich abwenden, ehe sie vom Grauen überwältigt wurde. Sie warf einen Blick zu Schnüß hinüber, die immer noch in der lockeren Erde des Kellerbodens herumkratzte, und schwenkte die Fackel weg von der offenen Grube, hin zu dem Hund.

Schnüß hielt etwas zwischen den Zähnen – etwas Bleiches, Schlaffes ... sie zerrte daran, versuchte es aus der Erde zu ziehen ... Es war eine Hand. Eine kleine bleiche, schlaffe Kinderhand.

Gret krabbelte in wilder Hast auf die Füße. »Schnüß«, sagte sie scharf, »hierher, aber sofort!« Der Hund ließ fahren, was er gefunden hatte, und setzte mit elegantem Sprung über die offene Grube. Dann trabte er an Gret vorbei auf einen niedrigen Torbogen zu, der rechter Hand aus dem Gewölbe hinausführte. Auf halben Weg blieb das Tier stehen und sah Gret fragend an.

Grets Beine liefen dem Hund nach. Sie arbeiteten, als hätten sie ein Eigenleben. Sie trugen Gret in einen Korridor hinein, dann in ein kleineres Gewölbe.

Es hatte keinen Ausgang.

Die Fackel flackerte wild. Von irgendwoher kam ein starker Luftzug. Der zuckende Flammenschein enthüllte eine nasse Stelle im Mauerwerk. Dort sickerte Wasser herein. Zwischen den Fugen einiger Steine war kaum Mörtel.

Die vom Grauen gelähmte Gret zog sich zurück. Die andere, noch immer klar denkende Gret übernahm. Der Stein in der Mitte bewegte sich, als sie die Finger in die Fuge schob und daran rüttelte. Langsam löste er sich aus der Mauer. Nun konnte sie weitere Steine herausheben. Es war ganz leicht. Sechs Steine, dann war die Lücke groß genug, um Gret durchzulassen. Sie streckte den Kopf durch das Loch. Feine Regentropfen benetzten ihr Gesicht.

Gret löschte die Fackel und kletterte hinaus. Über ihr war freier Himmel. Sie stand auf dem Boden eines weiteren Kellerraums, aus dem – schemenhaft zu erkennen – einige zerborstene Stufen nach oben auf die ebene Erde führten. Gret taumelte auf die Treppe zu. Sie hörte, wie der Hund durch die Öffnung sprang und ihr folgte, aber ihre Wahrnehmungen waren plötzlich getrübt. Das Entsetzen überwältigte sie wieder.

Hastig stolperte sie die Stufen hinauf, torkelte ein paar Schritte weit. Dann, ganz unerwartet, zog sich ihr Magen schmerzhaft zusammen. Sie atmete wild ein, saugte die Luft in die Lungen. Und bei den Brombeersträuchern erbrach sie sich in einem heißen, heftigen Krampf.

Gret würgte und würgte. Immer wieder preßte sich scharfe Säure aus ihrem Magen hoch und verbrannte ihr die Kehle. Endlich, nach einer Ewigkeit, löste sich der Krampf, und Gret kam wieder zu Atem.

Jetzt klärte sich auch ihr Kopf. Aber übel war ihr noch immer – so übel, wie nie. Das schreckliche, beklemmende Gefühl war nicht körperlich – es kam aus ihrer Seele.

Die feuchte Abendluft fächelte ihr die verschwitzte Stirn. Ein paar tiefe Atemzüge, dann richtete Gret sich auf und begann mit zittrigen Schritten vorwärtszugehen – zu dem Mauerstreifen, der das Klostergelände begrenzte und in der Dämmerung gerade noch zu erkennen war. Das Mäuerchen war erreicht; Gret machte sich daran, es zu übersteigen. Sie raffte ihren durchfeuchteten Rock und hob das linke Bein – da packte jemand plötzlich von hinten ihre Oberarme. Große, kraftvolle Hände umklammerten sie, hielten eisern fest. Eine grobe, höhnisch klingende Männerstimme sagte: »Na, wen haben wir denn da?«

Gret erschrak so sehr, daß sie nicht einmal einen Schrei zustandebrachte. Sie drehte nur den Kopf zur Seite und starrte fassungslos in das Gesicht desjenigen, der sie gepackt hielt. Es war ein fettes Gesicht mit wulstigen Lippen und kleinen Schweinsäuglein, die fast in Fettfalten versanken. Als es sich zu einem widerlichen Grinsen verzog, zeigten sich in dem breiten Mund unregelmäßige, braun verfärbte Zahnstummel.

»Du bist ’n Fang, glaub ich«, sagte der Mann, »dat wird ne Freud, wenn der Herr sieht, wen ich da erwischt hab!« Er ähnelte auf erstaunliche Weise dem Wirt aus dem Gasthaus Zur Gans. Er mußte der Pächter des Gehöftes sein. »Du kannst dich auch freuen«, fuhr er hämisch fort, »auf dich haben wir jewartet. Dat du jetzt persönlich hierher kommst und uns direkt in die Arme läufst – wat e Jlück! Leichter konnteste et uns jar nit machen!«

Gret hatte nicht die Kraft, sich zu wehren. Ohne Widerstand ließ sie sich zu dem Haus hinüberführen, aus dessen kleinen Fenstern Licht fiel. Erst als die offenstehende Tür fast erreicht war, kam Gret aus ihrer Erstarrung zu sich und legte all ihren Schrecken in einen Schrei: »Schnüß, Hilfe!«

Ein scharfes Grollen antwortete aus der Dunkelheit. Gret hörte das Tier heranspringen. »Verdammt«, knurrte der Kerl, »dat Vieh hatt ich janz verjesse!« Er lockerte seinen Griff, reckte den Kopf und brüllte: »Herr Neles, die Schlinge!« Dann war Schnüß über ihm und verbiß sich wütend in seinen Arm.

Gret war frei. Sie konnte weglaufen. Einen Wimpernschlag lang zögerte sie und hatte Mühe, sich zu konzentrieren. Dann wandte sie sich zur Seite und stolperte an der Wand des Hauses entlang auf eine Baumgruppe zu, die am Rand des Hofs zu erkennen war. Aber sie kam nicht weit. Sie prallte gegen einen riesenhaft gewachsenen, breitschultrigen Mann, der sie einfach auffing. »Aber, aber«, sagte er mit kultivierter Baßstimme, »wer wird denn so bäurisch rennen? Dabei kann man sich leicht vergaloppieren, kleines Fräulein.«

Gret machte wieder keinen Versuch, sich zu befreien. Kopflosigkeit und tiefer Schrecken hatten von neuem über Kühle und Entschlossenheit gesiegt. Sie ließ es zu, daß der große Mann sie zum Haus und in den Lichtschein der offenen Haustür zurückführte und konnte keinen Ton herausbringen. Ihr war, als stände sie neben sich selbst, unfähig, ihrem anderen, schwachen Ich beizustehen, das der Schrecken stumm und hilflos gemacht hatte und das sich jetzt ohne Gegenwehr überwältigen ließ.

Schnüß war ebenfalls überwältigt worden, wenn auch nicht ohne wütenden Widerstand. Ein dritter Mann hatte ihr eine Schlinge um den Hals geworfen und sie damit gewürgt, so daß sie von dem fetten

Pächter hatte ablassen müssen. Jetzt kämpfte sie röchelnd, knurrend und unter großer Atemnot gegen denjenigen an, der sie gefangen hatte. Aber die Aussicht, daß sie gewann, war verschwindend gering, denn die Schlinge lag allzu eng um ihren Hals und zog sich bei jeder Bewegung weiter zusammen.

»Ja, kleines Fräulein«, sagte die wohlklingende Stimme neben Gret, »in diesem Haus wissen wir, wie man mit wilden Tieren umgehen muß.« Der Mann stieß ein kleines Lachen aus. »Das werdet Ihr gleich noch erleben – und glaubt mir, es wird eine Erleuchtung sein. Eine Erleuchtung und ... ein Genuß.«

Gret schaute mit starren Augen zu dem Mann hinüber, der Schnüß bändigte. Der Hund bekam jetzt überhaupt keine Luft mehr, konnte nicht einmal mehr röcheln, stand nur mit zitternden Flanken da, den würgenden Strick um den Hals ...

»Er wird sie umbringen«, flüsterte Gret mit steifen Lippen.

»O nein«, kam die lächelnde Antwort des Mannes neben ihr, »das wäre töricht.« Er umfaßte Grets Hand und preßte sie hart. »Eunike ist eine meiner besten Hündinnen; ich werde sie zur Zucht verwenden. Sie war aus dem Zwinger am Alten Graben entlaufen ... Dafür, daß Ihr sie mir zurückbringt, bin ich Euch wirklich dankbar. Und Dank soll Euch auch zuteil werden!«

»Eunike ...«, murmelte Gret geistesabwesend.

»Ja, allerdings«, erklärte der Mann neben ihr in liebenswürdigem Ton, »der Name bedeutet ›schöne Siegerin‹. Ich bin sicher, sie wird tatsächlich nur Sieger hervorbringen – vorausgesetzt, man paart sie mit den richtigen Rüden.«

Gret kam zu sich. Sie hob den Kopf und warf zum ersten Mal einen Blick auf den geheimnisvollen Herrn dieses Hauses. Er war in einen prachtvollen, mit Fehpelzen gefütterten Mantel gehüllt – ganz reicher Aristokrat. Seine Augen, die Gret mit herablassendem Interesse anschauten, waren hellblau und hatten einen milden, fast zärtlichen Ausdruck. Das Antlitz, das sie beherrschten, war edel geschnitten; man hätte es schön nennen können – wäre da nicht der schmallippige Mund gewesen. Denn dieser Mund verriet eine Grausamkeit, die Gret regelrecht zurückbeben ließ.

»Warum tragt Ihr heute keine Maske, Herr von Luittgen?« fragte sie. Ihre Stimme klang ganz ruhig, ganz gelassen.

Der große Mann mit den welligen, eisengrauen Haaren lachte melodisch. »Ich sehe, Ihr kennt meinen Namen, Fräulein Naseweis. Das ehrt mich und zeigt, daß Ihr ein recht kluges Kind seid. Eine Maske?« Er lachte noch einmal. »Die wird heute nicht notwendig sein. Warum? Auch das werdet Ihr Euch bald zusammenreimen können.«

Er hob die freie Hand und winkte den fetten Pächter heran, der offenbar bei dem Kampf mit Schnüß nicht viel abbekommen hatte. »Macht alles bereit«, befahl er, »wir haben schon genug Zeit verloren und wollen uns den Rest des Abends nicht verderben lassen.«

Der Pächter nickte und grinste. Er verbeugte sich

tief. Dann warf er Gret einen schmierig-lüsternen Blick zu, trollte sich eilig und verschwand im Haus. Der andere Mann hatte inzwischen den Hund zu einem Pfahl hinübergezerrt und ihn mit der Würgeschlinge daran angebunden. Schnüß versuchte nicht mehr, sich loszureißen. Sie hatte begriffen, daß alles Reißen und Ziehen an der heimtückischen Leine ihr nur neue Atemnot einbrachte, also hatte sie sich niedergelegt, schaute zu Gret herüber und winselte leise.

Der jüngere Mann trat an Gret und den Herrn des Anwesens heran. Das Licht, das aus der Haustür fiel, beleuchtete sein Gesicht. Isenhart von Luittgen lachte leise und deutete auf den Ankömmling. »Ich gehe davon aus, daß Ihr bereits Bekanntschaft mit meinem Sohn gemacht habt, kleines Fräulein«, sagte er, »Cornelius von Luittgen, mein Erbe.«

Gret konnte nur stumm nicken. Vor ihr stand derjenige, der sie neulich frühmorgens im Stall hatte ermorden wollen. Er mußte es sein – sie erkannte ihn an seinen katzenhaften Bewegungen. Sie brauchte einen Atemzug, um zu einer Erwiderung fähig zu sein. Dann sagte sie mit mühsam beherrschter Stimme: »Man sagt allgemein, daß Euer Sohn als Kind in England gestorben sei. Dann ist das also falsch?«

»Ja und nein«, gab Isenhart von Luittgen schmunzelnd zurück, »was meint Ihr? Soll ich Euch die Wahrheit sagen?« Er lächelte Cornelius an. Der gab ein unangenehmes Kichern von sich.

»Nun, es kann ja nicht schaden«, fuhr Isenhart von Luittgen fort, »daher rede ich frei heraus. Für die

Welt ist Cornelius gestorben. Er hat sich damals in seinem kindlichen Übermut dazu hinreißen lassen, seine Spielgefährten … nun, sagen wir – zu beschädigen. Die Eltern der Kinder, sämtlich ehrenwerte englische Kaufherren, mußten beschwichtigt werden. Cornelius starb also ebenfalls. Nun existiert er nicht mehr – wenigstens nicht offiziell.«

Gret spürte, wie sich ihr der Magen zusammenzog. Sie holte tief Luft, um des Anfalls von Übelkeit Herr zu werden. »Er hat seine Spielgefährten beschädigt …? Wie meint Ihr das?«

Cornelius von Luittgen lachte tonlos. Das Geräusch jagte Gret Schauer über den Rücken. Isenhart von Luittgen erwiderte spöttisch: »Dazu braucht es keine weitere Erklärung, Fräulein Naseweis. Es wird sich Euch am Ende der Spiele von allein erschließen. Gehen wir?«

Er packte ihren Arm von neuem und deutete mit einer graziösen Handbewegung in die Dunkelheit.

»Wohin?« fragte Gret. Ihre Zähne klapperten.

»Nun«, erwiderte der große Mann mit den trügerisch sanften Augen, »ich sagte ja bereits – es wird heute abend Spiele geben. Spiele nicht für den Pöbel, sondern allein für den Imperator. Und Euch, mein Fräulein, soll die Ehre zuteil werden, ihnen beizuwohnen – da Ihr nun einmal hier seid.«

»Vielleicht kann sie sogar daran teilnehmen«, sagte Cornelius von Luittgen mit seiner fremdartig gefärbten Stimme und zeigte ein raubtierhaftes Lächeln.

»Spiele?« flüsterte Gret verständnislos.

»Ihr werdet … überrascht sein«, sagte Herr von Luittgen.

Der fette Pächter kam wieder aus dem Haus. Er trug in jeder Hand eine brennende Fackel. Langsam und würdevoll schritt er voran und beleuchtete den Weg zu dem runden Unterstand, den Gret für einen Holzschuppen gehalten hatte. Während sie von Isenhart von Luittgen und seinem Sohn dorthin geführt wurde, stellte sie fest, daß die Bretter, die unter dem Dach gelegen hatten, zu einer Art rundem Pferch aufgestellt worden waren; Steckscharniere, befestigt an in die Erde gerammten Pfählen, hielten sie zusammen.

Eine kleine Arena, schnell auf- und wieder abzubauen. An einer Seite gab es sogar etwas wie eine Tribüne – ein Podest, auf dem eine Bank stand. Von dort hatte man die ganze Arena im Blickfeld.

Der Pächter hatte die beiden Fackeln in massive Halteringe gesteckt, die auf der Brüstung am Arenenrand festgeschraubt waren. Sie beleuchteten jetzt das kleine Rund und warfen ihr zuckendes Licht auf eine dicke Lage Sägespäne, die darin aufgeschüttet war. Gret erkannte einen Pfahl, der einsam in der Arena aus dem Boden ragte … Ketten hingen daran, wie an einem Pranger …

Gret schwirrte der Kopf. Die Gedanken, die darin herumwirbelten, schienen ihr körperliche Schmerzen zu verursachen. Immer mehr Schreckliches stürmte auf sie ein – ihre seelischen Kräfte gingen zur Neige …

Der Herr von Luittgen stieg auf das Podest und zog sie mit. »Nehmt Platz, Fräulein Naseweis«, forderte er sie auf und verbeugte sich spöttisch-galant. »Gestattet, daß wir Euch, ehe das Vergnügen beginnt, ein klein wenig in der Bewegungsfreiheit einschränken. Leider ist das notwendig. Ihr werdet gewiß verstehen, warum. Wenn nicht jetzt – dann in wenigen Augenblicken.«

Cornelius von Luittgen grinste. Er nahm einen Hanfstrick von der Brüstung der Umfassungsplanke, drückte Gret auf die Bank nieder und band ihr die Handgelenke hinterm Rücken an der Lehne fest. »Ein bißchen unbequem, aber so wird es gehen müssen«, meinte er hämisch. Dann stieg er vom Podest und verschwand mit dem fetten Pachtbauern noch einmal im Haus.

Isenhart von Luittgen setzte sich neben Gret. »Ein exquisites Schauspiel erwartet uns«, sagte er andächtig, »ein Schauspiel, auf das wir Mitglieder der kaiserlichen Familie von jeher ein Anrecht gehabt haben. Vor langen Zeiten kam auch der Pöbel in den Genuß der Spiele, aber heutzutage nicht mehr – und das ist gut so. Den Göttern sei Dank!«

Grets Schrecken war bis jetzt mit jedem Atemzug gewachsen. Noch bedrohlicher empfand sie ihre Verwirrung. Sie verstand nichts von dem, was Isenhart von Luittgen bisher gesagt hatte. »Ihr seid verwandt mit dem Kaiser«, fragte sie flüsternd, »mit Maximilian? Das glaube ich nicht!«

Isenhart von Luittgen lachte belustigt. »Wer ist

schon Maximilian? Ich führe meinen Stamm auf Augustus zurück, auf Claudius und Nero! Alle großen agrippinensischen Familien haben so tiefe Wurzeln.« Er reckte sich auf. »Wie lächerlich nimmt sich dagegen ein süddeutscher Barbar von der Art eines Maximilian aus! Meine römischen Ahnen waren schon kultivierte und gebildete Menschen, als seine Vorfahren noch in Höhlen hausten!«

Gret hatte auch diesmal keine Ahnung, wovon er sprach. Die Namen Augustus, Claudius und Nero waren ihr unbekannt. Und was mochte er mit römischen Ahnen meinen? In Rom lebte der Papst; sonst wußte Gret nichts über diese ferne Stadt – außer, daß sie von Welschen bewohnt war. Aber die Welschen hatten keinen Kaiser, dort gab es lauter kleine Fürstentümer. Der Kaiser hatte vor kurzem eine Prinzessin aus dem Mailand geheiratet – so hatte es auf einem Flugblatt gestanden. »Wie meint Ihr das alles?« fragte sie und sah Isenhart von Luittgen befremdet und angstvoll an.

Der große, ehrfurchtgebietende Mann im kostbaren Pelzmantel richtete seinen Blick in die Dunkelheit hinter den brennenden Fackeln. »In gewaltigen Arenen fanden die Spiele der Agrippinenser statt«, sagte er geistesabwesend und machte eine weit ausholende Handbewegung, »Genuß für die Edlen, Belustigung für das niedere Volk. Männer in schimmernder Wehr kämpften auf Leben und Tod – Bären hetzte man auf Löwen und Leoparden … Das waren große Zeiten, als Ströme von Blut den Staub der Arenen röteten …« Er riß die hellblauen Augen auf und bedachte Gret mit einem flammenden Blick. »Äonen sind seitdem vergangen, edle Geschlechter zu Tausenden sanken ins Grab. Aber in meinen Adern fließt es noch, das Blut der Eroberer aus dem stolzen Rom. Und ich bestehe auf meinem Recht, Spiele zu genießen – wie meine kaiserlichen Ahnen!«

Seine Augen sahen im Feuerschein fast farblos aus. Sie glitzerten wie Eis. Gret sah ihn an und konnte keinen Ton herausbringen.

»Die Götter lieben mich noch«, fuhr Isenhart von Luittgen mit Leidenschaft fort, »sie schützen mich und meinen Sohn, weil ich den Laren und Penaten opfere, und meinem Genius – und dem blitzeschleudernden Jupiter!«

Er redete irre – das war Gret plötzlich klar. Er mußte vollkommen wahnsinnig sein. Und sie war ihm hilflos ausgeliefert ... Ihre Fesseln saßen gut. Das bewies ein kleiner Ruck. Himmel, was konnte sie jetzt tun?

Der dünne Ton eines Zinken klang auf. Jemand blies ein Signal. Herr von Luittgen richtete sich steil neben Gret auf. »Es ist soweit«, sagte er, während sein Gesicht einen starren Ausdruck annahm, »seht nur ... Was für ein Anblick!«

Vor Grets Augen, die sich in neuem Schrecken weiteten, näherte sich vom Haus her eine wunderliche Prozession. Die Spitze bildete eine kleine, schmale Gestalt in bodenlangem weißem Kleid. Das blonde Haar hing dem kleinen Mädchen in seidigen Wellen offen über den Rücken, gekrönt von einem üppigen Kranz aus Efeublättern. Gret erkannte Liesbeth, das Töchterchen der lahmen Agnes. Ihr folgten zwei ebenso kleine und zierliche Gestalten, die bis auf ein Tuch um die Hüften nackt waren – Thomas Drommenschläger und der Hasenköttel. Die beiden Jungen waren an den Händen gefesselt. Der Pächter trieb sie mit Knüffen und Fußtritten vor sich her, während die weißgekleidete Liesbeth wie ein Lamm vorwärtstrottete.

Das Ende des Zuges bildete Cornelius von Luittgen. Der führte an kurzen Leinen zwei Hunde mit reinweißem Fell. Sie waren längst nicht so groß und hochbeinig wie Schnüß, sondern eher mittelgroß, aber von massigem, muskulösem Körperbau. Schwänze und Ohren hatte man ihnen bis auf winzige Reste entfernt, und ihre Schnauzen waren die kürzesten und breitesten, die Gret je bei einem Hund gesehen hatte. Fast sah es so aus, als fehle diesen Tieren die Nase …

Die groteske Prozession erreichte den Rand der Arena. Der Pächter klinkte eine der Einfassungsplanken aus der Halterung aus und klappte sie auf wie eine Tür. Dann schob er die drei Kinder hinein in das fackelbeleuchtete Rund, ließ die Jungen stehen und führte die wie zu einem Mirakelspiel geschmückte Liesbeth an den Pfahl. Zwei Handgriffe, und das kleine Mädchen war angekettet.

Gret war dem Geschehen ausgeliefert wie in einem Alptraum. Sie konnte den Blick nicht abwenden, und das Entsetzen lähmte sie. Sie zitterte krampfhaft, aber nicht die Kälte ihrer feuchten Kleidung ließ sie frieren, sondern ihr unbeschreiblicher Schrecken.

»Es ist ein hohes Vergnügen, mit Hunden den Bären oder den Stier zu hetzen«, murmelte Isenhart von Luittgen neben ihr, »aber nichts ist vergleichbar mit der Lust, Menschen um ihr Leben kämpfen zu sehen. Der Mensch ist intelligent – er ist sich der Not seiner Lage bewußt und wehrt sich mit Klugheit bis zum Ende. Dies erst macht das Schauspiel des Todes zum allerhöchsten Genuß. Die Kaiser und sogar der Pöbel wußten darum – und sie gönnten sich die Spiele, wie ich sie mir gönne. Ich bin ihr Erbe – ein Agrippinenser reinsten Blutes!«

Gret hatte keine rechte Vorstellung davon gehabt, wie die Kinder, deren grausam verstümmelte Leichen sie gefunden hatte, ums Leben gekommen waren. Jetzt wußte sie es. Das Ungeheuer neben ihr hatte sie in dieser Arena zu Tode hetzen lassen – nur, um sich an ihren Qualen, ihrer Angst, ihrer hilflosen und sinnlosen Gegenwehr zu ergötzen! Was der bluttriefende Mörder da von Kaisern, Göttern und dem römischen Pöbel, von Spielen, Agrippinensern und riesigen Arenen gefaselt hatte, verstand sie nicht, und es war ihr auch gleichgültig. Nur eins zählte: Isenhart von Luittgen hatte offensichtlich schon viele Kinder auf dem Gewissen – und jetzt war er dabei, drei weitere auf seine monströse Art ums Leben zu bringen.

Plötzlich fiel alle Angst von Gret ab – wie ein Mantel, der von den Schultern gleitet. Zorn löschte alle anderen Empfindungen, kochte in ihr hoch, überflutete sie und verlieh ihr Ruhe und Kaltblütigkeit. Sie würde versuchen, das Ungeheuer an seinem Tun zu hindern – um jeden Preis.

Sie sah Isenhart von Luittgen gerade in die Augen. »Ein ... was wollt Ihr sein? Und auch noch von reinstem Geblüt?« Ihre Stimme klang ölig vor Hohn und Spott. »Aber Ihr gebt Euch bei Euren Spielen ja mit Kindern zufrieden – mit kleinen, hilflosen Kindern! Wie bringt Ihr das in Einklang mit Eurer edlen Abstammung, Herr von Luittgen?«

Das Ungeheuer stutzte. In seinem gutgeschnittenen, arroganten Gesicht zeigte sich eine Spur von Unsicherheit, die aber sofort wieder verschwand. »Nun«, sagte der Mörder langsam, »es mag nicht die beste Lösung sein, aber sie sind geübt im Kampf ums Leben, diese Bettelkinder. Das werdet Ihr gleich sehen, Fräulein Naseweis.« Er räusperte sich. »Außerdem«, fügte er nachdenklich hinzu, »sie sind leicht zu kriegen. Wenn man wie ich zuverlässige Helfer hat – den Gänsewirt, seinen Bruder und den gewitzten kleinen Kriescher –, dann ist es sogar eine Kleinigkeit. Und«, seine Stimme nahm einen gewichtigen Unterton an, »was das Beste ist: Niemand schert sich darum, wenn sie verschwinden. Sie sind kostenlos – sie haben nicht einmal den Wert von jungen Ziegen oder Schafen. Keiner vermißt sie ...«

»Aber den jungen Albert Opdemhoff«, sagte Gret kalt, »den hat man schon vermißt, oder?«

Isenhart von Luittgen seufzte. »Das war leider nicht zu vermeiden. Der Junge hatte nicht die Reife, die notwendig gewesen wäre, um die Vorgänge in diesem Haus richtig zu deuten. Er hatte zuviel mitbekommen und die falschen Schlüsse gezogen.« Er breitete in einer ärgerlichen Geste die Hände aus. »Was mußte er auch in der Klosterruine herumstöbern und meinen Pächter bei der Arbeit stören? Da war natürlich nur eine Lösung möglich. Leider hat sie mich einen meiner besten Hetzrüden gekostet.«

»Ich verstehe«, sagte Gret. Albert Opdemhoffs letzte Worte fielen ihr ein: Er ist riesengroß und ganz grau. Er hat schon viele getötet ... Damit hatte der Junge nicht einen Wolf beschrieben, sondern seinen Mörder – Isenhart von Luittgen! Sie ballte die Fäuste hinterm Rücken. Sie stellte fest, daß sich die Fesseln etwas gelockert hatten.

»Wir wollen uns aber dadurch nicht den Spaß verderben lassen«, knüpfte Herr von Luittgen an das an, was er zuletzt gesagt hatte, »der andere Rüde wartet übrigens im Gasthaus Zur Gans, und Eunike, die ich kürzlich in England zur Zucht eingekauft hatte, wird mir bald genügend erstklassigen Nachwuchs bringen!«

Gret bemühte sich unauffällig, ihre rechte Hand freizubekommen. Wenn sie das schaffte, konnte sie den kleinen Dolch aus der Rocktasche holen, und ...

Aus der Arena klang ein Ruf: »Ist es Zeit?« Die Helfer des Ungeheuers, Cornelius von Luittgen und der Pächter, hatten offenbar auf ein Zeichen gewartet – das Zeichen, das der Herr über all dieses Grauen erst geben mußte. Isenhart von Luittgen erhob sich von der Bank, streckte den rechten Arm vor und sagte laut und volltönend: »Laßt die Spiele beginnen!« Ein angespannter, lüsterner Ausdruck hatte sein Gesicht überzogen; er sah plötzlich aus wie das personifizierte Böse.

Gret arbeitete fieberhaft an ihren Handfesseln. In der Arena hatte Cornelius von Luittgen die beiden starken, plattnasigen Hunde an Ringe festgebunden, die in die Randplanken eingelassen waren. Jetzt trat er auf die zwei kleinen Jungen zu, stieß sie in den Rücken, daß sie taumelten und auf die Knie stürzten, legte ihnen die Hand auf den Nacken und drückte ihre Köpfe nieder. »Ave, Caesar«, schrie er zum Podest und zu seinem Vater hinauf, »morituri te salutant!«

Herr von Luittgen verneigte sich würdevoll. Und während Gret fassungslos der grausigen Farce zusah, verließ der Pächter, der Liesbeth an den Pfosten gefesselt hatte, mit schnellen Schritten die Arena. Cornelius von Luittgen löste die Stricke von den Handgelenken der Jungen, reichte jedem von ihnen einen Knüppel und trat an den Rand der Arena. Mit flinken Fingern band er die kurzen Leinen der Hunde los, beugte sich über die Tiere und flüsterte ihnen etwas zu. Die Tiere schwenkten herum, begannen in langsamem Trab auf den Pfahl zuzulaufen, an dem Liesbeth stand. Sie bewegten sich ohne einen Laut – zwei tödliche, schweigende, schneeweiße Schatten.

Das kleine Mädchen, das bis jetzt wie gelähmt alles über sich hatte ergehen lassen, stieß einen schrillen, jammervollen Schrei aus und zerrte an seinen Ketten. Die beiden Jungen rannten zu ihr hinüber und stellten sich den angreifenden Hunden mutig mit ihren nutzlosen Waffen entgegen, während Cornelius von Luittgen hastig aus der Arena schlüpfte und sich hinter den schützenden Planken aufstellte.

»Nun werdet Ihr sehen, wie großartig sie kämpfen können, diese kleinen Gossenratten«, sagte Isenhart von Luittgen und warf Gret einen triumphierenden, von Blutgier verschleierten Blick zu, »ich glaube, selbst Ihr werdet erkennen, daß solches Material eines Agrippinensers durchaus würdig ist. Dann – dessen bin ich sicher – werdet Ihr Eure Meinung über die Minderwertigkeit von Kindern als Gladiatoren revidieren müssen!«

Gret mühte sich verzweifelt, die rechte Hand endlich zu befreien. »Ihr seid der leibhaftige Teufel«, zischte sie.

In diesem Augenblick griffen die Hunde an. Ohne Warnung, ohne ein Knurren oder Bellen stürzten sie sich auf die beiden kleinen, halbnackten Jungen, und –

Gret schrie auf, riß an ihrer Fessel. Thomas Drommenschläger hatte eins der Tiere mit einem Knüppelschlag abgewehrt, rannte zu dem kleinen Hasenköttel hinüber, der nicht so viel Glück gehabt hatte und unter den Bissen des anderen Hundes um Hilfe schrie. Liesbeth weinte laut; ihr herzzerreißendes Betteln und Flehen drang überdeutlich zu Gret herauf.

Mehr denn je fühlte sich Gret wie in einem Alptraum. Aber das, was vor ihr auf den Sägespänen der Arena ablief, war grauenvolle Wirklichkeit. Neben ihr flüsterte Isenhart von Luittgen mit steifen Lippen: »Oh – der ist gerissen, der kleine Schmutzfink!

Was für ein großartiges Schauspiel! Ich hoffe wirklich, daß es nicht allzu schnell vorübergeht … Wenn ihre Gegenwehr nachläßt, bleibt nur noch der Genuß des Endes. Und der ist meistens sehr kurz …«

Gret hatte ihre rechte Hand befreit. Vor ihr griffen beide Hunde Thomas Drommenschläger an, der seinen Knüppel verloren hatte. Die Tiere warfen sich ohne Laut auf den Jungen, der mit dem Mut der Verzweiflung seine mageren Fäuste gegen die Angreifer schwang. Plötzlich flog ein Schatten über die Brüstung der Arena – ein großer brauner Schatten, der mit wenigen langen Sätzen in das Getümmel eintauchte.

Schnüß! Sie mußte irgendwie von ihrer Würgeleine losgekommen sein und verteidigte jetzt todesmutig die schutzlosen Kinder in der Arena! Ein rasendes Knurren kam wie ein Kampfschrei aus ihrer Kehle – mit all ihrer Kraft und einer Tollkühnheit, die Gret nur bewundern konnte, stürzte sie sich auf die beiden weißen Hunde, lenkte sie von den Kindern ab, verwickelte sie in eine mörderische Beißerei …

Isenhart von Luittgen war aufgesprungen und hatte mit beiden Händen die Plankenwand umklammert. Sein Gesicht, umwallt von silbernen Locken, war wie eine Maske wilder Leidenschaft. Er schien die veränderte Lage der Dinge in der Arena nicht wahrgenommen zu haben – wenigstens schritt er nicht ein. Er registrierte nur mit fiebrigem Blick jede Wunde, die geschlagen wurde – gleich, wen es traf.

Die drei Hunde, ein wütend ineinander verbissenes Knäuel aus Weiß, Braun und Rot, gaben jetzt

Laute von sich. Gret hörte sie heulen und knurren und atemlos hecheln. Und in das Durcheinander aus Kampfgeräuschen gellte auf einmal der Ruf: »Feuer ... Feuer ...!«

Es war der Pächter, der diesen Ruf ausgestoßen hatte. Er kam vom Haus herübergerannt und schrie noch einmal, während er wild mit den Armen in der Luft herumfuchtelte: »Feuer!«

Gret riß den Blick von dem Kampf der Hunde los und schaute zu den Gebäuden des Hofs hinüber. Flammen leckten aus dem Strohdach des Haupthauses, der Scheune, des Stalles – alles brannte lichterloh!

»Feuer«, brüllte der Pächter ein drittes Mal, »das Vieh! Helft, ihr Herren – helft löschen!«

Isenhart von Luittgen kam aus seinem Rausch zu sich. Er riß den prächtigen Mantel von den Schultern, ließ ihn auf die Bank fallen und sprang vom Podest hinunter. Cornelius rannte bereits dem Pächter nach, einen hastig herbeigeholten Eimer an der Hand.

»Laß die Tiere aus dem Stall«, schrie Isenhart von Luittgen mit befehlsgewohnter Stimme, »und dann bildet eine Kette zum Brunnen!« Eine Frauengestalt erschien in der offenen Haustür, fett wie der Pächter. Sie verteilte weitere Eimer ...

Niemand kümmerte sich mehr um das Geschehen in der Arena oder um Gret, die allein auf dem Podest zurückgeblieben war. Die Ungeheuer hatten genug mit dem Bekämpfen des Brandes zu tun, der wie rasend um sich griff. Alle Dächer loderten und erhellten die Nacht wie Tausende von Fackeln.

Gret tastete mit der freien Hand nach dem kleinen Dolch. Eben hatte sie die Finger um den schmalen Griff geklammert und wollte die zierliche Waffe aus ihrer Rocktasche hervorziehen, da zupfte sie jemand am Ärmel. »Halt still«, sagte eine tonlose Stimme, »ich schaff' es sonst nicht!«

Gret fuhr herum. Sie blickte in das schmutzgeschwärzte Gesicht des Schankmädchens aus der Gans. »Du?« stieß sie hervor. »Was machst du hier?«

»Halt doch still«, zischte das kleine, ausgemergelte Geschöpf, »ich krieg den Strick nicht aufgeknotet, wenn du so rummachst!« Sie fummelte aufgeregt an Grets Handfessel herum. Gret reichte ihr den Dolch. »Nimm das«, sagte sie, »damit geht es besser!«

Die Waffe war scharf. Zwei Schnitte, und der Strick fiel ab. »Los jetzt«, hauchte das Schankmädchen, »wir müssen weg – solange die da hinten abgelenkt sind!«

»Und die Kinder in der Kampfbahn«, gab Gret zurück, »was wird aus denen? Du hast doch wohl nicht vor, sie im Stich zu lassen, oder?«

Das Mädchen deutete mit dem Daumen in Richtung Arena. Gret drehte den Kopf. Drei, vier kleine dunkle Gestalten schwangen sich gerade über die Plankenwand; sie liefen zum Pfahl, machten Liesbeth los, halfen Thomas Drommenschläger und dem Hasenköttel über die Brüstung …

»Ich hab' den Jakob und ein paar andere hierher geführt«, erklärte das Mädchen.

Grets Kopf war glasklar. »Gut«, sagte sie, »alles her zu mir. Ich weiß ein Versteck, wo wir bis morgen sicher sind.«

Das dürre kleine Ding flitzte los. Augenblicke später waren sie und die anderen Kinder um Gret versammelt. »Folgt mir … aber leise und schnell«, sagte Gret.

Gret führte den kleinen Zug. Sie liefen in Richtung des geschleiften Klosters und hielten sich in Deckung der wenigen kahlen Sträucher und Obstbäume. Es war leicht, den Weg zu finden; der Schein der flammenden Dächer erleuchtete das Gelände taghell. Hintereinander stiegen sie über die zerfallene Treppe abwärts zu der Kellermauer, in die Gret das Loch gebrochen hatte.

»Da hinein«, befahl Gret leise, »und Vorsicht – drinnen liegen Steine auf dem Boden. Stolpert nicht darüber!«

Einer nach dem andern verschwanden sie in dem finsteren, schützenden Gelaß. Die Kinder hatten den Lauf völlig lautlos hinter sich gebracht; erst jetzt, als sie sich für den Augenblick sicher fühlten, brachen sie ihr Schweigen. Liesbeth weinte leise, der kleine Hasenköttel wagte es endlich, zu stöhnen. »Ich hab' 'ne Bißwunde«, flüsterte er, »es tut so weh!«

»Sei tapfer«, flüsterte Gret zurück, »ich verbinde dich!« Sie zog den kleinen Dolch wieder hervor und trennte mit einigen Schnitten den Saum ihres leinenen Unterrocks auf. Er war einigermaßen trocken und sauber; ein langer abgerissener Streifen ergab eine brauchbare Binde.

Vorsichtig tastete Gret in der Dunkelheit den Arm ab, den der Kleine ihr hinhielt. Der Biß ging nicht sehr tief; er saß dicht unterhalb der Schulter und blutete nur leicht. Der Verband war schnell angelegt. »Glück gehabt«, murmelte Gret, während sie den Knoten knüpfte.

»Ich weiß«, sagte der Hasenköttel, »wenn dein Hund nicht gewesen wäre …«

»Mon Dieu«, fuhr ihm der welsche Jakob in die Rede, »und was wäre geschehen, wenn wir nischt gewesen wären, he? Ohne uns wärst du jetzt trotzdem tot!«

»Ja«, bestätigte einer der Jungen, die Gret nicht kannte, »wenn uns das mit dem Feuer nicht eingefallen wäre, dann –«

»Moment«, unterbrach Gret. »Willst du damit sagen, daß ihr absichtlich den Brand gelegt habt?« Sie begriff plötzlich. Die Möglichkeit zur Flucht hatte sich nicht durch Zufall ergeben.

»Ja, sischer«, sagte Jakob, »wir dachten, wenn du die Lappenspur nischt findest, dann müssen wir selbst dabei sein. Also sind wir 'inter'er geschlischen – der Klaas, der Pädsappel, der Peschmütz und isch. Die Marie aus der Gans wußte ja Bescheid.«

»Und ob ich dat wußte«, mischte sich das dürre, unterernährte kleine Ding vom Alten Graben in das Gespräch ein. In ihrer dünnen Stimme zitterte ein tiefsitzender Zorn. »Diesmal hatten sie'n Mädchen eingefangen – Liesbeth. Und da is' mir alles zuviel jeworden. Ich wollte nit mehr mit dran schuld sein! Ich hab' mir jedacht – lieber draufjehen, als weiter et Maul halten!«

Einer der anderen Jungen führte unaufgefordert den Bericht weiter: »Sie haben den Thomas, den Hasenköttel und das Mädchen gefesselt und geknebelt und in leere Bierfässer gesperrt. Dann sind sie aus dem Pantaleonstor. Wir immer hinterher – Spuren legen. Als sie dann bei diesem Hof die Fässer ausluden, haben wir uns in der Scheune und im Stall versteckt.«

»Dann warst du auf einmal da, Marguerite«, fiel der welsche Jakob ein, »und isch dachte: Parbleu ... die treibt es ja doch mit denen! Aber das war falsch gedacht ...«

»Wir haben nämlich jesehen, wie sie dich an die Bank jefesselt haben«, sagte Marie aus der Gans, »und der Jakob meinte, die kann jetzt auch nit mehr helfen. Wir müssen uns selber wat einfallen lassen. Da hab' ich dann aus der Küche im Haus 'n paar Kohlen besorgt –«

»Und wir 'aben alle Däscher angezündet«, vollendete Jakob. »Es mußte viel Feuer sein, damit sie auch wirklisch abgelenkt waren.«

»Gott ... das ist euch gelungen«, murmelte Gret, »ein Segen, daß ihr drauf gekommen seid!«

»Ich friere«, wisperte Liesbeth und schob sich in der Dunkelheit dicht an Gret heran, »mir ist so kalt!«

»Mir auch«, sagte Thomas Drommenschläger mit zusammengebissenen Zähnen, »aber wir müssen durchhalten und still sein, damit sie uns nicht doch noch finden!«

Gret nahm ihr Umschlagtuch von den Schultern. Es war zwar feucht, aber die schlimmste Kälte konnte es noch abhalten. »Hier, Kinder«, flüsterte sie, »teilt euch das, Thomas, Hasenköttel und Liesbeth – rückt dicht zusammen und wickelt euch zu dritt hinein. Dann haltet ihr euch gegenseitig warm!«

Dankbar nahmen die drei Halbnackten das Angebot an. Die übrigen kleinen Lumpenbündel kuschelten sich eng aneinander und drängten sich um Gret. Es war erstaunlich, wie beherrscht und ruhig sie sich verhielten, trotz der ausgestandenen Schrecken.

Gret bewunderte diese Seelenstärke, die die Kinder in der größten Not aufgebracht hatten. Groteskerweise fielen ihr die Worte Isenharts von Luittgen wieder ein, des mörderischen Ungeheuers, das erst noch besiegt werden mußte: Diese kleinen Gossenratten können großartig kämpfen ...

Sie waren wirklich großartig gewesen. Gret legte die Arme um Liesbeth und den Hasenköttel, die sich an sie angeschmiegt hatten und völlig erschöpft eingenickt waren. Ich lasse euch auch nicht im Stich, wenn das hier ausgestanden ist, dachte sie und preßte die Lippen sacht auf die feuchten Strubbelhaare der Kleinen.

Sie mußte selbst in Halbschlaf gefallen sein. Plötzlich fuhr sie hoch. Sie hatte ein Geräusch gehört – ein jämmerliches, klagendes Winseln, ein Kratzen draußen vor der Mauer ...

Hundepfoten. Schnüß ...?

Das Tier konnte mit seinem Winseln die Verfolger herbeilocken und das Versteck verraten! Gret stand auf. Die Kinder waren sofort wach. »Was ist?« hauchte der welsche Jakob erschrocken.

»Der Hund«, gab Gret zurück, »Schnüß ist uns nachgelaufen und steht draußen! Ich muß sie hereinholen. Ich wißt ja, daß ihr keine Angst vor dem Hund zu haben braucht.«

»Isch laß disch dursch«, hauchte Jakob.

Gret tastete sich an die Mauerlücke heran und streckte den Kopf hindurch. »Schnüß«, wisperte sie tonlos, »komm her, mein Hund! Hier herein!«

Als Antwort drang ein leiser, erbärmlicher Heulton an Grets Ohr. Es klang sonderbar anrührend – wie ein menschlicher Schmerzenslaut. Gret sah im letzten Widerschein des niedergebrannten Feuers das Tier zusammengekrümmt unterhalb des Lochs kauern. »Komm«, lockte sie es noch einmal.

Der Hund gab keinen Laut mehr von sich, sondern hob nur mühsam eine Vorderpfote und streckte sie Gret wie hilfesuchend entgegen. »Na los«, sagte Gret eine Spur lauter, »mach kein Theater! Den

Sprung hier herein schaffst du doch mit Leichtigkeit!«

Schnüß legte sich hin, senkte den Kopf auf die Vorderpfoten und sah Gret von unten herauf an. Gret konnte das Weiß in den dunklen Hundeaugen schimmern sehen. Schnüß seufzte noch einmal und machte keine Anstalten, Grets Befehl zu folgen. Gret erkannte erst jetzt, daß das Fell des Tieres dunkler wirkte als gewöhnlich. Es glänzte wie lackiert. Der Hund schien triefend naß zu sein … aber der Regen hatte doch längst aufgehört!

Grets Herz begann wild zu schlagen. Sie drehte sich zu den Kindern um. »Ich muß hinaus«, erklärte sie, »nachsehen, was mit Schnüß los ist. Ich bin wieder da, so schnell ich kann. Haltet euch mucksmäuschenstill!«

»Kannst dich drauf verlassen«, wisperte Thomas Drommenschläger, »wir wollen ja auch nicht, daß der Hund uns verrät.«

Gret kletterte durch das Mauerloch nach draußen. Sie hockte sich neben Schnüß auf die feuchte Erde. Vorsichtig berührte sie die Schulter des Hundes; ein breiter klebriger Streifen zog sich über das Fell … Schnüß blutete. Sie blutete aus unzähligen tiefen Wunden.

Während Gret erschrocken die Verletzungen untersuchte, schob sich die Hündin auf dem Bauch rutschend näher heran, schmiegte den breiten Kopf an Grets Knie und begann zärtlich die Hände zu lecken, die sie betasteten. »Heilige Muttergottes – wie haben sie dich zugerichtet, mein gutes Mädchen«, flüsterte

Gret. Sie schob Schnüß' Kopf beiseite und trennte hastig von ihrem Unterrock noch zwei weitere Streifen Leinen ab. Dann verband sie notdürftig die größten der klaffenden Risse, von denen der Hund übersät war.

Schnüß mußte große Schmerzen haben. Ein paarmal – obwohl Gret überaus vorsichtig mit den Binden hantierte – stieß sie wimmernde Laute aus. Aber sie schien zu verstehen, daß Gret ihr helfen wollte, denn sie hielt ganz still und wehrte sich nicht gegen Grets Hände, auch wenn sie ihr wehtaten.

»So ist es besser«, flüsterte Gret, als sie fertig war. »Paß auf – es wird heilen, und dann bist du wieder wie neu!«

Die Hündin hechelte laut. Sie schob sich wieder ganz dicht an Gret heran, preßte sich regelrecht an sie und legte ihr mühsam den Kopf auf die Knie. Gret ließ das Tier diesmal gewähren und streichelte sanft Schnüß' faltige Stirn, während sie in wisperndem Ton beruhigend und tröstend auf sie einredete: »Ich weiß gar nicht, wie ich mich bei dir bedanken soll, meine Süße ... morgen früh, wenn wir zu Hause sind, kriegst du ein Riesenstück Fleisch von mir. Ich versprech's, mein braves, gutes Mädchen ...«

Schnüß keuchte. Das Atmen schien ihr sehr schwerzufallen. Dennoch schob sie ihre feuchte Nase über Grets Hand und leckte ihr die Finger. Sie mußte sehr viel Blut verloren haben. Es ging ihr von einem Atemzug zum andern schlechter.

»Schätzchen«, flüsterte Gret, »du mußt auch

durchhalten, hörst du? Ohne dich geht es doch nicht mehr!«

Die Hündin wimmerte und atmete krampfhaft ein. Ihr Kopf lastete plötzlich schwer auf Grets Schoß, während ihr Brustkorb sich langsam, langsam senkte. Der nächste Atemzug war kaum noch zu spüren.

In plötzlicher Erkenntnis zog Gret das Tier an sich. »Schnüß«, wisperte sie angstvoll, »gute, liebe Schnüß – du wirst mir doch nicht schlappmachen! Bitte nicht, Schätzchen – bitte nicht!«

Der Ruck mußte der Hündin einen scharfen Schmerz zugefügt haben. Aber Schnüß hatte nicht mehr die Kraft, aufzuschreien. Nur ein qualvolles, dumpfes Röcheln entrang sich ihr, und sie warf den Kopf gegen Grets Brust. Wie zur Entschuldigung für diese heftige Bewegung fuhr sie Gret mit der Zunge liebkosend über die Wange; dann wurde sie schlaff in den Armen, die sie hielten. Sie hatte das Bewußtsein verloren.

Am Rand der Treppe wurden Stimmen hörbar. Die Verbrecher suchten das Gelände ab. Gret hockte da, den Hund fest an sich gepreßt, und spürte keine Furcht. Nur eine große Trauer stieg in ihr auf, während Schnüß' Leben Herzschlag für Herzschlag verebbte. Endlich spürte Gret kein mattes Vibrieren mehr unter ihren Fingerspitzen. Kein schwacher Luftzug kam mehr aus Schnüß' breiter Hundeschnauze. Es war zuende.

Oben brüllte die Stimme des fetten Pächters: »Es hat keinen Zweck – die sind über alle Berge! Elende Schweinerei, daß wir keine Hunde hier haben! Die hätten die kleinen Ratten schon aufgestöbert. Aber so ...«

»Gut, ziehen wir uns zurück«, befahl Isenhart von Luittgen, »ich sehe ein, daß es in der Nacht sinnlos ist, weiterzusuchen. Also weg von hier – Eile ist geboten. Wir haben keine Zeit mehr zu verlieren!«

Die Schritte entfernten sich. Der Flammenschein war erstorben. Gret ließ ihrem Schmerz über den Verlust ihres Hundes freien Lauf. Sie krallte die Finger in Schnüß' blutfeuchtes Fell und weinte lautlos. Wie hatte doch der lange Friedel gesagt ...? Solche Hunde kennen keine Feigheit und kein Zurück, wenn es gilt, zu kämpfen. Derjenige, dem sie sich unterwerfen, besitzt ihre bedingungslose Treue. Sie sterben für ihren Herrn, wenn es die Umstände verlangen; sie sind so, wie es ihr Herr von ihnen fordert – ohne Falsch, ohne Wenn und Aber. Das ist ihnen angeboren. Je nachdem, welche Pflichten man ihnen auferlegt, werden sie zu gnadenlosen Mördern – oder zu den ergebensten, mutigsten und treuesten Kameraden, die man sich denken kann ...

Friedel hatte recht. Solche Hunde waren keine Bestien – auch die nicht, die auf Isenhart von Luittgens Befehl Kinder getötet hatten. Schnüß war der Beweis dafür. Sie hatte ihr Leben mutig aufs Spiel gesetzt, um die Kinder zu schützen. Und sie war mit letzter Kraft vom Schauplatz ihres einsamen Kampfes zu Gret zurückgekehrt, um in ihrer Nähe zu sterben. Gret schluchzte auf. »Eunike«, murmelte sie, »du hast gesiegt ... aber der Preis war sehr hoch!«

So dramatisch Schnüß' Eintritt in Grets Leben gewesen war, so spektakulär hatte die große braune Hündin mit dem faltigen dunklen Gesicht sich auch wieder verabschiedet. In den wenigen Tagen, die zwischen Auftritt und Abgang lagen, hatte sie sich Gret mit ihrer ruhigen, liebenswerten Art ins Herz gestohlen. Sie hatte Gret treuer gedient als ein Mensch und ihr alles gegeben – sogar ihr Leben.

Gret ließ den toten Körper des Hundes sacht zu Boden gleiten und rückte ihn so zurecht, wie Schnüß sich immer zum Schlafen hingelegt hatte. Dann kreuzte sie die Arme vor der Brust und blieb sitzen. Es wurde kalt in dieser Nacht, aber Gret hielt an der Seite ihres Hundes aus. Sie hatte das Gefühl, sie schulde dem Tier, das sich für sie und die Kinder geopfert hatte, wenigstens eine Totenwache. Schnüß war wie ein Krieger im Kampf gefallen – ihr gebührte diese Ehre.

Als das erste Grau des Tages sich am wolkenverhangenen Himmel ankündigte, war Gret mehr tot als lebendig und völlig durchfroren. Dennoch fühlte sie sich besser. Mühselig erhob sie sich. Sie würde nachschauen, ob es für sie und die Kinder sicher war, in die Stadt zurückzukehren. Mit steifen Beinen stapfte sie die zerborstenen Stufen hoch und blickte hinüber zu dem Gehöft.

Da stand kein Gebäude mehr. Haus, Stall und Scheune waren bis auf die Grundmauern niedergebrannt. Überall lagen rauchende, schwarz verkohlte Balken, und graue Asche bedeckte das Gelände. Gret sah keine Menschenseele. Vorsichtig, sich tief hinter

Schlehen- und Haselsträucher duckend, ging sie näher an die Brandstelle heran. Sie war tatsächlich verlassen. Nur die kleine überdachte Arena stand noch. Und auf dem Podest, über der Lehne der Bank, lag der prächtige, pelzgefütterte Mantel, den der Herr von Luittgen so achtlos abgeworfen hatte.

Gret zitterte vor Kälte. Ohne zu überlegen ging sie hinüber, um sich das wärmende Kleidungsstück zu holen. Es war offenbar bei dem eiligen Rückzug der Mörder vergessen worden – ein Glück für Gret, denn sie hatte nach der im Freien durchwachten Nacht einen Schutz gegen die Witterung bitter nötig. Sie zog den Mantel von der Bank und hängte ihn sich um die Schultern. Isenhart von Luittgen hatte er bis zu den Knien gereicht; für Gret war er bodenlang. Das Pelzfutter war etwas klamm, aber es würde bald wärmen.

Im Weggehen warf Gret noch einen Blick hinter die Planken der Arena. Die beiden weißen, kurznasigen Kampfhunde lagen tot auf den blutdurchtränkten Sägespänen; auch sie waren gefallen – die Krieger des Feindes. Auch sie hatten ihr Leben gelassen – genauso bedingungslos wie Schnüß. Aber niemand hatte es für nötig gehalten, ihre Leichen wegzubringen und zu begraben.

Sie waren nicht die Ungeheuer gewesen, die beiden sonderbaren Kreaturen. Denn die schändlichen Mordtaten hatten nicht sie begangen, sondern Isenhart und Cornelius von Luittgen samt ihren verbrecherischen Helfern. Gret reckte sich. Jetzt galt es, die wahren Bestien, die reißenden Wölfe in Menschengestalt zu stellen, ehe sie sich dem Zugriff des Gesetzes entziehen konnten.

Gret lief zurück, so schnell ihre müden Beine sie tragen konnten. Sie rief die Kinder und half ihnen aus dem dunklen Kellerloch heraus. »Marie«, sagte sie zu der kleinen Schankmagd, »du bringst Liesbeth, Thomas und den Hasenköttel zur Schusterin, die bei Doctor Minutus wohnt. Sag ihr, Gret schickt dich. Sie soll dafür sorgen, daß Liesbeth und die Jungen sich wärmen und etwas zum Anziehen bekommen. Ich kümmere mich um alles weitere, sobald ich wieder zu Hause bin.«

»Wo willst du denn hin?« fragte Marie verwundert.

»Aufs Rathaus«, gab Gret knapp zurück, »schließlich hab' ich eine Anzeige zu erstatten.«

»Wir gehen dann mal«, sagte der welsche Jakob, »mit dem Rat wollen wir nischts zu tun 'aben.« Er winkte seinen drei Kameraden, die mit ihm den Brand gelegt hatten, und wollte sich schnell verdrücken.

»Hiergeblieben!« Gret hielt den Straßenjungen an seiner zerlumpten, schmutzstarrenden Jacke fest. »Diesmal könnt ihr nicht einfach verschwinden. Ihr müßt aussagen – genau wie Thomas, Liesbeth, Marie und der Hasenköttel! Die Mörder laufen ja noch frei herum. Wenn sie es schaffen, aus der Stadt zu flüchten, dann war alles umsonst – versteht ihr das denn nicht?«

Jakob und seine Kameraden machten betroffene Gesichter. »Isch weiß«, sagte Jakob zögernd, »aber isch ’ab so viel auf dem Kerb’olz … Isch will nischt in den Frankenturm oder ausgewiesen werden!«

»Jakob«, sagte Gret beschwörend, »deine Freunde, der Erbsenzähler und der Jeorsch, die sind tot. Willst du denn nicht, daß ihre Mörder zur Rechenschaft gezogen werden?«

Das spitze Mausgesicht des welschen Jakob wurde kalkweiß. Auch die anderen Bettelkinder starrten Gret mit riesigen, von der Strapaze umschatteten Augen an. »Wenn das so ist«, sagte Jakob und reckte die schmalen Schultern, »dann riskiere isch alles! Die Dreckskerle sollen im Turm verrotten oder auf dem Schafott enden. Das sage isch!« Seine Augen glitzerten. Mit einer wütenden Handbewegung wischte er die Tränen ab, die über seine schmutzverkrusteten Wangen geflossen waren. »Mes camarades – allons! Je schneller wir auf dem Rathaus sind, desto besser!«

Sie beschlossen, einzeln und auf getrennten Wegen in die Stadt zurückzugehen. Auf diese Weise war die Gefahr geringer, vom Kriescher und seinen Getreuen oder von Isenhart von Luittgens Helfern abgefangen zu werden. Marie, Liesbeth und die beiden halbnackten Jungen mußten notgedrungen zusammenbleiben, weil sie ohne Grets großes Umschlagtuch erfroren wären. Aber der Weg in die Glockengasse war nicht allzu lang und deshalb auch nicht so gefährlich.

Sie wanderten los – Marie voraus und die anderen drei gemeinsam unter Grets riesigem, wollenem

Tuch. Sie würden am Richtplatz vorbeigehen und durch das Hahnentor in die Stadt zurückkehren.

Gret, der welsche Jakob und seine Gefährten hatten bis zum Ehrentor den gleichen Weg. Hier trennten sie sich. Jakob wählte mit seinen Kameraden den Weg durch die Felder und Gärten beim Kloster Sankt Mauritius; sie würden bis zum Weyerbach gehen und sich dann über Griechenmarkt und Perlengraben dem Rathaus nähern. Dieser große Umweg durch ein Stadtgebiet, in dem sie niemand vermutete, bot ihnen wenigstens eine gewisse Sicherheit, nicht erwischt zu werden.

Gret, den pelzgefütterten Mantel des Herrn von Luittgen bis an die Ohren hochgezogen, ging von der Ehrenstraße Richtung Neumarkt und Stolkgasse weiter. Sie hatte vor, Martin aus Sankt Revilien abzuholen. Martin mußte mit zum Rathaus. Es war unbedingt notwendig, daß er dem Gewaltherrn alles erzählte, was er erfahren und durchgestanden hatte. Erst seine Aussage würde letzten Endes den Beweis dafür liefern, daß Isenhart von Luittgen und sein Sohn Cornelius Mörder waren und daß der Wirt des Gasthauses Zur Gans auf dem Alten Graben und der Pächter des Hofs bei Sankt Mechtern, zusammen mit dem Kriescher ihnen zugearbeitet hatten.

Gret ging leichten Schrittes, obwohl sie todmüde und bis auf die Knochen unterkühlt war. Der alte Mut, die alte Selbstsicherheit hatten in ihr über die Schrecken gesiegt, denen sie in der vergangenen Nacht fast unterlegen wäre. Nun hielt sie nichts mehr davon ab, den Gerichtsherren Meldung zu machen. Nun hatte sie auf alle Fragen eine Antwort bekommen – so grausam sie auch gewesen war. Und sie hatte Beweise und Zeugen. Blieb nur noch der letzte Schritt: Die Hüter des Gesetzes mußten geweckt und ihr Augenmerk auf die grauenvollen Verbrechen gelenkt werden. Dann endlich konnte die Gerechtigkeit ihren Lauf nehmen.

Beim öffentlichen Brunnen auf dem Neumarkt, wo die Händler bereits ihre Stände aufbauten, wusch Gret sich mit eiskaltem Wasser das rußige Gesicht und die schmutzigen, vom Blut ihres Hundes verschmierten Hände. Sie scherte sich nicht um die neugierigen, erschrockenen oder mißbilligenden Blicke der Marktfrauen. Nachdem sie sich notdürftig gereinigt hatte, setzte sie ungerührt ihren Weg in die Stolkgasse fort.

Im Hospital Sankt Revilien wurde gerade das Brot für den heutigen Tag geliefert. Der Bäcker hatte seinen großen, mit einer Plane gegen Regen geschützten Schubkarren vor dem Hauptportal abgestellt und reichte die ofenfrischen, in der kalten Morgenluft dampfenden Brotlaibe an zwei junge Pflegerinnen weiter, die sie in große Henkelkörbe packten und dabei gewissenhaft abzählten.

Gret schritt in ihrem überlangen, prächtigen Mantel einfach an den Frauen vorüber, die verblüfft den Mund aufklappten und ihr wie erschrockene Schafe nachstarrten. »He«, sagte die eine, »das geht aber doch nicht …« Die andere war sprachlos.

Unbehelligt trat Gret in die große, kahle Eingangshalle. Geisteskranke, die nicht gefährlich oder bettlägerig waren, wanderten hier langsam umher, beaufsichtigt von der dicken, älteren Begine, die Gret bereits kannte. »Schwester«, sprach Gret sie mit einer Stimme an, die heiser und atemlos klang, »ich verlange, daß ich sofort zu dem Jungen geführt werde, der im Tollhäuschen sitzt. Ich will ihn abholen. Es ist eilig.«

Die dicke Begine schaute Gret mißbilligend an. »Ich kann doch jetzt nicht einfach alles stehen und liegen –«

»Auf mein Wort«, unterbrach Gret, ohne die Fassung zu verlieren, »wenn Ihr mich nicht augenblicklich zu dem Jungen bringt, dann gibt's ein Unglück!«

Die Begine holte tief Luft. Aber sie kam nicht zu ihrer ärgerlichen Antwort. Gret packte die Pflegerin einfach am Ärmel und zog sie zur Seitentür, die zum Hof und zu den Tollhäuschen führte. »Ich kann nicht warten«, sagte sie mit raspelnder Stimme, »tut mir leid – Ihr müßt auf der Stelle mitkommen, nicht erst in einer halben Stunde. Und ich hab' auch keine Zeit, Euch zu erklären, warum alles so schnell gehen muß. Das mache ich später, wenn erledigt ist, was jetzt ansteht!«

Die Begine wehrte sich unwillig. »Laß los! Ich schreie nach der Oberin! Wie kannst du dir sowas erlauben?«

»Bitte.« Gret hatte keinen Augenblick die Beherrschung verloren, aber jetzt war sie nahe dran. »Der Junge wird vor Gericht gebraucht! Ihr wollt doch sicher nicht, daß ein Mörder weiterhin frei herumläuft, oder?«

»Ein Mörder?« Die dicke Begine war völlig verwirrt. »Was hat denn der übergeschnappte Junge damit zu tun? Ich muß schon sagen – je mehr du redest, desto weniger verstehe ich. Wie siehst du überhaupt aus? Wir sollten dich selber gleich hierbehalten, glaube ich ...«

»Schön«, sagte Gret, »dann muß ich Martin eben selbst herausholen.« Sie griff nach dem Schlüsselbund, das die Pflegerin am Gürtel trug, nestelte ihn los und lief damit auf den Hof zum Seitengebäude.

»Halt, halt!« schrie die Begine. Sie setzte sich mit ihrer ganzen Leibesfülle in Bewegung und rannte hinter Gret her. »Ich komme ja – ich komme ...!«

Gret war bereits die Treppe hinaufgehastet. Sie hatte zwei Stufen auf einmal genommen und stand vor der Tür mit der Nummer sechs, als die dicke Pflegerin mit wogendem Busen hinter ihr herangeschnauft kam. »Wie konntest du«, sagte sie atemlos und riß Gret die Schlüssel aus der Hand, »wenn hier einer aufschließt, dann bin ich das! Ich hab' zwar keine Ahnung, wieso diese unziemliche Eile notwendig ist, aber bitte sehr! Ich will nicht im Weg stehen, wenn es darum geht, ein Tollhäuschen wieder freizumachen!« Damit steckte sie verärgert den Schlüssel ins Schloß und drehte um.

Gret drückte die Tür auf und betrat die enge, dumpfe Zelle. Martin hockte kreidebleich auf dem Haufen Stroh, der ihm als Lager diente, und starrte Gret mit aufgerissenen Augen entgegen. Als sie sich auf ihn zu bewegte, drückte er sich an die Wand und begann sofort mit seiner Vorstellung. Er ließ schaumigen Speichel über sein Kinn laufen und gab dazu tierische Laute von sich.

»Siehst du«, sagte die dicke Begine, »er ist immer noch vollkommen daneben! Aus dem kriegt niemand ein vernünftiges Wort heraus. Der gehört in einen geschlossenen Raum, wo er sich und andere nicht verletzen kann.«

Gret achtete nicht auf die Frau. Sie lächelte den Jungen an, der sich alle Mühe gab, das Bild eines Wahnsinnigen zu bieten. »Martin«, sagte sie ruhig, »du kannst damit aufhören. Ich nehme dich jetzt mit. Alles wird wieder gut.«

Martin stieß ein Knurren aus, riß die Augen auf und rollte sie furchterregend hin und her. Er sprang hoch, rasselte mit seiner Fußkette und hopste wild auf dem Stroh herum. Grets Worte hatten keinen Eindruck auf ihn gemacht – im Gegenteil. Er gebärdete sich immer rasender und schäumte wüst aus dem Mund.

»Das hat doch keinen Zweck«, sagte die Pflegerin, »du siehst es ja!«

Gret tat einen Sprung zu Martin hinüber. Sie holte weit aus und versetzte ihm eine Ohrfeige, daß ihm der Kopf zur Seite flog. »Jetzt nimm dich zusammen«, schrie sie ihn wütend an, »ich habe nicht den ganzen Tag Zeit, um mir deine Mätzchen anzusehen, verstanden? Wir müssen zum Rathaus, um den Mörder anzuzeigen. Ohne deine Aussage kriegen sie ihn nie – und du wirst für immer hierbleiben müssen, wenn du weiterleben willst!«

Der Junge hatte instinktiv die Hand an die Wange gepreßt, auf der Grets Finger rote Male hinterlassen hatten. Es dauerte einen Augenblick, bis er begriff. Dann schossen ihm plötzlich Tränen in die Augen – ob vor Schmerz oder vor Aufregung, das konnte Gret nicht beurteilen. »Den Mörder«, stotterte er, »weißt du … wer er ist?«

»Ja, ja – ich weiß alles!« Gret hatte ihre Beherrschung wiedergewonnen, aber sie zitterte vor Unrast. »Jetzt komm zu dir, Junge – die Zeit läuft uns weg! Du mußt mir helfen, das Ungeheuer vor Gericht zu bringen!«

Martin ließ sich auf den Strohhaufen fallen. »Das ist unmöglich«, flüsterte er, »niemand kann dem was anhaben – er ist viel zu mächtig! Keiner wird mir glauben, wenn ich erzähle, was ich weiß …« Heiße Tränen rollten über seine eingefallenen Wangen, und er schluchzte verzweifelt auf. »Gret, vergiß es. Wir beide haben keine Möglichkeit, was gegen ihn zu unternehmen. Ich bin froh, daß ich überhaupt noch lebe … wo Rutger doch –« Seine Worte rissen ab. Er bedeckte das Gesicht mit den Händen.

Gret kniete bei ihm nieder. Sie nahm den weinenden Jungen in die Arme. »Ich hab' Beweise«, sagte sie mit rauher Stimme, »hieb- und stichfeste Beweise. Es gibt inzwischen auch Zeugen, die das bestätigen, was du aussagen kannst. Martin«, sie streichelte dem mageren Kerlchen über das verfilzte Haar, »du mußt keine Angst mehr haben. Aber ich … ich brauche deine Hilfe. Damit alles gut zu Ende gebracht werden kann!«

Martin krallte sich an Gret an. Er weinte alle Angst, alle Trauer der vergangenen Tage laut aus sich heraus. Endlich nickte er unter Tränen. »Gut … ich helfe dir«, flüsterte er.

»Dann komm«, sagte Gret und half ihm auf.

Die dicke Begine hatte sprachlos und mit offenem Mund dagestanden und zugesehen. Sie begriff überhaupt nicht, was den Wandel im Benehmen des Jungen herbeigeführt hatte. »Der is ja überhaup nit jeck«, sagte sie verwirrt und verfiel unabsichtlich in ihre heimatliche Mundart, »der is ja klar im Kopp! Dat ich dat nit jemerkt hab! Nä ... su jet ...!«

»Die Fußfessel«, forderte Gret, »schließt sie auf, damit wir endlich gehen können!«

Der welsche Jakob und seine Freunde warteten beim Rathaus. Sie hatten sich in respektvoller Entfernung von dem bärbeißig aussehenden Amtsdiener aufgestellt, der das Eingangsportal bewachte. Als Jakob Gret mit Martin kommen sah, lief er ihr ein paar Schritte entgegen. »Und was machen wir jetzt«, fragte er ängstlich, »wir können doch nicht einfach da reingehen!«

Gret schenkte dem kleinen, zerlumpten Schmutzfinken ein ermutigendes Lächeln. Sie war zwar müde und gänzlich ausgepumpt, aber – so widersinnig es war – sie hatte sich auch noch nie im Leben so kraftvoll und energiegeladen gefühlt. Dazu kam eine wunderliche Leichtköpfigkeit, die ihr alle Hemmungen nahm.

Sie verschwendete keinerlei beruhigende Worte an die Straßenjungen, sondern bedeutete ihnen einfach mit einer Handbewegung, ihr zu folgen. Dann schritt sie aufrecht und würdevoll erhobenen Hauptes auf den Pfortenwächter zu. »Wir müssen zum Gewaltrichter«, informierte sie ihn mit heiserer Stimme.

Der amtliche Zerberus, ein mächtiger Brocken von einem Mann, schob Bauch und Kinn vor. »Seid ihr anjemeldet? Ich mein, da könnt ja jeder kommen!«

»Keine Zeit«, raspelte Gret, »es eilt.« Sie drängte sich einfach an dem Wachmann vorbei und winkte die Kinder hinter sich her. »Kommt, ihr Jungen!«

»Ja, wat is denn jetz los?« Der Zerberus grollte. »Wat sin dat dann für Manieren!« Er musterte Gret. Prüfende Blicke schossen auf sie hernieder. »Sag ... kenn ich dich nit von irjendwoher? Dich hab ich doch schon mal hier jesehen ... lass' mich nachdenken ...« Seine buschigen Augenbrauen runzelten sich angestrengt.

»Gut, denkt nach«, sagte Gret, »wir gehen inzwischen nach oben.« Sie faßte Jakob und Martin an der Hand und zog die verunsicherten Jungen mit sich in das Rathaus hinein. Die anderen Bettelkinder drückten sich scheu an dem Wachmann vorbei und folgten ihr, ehrfürchtige Blicke um sich werfend, zur Treppe.

Gret kannte das Rathaus von mehreren Besuchen, die sie den Herren vom Rat früher schon abgestattet hatte. Sie wußte, wo die beiden Gewaltrichter ihre Amtsstuben hatten und stieg mit den Kindern die Treppe hinauf. Den wütenden Ruf des Wachmanns: »He – dat janze Lumpenjesocks widder vor de Tür!« überhörte sie einfach. Auf dem Korridor im ersten Stock hielt sie einen dürrbeinigen, in flatterndes Schwarz gekleideten Sekretarius an, der aktenbeladen vorübereilen wollte. »Welcher Turmherr ist heute im Amt?«

»Äh«, sagte der Gerichtsschreiber und starrte Gret kurzsichtig durch die dicken runden Linsen seiner Eisenbrille an, »der Herr Reuschendorp kömmt erst gegen zehn. Aber der Herr van Brauwiler, der ist in seiner Stube. Obwohl ich nicht weiß, ob er jetzt gestört –«

Gret schnitt ihm seine Einwände und Bedenken erbarmungslos ab. »Wann der Herr Reuschendorp kömmt, ist mir egal«, sagte sie, »wo sitzt der Herr van Brauwiler – im ersten oder im zweiten Amtszimmer?«

»Äh … im zweiten. Obwohl ich nicht weiß, ob er so einfach –«

Der Sekretarius kam auch diesmal nicht mehr dazu, seine Bedenken auszusprechen. Gret raffte ihren viel zu langen, pelzgefütterten Mantel und rauschte an ihm vorbei, die Straßenkinder im Gefolge. Auf den Sekretarius wirkte sie wie eine dicke, streitbare Glucke mit ihren zerzausten Küken.

Die Tür zur Amtsstube war nur angelehnt. Gret machte sich deshalb nicht die Mühe, zu klopfen. Sie trat ohne Zögern ein. »Herr van Brauwiler?«

Der Turmherr saß mit dem Rücken zur Tür, tief über einen Stapel Papiere gebeugt. Er hob nicht einmal den Kopf. »Ich hatte doch gesagt, ich wünsche für die nächsten Stunden nicht gestört zu werden«, schnarrte er ärgerlich-vorwurfsvoll, »kommt um zehn wieder, wenn ich Ordnung in diesen Kleinkram gebracht habe!«

Gret, entschlossen und zorngeladen wie sie war, platzte der Kragen. »Ich fürchte, der Kleinkram wird warten müssen, Herr van Brauwiler«, sagte sie rauh und stampfte mit dem Fuß auf, »wir sind hier, um einen Mord zu melden – oder vielmehr eine ganze Anzahl von Morden!«

Der Kopf mit den dünn geringelten, silbergrauen Locken fuhr hoch. Der Gewaltherr richtete sich steil in seinem Sessel auf und drehte sich zu Gret um. »Mord ...?« Herr van Brauwiler musterte Gret in höchstem Erstaunen. »Was faselst du denn da, Mädchen?«

»Ich pflege nicht zu faseln«, sagte Gret und rang um Gelassenheit, »ich empfehle Euch, einen Schreiber kommen zu lassen, damit sofort ein Protokoll aufgenommen wird. Außerdem ist es dringend notwendig, alle verfügbaren Büttel herzubestellen, damit die Mörder sofort verhaftet werden können.«

»Moment mal«, sagte Herr van Brauwiler und hob beide Augenbrauen. »Wer bist du überhaupt, daß du hier hereinschneist und es wagst, mir Vorschriften zu machen?« Sein halb ärgerlicher, halb amüsierter Blick glitt ungläubig über Gret und ihre schmuddeligen Begleiter. »Und wie kommst du zu diesem Mantel? Den kenne ich nämlich – er gehört meinem Schwager, Herrn von Luittgen. Hast du ihn etwa gestohlen?«

»Gestattet, daß ich mich setze«, sagte Gret. Ihre Knie hatten plötzlich zu zittern angefangen. Sie wartete die Erlaubnis des Turmherrn nicht ab, sondern nahm auf dem Schemel Platz, der neben der Tür stand. »Ich bin Margarete Grundlin«, fügte sie mit rauher Kehle hinzu, »wohnhaft in der Glockengasse bei Doctor Minutus. Und den Mantel, den habe ich –«

»Margarete Grundlin«, fiel ihr der Turmherr in die Rede, »dann wärst du … dann wärt Ihr … diejenige, die im vergangenen Herbst … ich meine, als Herr Olligschläger noch nicht Bürgermeister war …«

»Jaja«, bestätigte Gret ungeduldig, »genau die bin ich. Und ich möchte jetzt mehrere Morde melden, Herr van Brauwiler. Ich bitte Euch, ruft den Sekretarius und die Klocken. Es eilt!«

»Herrgott, warum habt Ihr denn das nicht gleich gesagt?« Der Turmherr sprang aus seinem Sessel. Er langte nach einer kleinen Messingglocke, die auf seinem wuchtigen Schreibtisch stand, und schellte lange und eindringlich. Dann wandte er sich wieder Gret zu. »Sprecht – ich höre!«

Gret atmete tief durch. Jetzt, wo sie endlich die Aufmerksamkeit des Gerichtsherrn errungen hatte, überkam sie eine Schwäche, die sie mit Gewalt niederkämpfen mußte. »Herr van Brauwiler«, begann sie, »mehrere Kinder sind in den letzten Tagen und Wochen ermordet worden. Sie wurden zum Spaß mit Hunden mutwillig zu Tode gehetzt.«

Der Turmherr öffnete den Mund, aber er sagte nichts. Einen Augenblick stand er nur da und starrte Gret ungläubig an. Dann fragte er nach: »Wie das?«

Gret setzte dazu an, Herrn van Brauwiler die Geschichte der verschwundenen Kinder von Anfang an zu erzählen. Doch bevor sie den ersten Satz formulieren konnte, kam eilig der Sekretarius ins Zimmer.

Es war der gleiche Mann, dem Gret auf dem Korridor begegnet war. »Euer Gnaden«, fragte er, »soll ich das Lumpengesindel hinausbefördern? Ich hatte mir gleich gedacht, daß diese Frau hier nicht erwünscht sein kann. Man sieht ja sofort, was das für eine ist – und ich wollte eigentlich schon draußen –«

»Buschelmann«, unterbrach der Turmherr, »zuerst gebt weiter, daß die Klocken und verfügbaren Stadtknechte sofort hier erscheinen sollen. Danach nehmt Ihr das Protokoll auf – persönlich und unverzüglich. Habe ich mich klar ausgedrückt?«

»Äh«, räusperte sich der Sekretarius, »welches Protokoll ...?«

»Das, was wir hier zu erstellen haben. Sputet Euch, Mann – es drängt!« Herr van Brauwiler maß den Amtsschreiber mit einem so befehlenden Blick, daß der Schwarzberockte förmlich zusammenschrumpfte, sich tief verbeugte und hastig aus dem Zimmer stolperte.

Gret sprach noch nicht weiter. Sie hörte den Sekretarius über den Korridor rennen; nach ganz kurzer Zeit kamen seine eiligen Schritte zurück, und Buschelmann, unterm Arm seine Utensilien, stürzte wieder in die Amtsstube. Er setzte sich auf den zweiten Stuhl beim Fenster, plazierte eine kleine tragbare Schreibplatte mit Tintenfaß auf den mageren Knien, zog eine schon angespitzte Schreibfeder hinterm Ohr hervor, tauchte ein und sagte: »Fertig!«

»Aussage der Margarete Grundlin«, diktierte Gret, »zusätzlich die Aussagen der Kinder Martin, Jakob, genannt der welsche Jakob ... habt Ihr das?«

Herr van Brauwiler mußte lächeln, trotz des Ernstes der Situation. »Man könnte meinen, ich sei hier ganz überflüssig«, sagte er, »Ihr nehmt mir ja meine Arbeit ab, Jungfer Margarete!«

Aber Gret ging nicht auf seine scherzhafte Bemerkung ein. »Ich glaube, ab hier sollten wir den Jungen Martin erzählen lassen, was ihm geschehen ist«, sagte sie. Ihr Kopf dröhnte; sie fühlte sich erhitzt, obwohl sie immer noch fror. »Martin ist der wichtigste Zeuge, aber es gibt noch andere … mich eingeschlossen.«

»Gut«, stimmte Herr van Brauwiler zu, »fang an, mein Junge.«

Dann berichtete Martin – zuerst stockend und unsicher, dann immer schneller und mit Worten, die sich fast überschlugen. Was er erzählte, bot für Gret keine Überraschungen mehr; sie hatte ja die Schrecken, die der Junge durchgestanden hatte, mit eigenen Augen gesehen. Der würdige Gerichtsherr dagegen musterte den Jungen mit starren Blicken und schien wie gelähmt.

»Am Ende, als ich meinem kleinen Bruder nicht mehr helfen konnte«, schloß Martin seine entsetzliche Schilderung, »da hab' ich mich tot gestellt. Wir wurden dann durch einen Gang geschleift – in den Keller der Klosterruine. Da war schon eine Grube ausgehoben, und sie warfen uns hinein, Rutger und mich. Dann schaufelte der Pächter das Loch wieder zu. Als die Kerle weg waren, hab' ich mich aus der Erde 'rausgearbeitet und 'nen Weg nach draußen gesucht. Die Tür zum Keller war noch offen … Ich bin dann in die Stadt. Und ich dachte mir, in Sankt Revilien finden sie mich nicht. Da kommt der Mörder nie drauf, und wenn er mich noch so sucht, weil ich ihn ja verraten könnte. Also hab' ich verrückt gespielt ... damit ich auch bestimmt ins Tollhäuschen komme.«

»O Gott«, murmelte der Turmherr zutiefst entsetzt, »mein Schwager soll das gewesen sein? Ich kann es nicht glauben. Isenhart ist doch ein guter Mensch – immer bedacht auf das Wohl der Armen! Und jetzt stellt ihr ihn als Mörder hin ... als Kindermörder? Nein, das ist ganz unmöglich!«

Gret hatte, während Martin berichtete, wie in Trance dagesessen. Jetzt kam sie zu sich. Sie kramte das Hundehalsband und den kleinen Dolch aus ihrer Rocktasche und warf ihre Fundstücke auf den Schreibtisch. »Ihr kennt das Familienzeichen auf diesem Halsband«, sagte sie heiser, »ein Hund hat das Halsband getragen – ein großer Hund, der jetzt tot ist. Das Tier starb durch den Dolch, den Ihr da liegen seht. Und der gehörte Albert Opdemhoff. Albert hatte das Pech, durch Zufall den Verbrechern auf die Spur zu kommen. Er mußte sterben, damit er nicht plaudern konnte. Herr von Luittgen hetzte einfach seinen Hund auf ihn.«

»Aber Isenhart und ich – wir waren ja auf der Beerdigung«, sagte der Turmherr fassungslos, »der kleine Albert ist doch, so weit ich weiß, von einem Wolf –«

»Der Wolf war ein Hund«, fiel Gret ihm unbarmherzig in die Rede, »ein Kampfhund mit diesem Halsband, Herr van Brauwiler! Albert hat sich zwar gewehrt und das Tier erledigt – aber da war er bereits so schwer verletzt, daß er anschließend an den Wunden starb. Sehr zum Vorteil des Mörders, der sich dadurch wieder sicher fühlen durfte.«

»O Gott«, murmelte der Gerichtsherr noch einmal.

Drei Stadtknechte und zwei Klocken in ihren farbenfrohen Dienstmänteln betraten das Amtszimmer. »Zur Stelle«, meldete der eine der Klocken.

»Es sind Verhaftungen durchzuführen«, informierte der Turmherr die Diener des Gesetzes knapp, »zuerst den Wirt des Gasthauses Zur Gans auf dem Alten Graben – dazu alles, was sich an Knechten und Mägden in seinem Haus aufhält. Als nächstes muß nach dem Pächter des Anwesens bei Sankt Mechtern gefahndet werden – auch nach dessen Frau. Und dann –«

Gret erhob sich mit zitternden Knien von ihrem Schemel. »Vergeßt die Hauptschuldigen nicht«, krächzte sie mit rauher Kehle und versagender Stimme, »Herrn von Luittgen und seinen Sohn Cornelius!«

»Jetzt muß ich Euch aber doch auf einen Irrtum hinweisen«, warf Herr van Brauwiler ein, »Cornelius von Luittgen ist im Alter von sechs Jahren in England gestorben. Er kann also an den schändlichen Verbrechen gar nicht beteiligt sein. Und da Ihr hierin ganz eindeutig falsch informiert wart – könnte es da nicht sein, daß auch Isenhart von Luittgen nicht derjenige ist, der –«

Gret setzte sich wieder. Sie fühlte sich schwindlig. »Der Irrtum ist auf Eurer Seite«, widersprach sie,

»Cornelius lebt – er ist sogar äußerst lebendig, was man von seinen Opfern nicht sagen kann. Schon als Kind muß er sich eines Mordes schuldig gemacht haben – worauf sein Vater ihn zum Schein ›sterben‹ ließ, damit er nicht verurteilt werden konnte!«

Herr van Brauwiler wischte sich den Schweiß von der Stirn. »Also – Herrn von Luittgen ... und seinen Sohn, falls es ihn wirklich gibt ...«, stotterte er in bleichem Entsetzen, »man soll sie aufs Rathaus bitten. Diese völlig ungewisse Sache muß aufgeklärt werden.«

»Ungewisse Sache?« Gret kam von neuem auf die Füße. »O nein, die Sache ist keineswegs ungewiß! Ich habe Zeugen und Beweise für alles, was Martin eben geschildert hat! Laßt die Kinder aussagen, die bei der Schusterin in der Glockengasse warten. Sie sind diejenigen, die gestern nacht sterben sollten und die wir retten konnten, Herr van Brauwiler!« Gret mußte sich bemühen, das Gleichgewicht nicht zu verlieren. Sie trat schwankend auf den Turmherrn zu. »Ihr ... Ihr müßt Leute zum Kloster Sankt Mechtern schikken, damit die toten Kinder geborgen werden und ein christliches Begräbnis bekommen können. Durchsucht auch die verschiedenen Häuser, die Herr von Luittgen in der Stadt besitzt ... ich fürchte ... es gibt noch mehr Opfer aufzufinden ...«

»Nein, ich kann das alles einfach nicht glauben«, sagte der Turmherr und schüttelte den Kopf, »es kommt mir völlig unwahrscheinlich vor – die ganze grausige Geschichte.« Er wandte sich an die Klocken. »Sei es, wie es sei – ihr habt gehört, was zu tun ist.

Folgt also allen Anweisungen. Zuerst den Wirt verhaften, dann den Pächter suchen. Danach sind die Leichen in die Stadt zu überführen ...«

Gret rutschte der prächtige, pelzgefütterte Mantel von den Schultern. Er gab den Blick frei auf ihr schmutziges, blutbesudeltes Kleid.

»Um des lieben Himmels willen«, rief der Gewaltrichter erschrocken, »was sehe ich? Ihr seid ja verwundet ...!«

»Nein«, flüsterte Gret mit schmerzender Kehle, »das ist nicht mein Blut ... ein Opfer hat es gestern nacht doch gegeben – oder vielmehr drei Opfer. Es tut mir weh ... wenn ich dran denke ...«

»Noch mehr Opfer?« Der Turmherr wischte sich über die Stirn. »Nimmt der Schrecken denn kein Ende? Wer noch ...?«

Gret schüttelte den Kopf. Sie konnte nicht antworten. Beim Gedanken an die tapfere Hündin wurde ihr die Kehle noch enger.

»Also, Männer«, sagte Herr van Brauwiler, »Ihr wißt Bescheid – nun tummelt euch! Bei allem, wozu ihr beauftragt seid, ist Eile geboten. Wahrscheinlich besteht Fluchtgefahr. Ich erwarte Meldung, sobald sie in Gewahrsam sind. Durchkämmt, wenn es sein muß, die ganze Stadt nach dem Wirt und dem Pächter. Verstanden?«

»Verstanden«, bellten die Klocken diensteifrig. Die Stadtknechte nickten. Gret reckte sich krampfhaft. Eine heiße Welle überrollte sie; Funken begannen vor ihren Augen zu tanzen. »Vergeßt nicht ... die beiden Unholde ... die die größte Schuld auf sich geladen haben«, würgte sie mit tonloser Stimme hervor, »sie dürfen nicht –«

Den Rest konnte sie nicht mehr aussprechen. Ihre Stimme versagte. Die Funken vor ihren Augen wurden zu grellen Blitzen; dann erloschen sie und machten einem tiefen Dunkel Platz. Gret sackte lautlos auf dem Fußboden zusammen.

Als sie erwachte, lag sie auf einem bequemen Strohsack. Über ihrer Brust wölbte sich ein gewaltiges, dick gestopftes Federbett. Sie öffnete die Augen ganz weit – sie war zu Hause in ihrem Gadem! Wie eigenartig …

Auf ihrer Stirn lag kühlend ein feuchtes Tuch. Gret zog eine Hand unter der Daunendecke hervor und schob den Lappen weg, der ihr teilweise die Sicht nahm. Sie drehte die Augen zur Seite und ließ den Blick umherwandern. In ihrem kleinen Kamin brannte ein Höllenfeuer, und der Raum war überfüllt mit Menschen! Gret konnte die Gesichter der Leute im Dämmerlicht nur undeutlich erkennen, aber sie saßen überall – auf ihrer Truhe, auf der Fensterbank, auf dem Schemel und sogar auf dem Fußboden!

Sie stemmte sich hoch. Auf der Stelle wurde ihr schwindlig, und sie ließ sich schnell wieder auf das Lager zurücksinken. »Was ist denn los«, fragte sie matt, »was wollt ihr alle bei mir – besonders, wo ich doch im Bett liege!«

»Gott sei Dank«, sagte eine Frauenstimme, »sie ist zu sich gekommen!«

Das war die lahme Agnes. Gret hatte sie sofort erkannt. Und nun antwortete eine Männerstimme: »Ein Glück, daß mein Gretchen so zäh ist! Trotzdem – lange hätte ich es nicht mehr ausgehalten, sie so still und bewußtlos da liegen zu sehen!«

Hans. So einen Blödsinn konnte nur Hans Stellmacher zusammenreden! Gret mühte sich noch einmal, hochzukommen. »Bewußtlos«, sagte sie heiser, »so was Dämliches! Ich war bloß etwas müde – ist ja auch kein Wunder. Wie lange hab' ich denn geschlafen?«

Eine Männerstimme lachte. Der lange Friedel war offenbar auch im Zimmer. »Mädchen«, sagte er, »du warst ganz schön lange weg! Von etwas müde kann überhaupt nicht die Rede sein!« Er trat an Gret heran und stützte sie, während Hans ihr sacht ein dickes Federkissen in den Rücken schob, damit sie bequemer sitzen konnte.

»Lange weg?« Gret mußte schlucken. »Es war ja mühsam, aber andererseits –«

»Ich weiß noch lange nicht alles«, sagte Hans, »was war so mühsam, Gretchen?«

Gret nahm nur seine Hand, aber sie beachtete seine Frage nicht. »Dann hast du vielleicht schon Nachricht aus dem Rathaus«, wandte sie sich an den langen Friedel, »weißt du, ob die Klocken erfolgreich waren? In meinem Gedächtnis klafft eine Lücke von mindestens vier Stunden.«

Friedel lachte kurz auf und wurde dann sofort wieder ernst. »Allerdings gibt es Nachricht aus dem

Rathaus«, sage er, «und nicht zu knapp. Das können dir die Kinder bestätigen.« Er deutete in die Ecke.

Erst jetzt sah Gret, daß sie alle anwesend waren und mit besorgten Blicken zu ihr herüberschauten: der welsche Jakob mit seinen Freunden, Martin und seine kleinen Schwestern, Marie aus der Gans ...

Gret setzte sich aufrecht ins Bett. Mit einem Mal verebbte das Schwindelgefühl, und ihr Kopf klärte sich. »Zuerst will ich wissen, warum ihr alle hier seid – bloß um mir beim Schlafen zuzusehen? Und dann hätte ich gern gewußt, warum zum Kuckuck mein Feuer so stark brennt, daß man einen Ochsen dran braten könnte. Mir bricht richtig der Schweiß aus – auch durch dieses dicke Federbett. Wo habt ihr das eigentlich hergenommen?«

Agnes schob sich an Grets Seite. »Ich erklär's dir«, sagte sie mit ihrer sanften Stimme, »du bist im Rathaus zusammengebrochen, weißt du noch?«

Gret nickte langsam. »Ich erinnere mich schwach. Es war mir zuviel geworden. Ich brauchte Schlaf ...«

»Falsch.« Agnes schüttelte den Kopf. »Du warst todkrank. Wir haben dich nach Hause geholt, und der Doctor hat sein Bettzeug hergeliehen, damit du es warm hattest. Die Kinder und ich – wir haben uns um dich gekümmert. Zwei Tage lang hast du gefiebert und wie eine Tote dagelegen. Aber jetzt bist du wohl auf dem Weg der Besserung.«

»Zäh, wie du bist«, warf Hans Stellmacher ein, »obwohl ich noch immer nicht genau weiß, wie du so krank werden konntest ...«

Gret überhörte diese indirekte, aber um so vorwurfsvollere Frage. »Zwei Tage …«, sagte sie fassungslos, »dann hab' ich ja gar nicht mitgekriegt, wie alles ausgegangen ist! Die Sache muß ja schon längst erledigt sein! Los, Friedel – lass' mich nicht länger im Dunkeln tappen. Was hat sich ergeben?«

»Agnes und ich – wir heiraten nächsten Monat«, sagte Friedel und grinste spitzbübisch, obwohl seine Augen nicht mitlächelten, sondern eine leise Trauer verrieten – genau wie Agnes' Augen. »Wir werden im Haus zum Mohren leben. Meine Eltern gehen aufs Altenteil.«

»Martin lernt den Beruf des Küfers«, fügte Agnes hinzu, »schade, daß mein kleiner Rutger all das Glück nicht mehr miterlebt …«

»Agnes«, unterbrach Gret unwillig, »es war doch von Anfang an klar, daß du und Friedel euch einigen würdet! Aber was ist mit den Mördern deines Kindes? Ich will wissen, ob die Ungeheuer gefaßt sind!«

Agnes wandte sich weinend ab. Friedel nahm sie fest in die Arme. Und Gret schämte sich für ihre schonungslosen Worte. Sie wollte Agnes gerade etwas Tröstliches sagen, als der welsche Jakob sich an ihr Bett heranschob.

»Sie 'aben den Wirt und den Pächter auf dem Alten Graben erwischt«, sagte der Straßenjunge mit deutlicher Befriedigung, »noch am gleischen Morgen. Die beiden sind Brüder, mußt du wissen. Von Anfang an 'aben sie dem Luittgen in die 'and gearbeitet. Dem Luittgen ge'ört auch die Gans.«

»Weiter«, sagte Gret gespannt, »was noch, Jakob?«

Der Junge blitzte Gret mit seinen schwarzen Mäuseaugen an. »Der Kriescher ist gefangen worden, als er gerade in ein 'aus einsteigen wollte. Sie 'aben ihn mit Ruten aus der Stadt gepeitscht – zusammen mit seinen besten Freunden. Er kann mir nischt mehr gefährlisch werden. Ist das nicht wunderbar?«

»Ja. Gibt es noch mehr zu berichten?«

»Sie 'aben die anderen 'äuser von dem Luittgen durschsucht«, fuhr der welsche Jakob heiser fort, »in den Kellern und Kloaken waren noch mehr Leischen … er muß es viele Jahre getrieben 'aben, der Luittgen … Der Pädsappel und isch, wir waren dabei, als sie die Toten –«, er hielt einen Moment inne und schüttelte sich unwillkürlich in nachträglichem Grauen. »Man konnte sie nischt mehr erkennen«, führte er seinen Bericht fort, »sie waren schon zu Gerippen geworden. Im 'aus zum Blauen Schild waren es sieben … alles Kinder wie isch.«

»Und die Mörder? Hat es schon einen Prozeß gegeben?«

Jakob nickte so heftig, daß seine schwarzen Strubbelhaare flogen. »Sie 'aben sofort gestanden – ohne peinlische Befragung, die feigen Schweine! Der Päschter wird morgen zuerst gebrandmarkt, und dann kommt er aufs Rad. Den Wirt 'aben sie zum Weckschnapp verurteilt. So eine schlimme Strafe 'ätte schon seit fünfzisch Jahren keiner mehr bekommen, sagt der Amtsdiener beim Rat'aus. Aber wenn einer es verdient, dann der Wirt …«

»Zum Weckschnapp«, murmelte Gret. Sie kannte das berüchtigte Verlies auf der Ark beim Kunibertsturm – dem Bollwerk, das in den Rhein hinausragte.

Der Weckschnapp bot eine besonders grausame Todesart. Der Verurteilte wurde ohne Fesseln, aber auch ohne Wasser und Nahrung darin eingesperrt. An der Decke, über einem Schacht voller scharfer Messer, hängte man ein großes Weißbrot auf. Wenn dann der Verbrecher, vom Hunger gequält, danach sprang, um den Weck zu schnappen, stürzte er durch den Schacht in den Rhein, und das Wasser trug seinen zerfetzten Körper fort.

»Ja«, sagte Gret, »das hat er verdient.« Sie wußte, der fette Wirt würde eher nach dem Weck springen, als elend zu verhungern. Er würde sich selbst hinrichten. »Und Isenhart und Cornelius von Luittgen – was geschieht mit den Hauptschuldigen?«

Jakob schwieg und senkte den Kopf. »Die beiden waren nischt mehr zu fassen«, sagte er so leise, daß Gret ihn fast nicht verstehen konnte, »sie 'atten ja genug Zeit, um aus der Stadt zu verschwinden. Es 'eißt, sie sind jetzt wieder a l'Angleterre … nach England.«

Gret richtete sich steil im Bett auf. »Was? Sie hatten genug Zeit …? Aber ich hatte doch dem Gewaltrichter klargemacht, wie dringend gerade nach diesen beiden gefahndet werden müßte!«

»Aber die Stadtknechte 'aben ja erst alle 'äuser durchsucht und die Leischen geborgen …«, sagte Jakob, »das 'at den ganzen Tag gedauert. Und abends waren die 'erren von Luittgen abgereist.«

»O Gott im Himmel!« Gret faßte es nicht. »Die Kleinen fängt man, die Großen läßt man laufen. So ist das jedes geschlagene Mal. Was ist das für eine Gerechtigkeit!«

»Sie haben den Luittgen und seinen Sohn in Abwesenheit zu ewiger Verbannung verurteilt«, meldete sich Friedel zu Wort, »ihre Schuld war ja eindeutig erwiesen. Alle Güter der Familie von Luittgen gehen in den Besitz der Stadt über.«

Gret spürte, wie ihr wieder übel wurde. »Das wird ja immer schöner«, ereiferte sie sich, »erst läßt der Rat einen Kindermörder entkommen, und dann sackt er auch noch einen Profit ein. Was für eine Schande! Um die Angelegenheit werde ich mich kümmern, sobald ich aufgestanden bin! Wie konnte Herr van Brauwiler dem Mörder Gelegenheit geben, zu entkommen – auch wenn er sein Schwager ist!«

»Ruhig Blut, Gret«, sagte Friedel gelassen, »du brauchst keinen Finger mehr zu rühren. Die Familie Opdemhoff hat ja schon Bedenken angemeldet. Es wird also ein Nachspiel geben. Herr Opdemhoff plädiert dafür, daß der Besitz der Luittgens – nach Abzug eines Schmerzensgeldes für seine Familie – einer Armenstiftung zugute kommt. Außerdem läßt er Isenhart und Cornelius von Luittgen auf eigene Kosten im Ausland suchen. Er will Sühne für seinen ermordeten Sohn – was man ja verstehen kann. Du siehst, es ist dir aus der Hand genommen. Der Opdemhoff kann jedenfalls mehr ausrichten als du.«

Gret wollte wütend aufbegehren. Aber Friedel redete weiter. »Es hat sich gelöst, das grausige Rätsel«, sagte er und legte Gret beruhigend die Hand auf den Arm. »Was übrig bleibt, erledigt die Zeit. Ganz von allein.«

Gret zog unwillig den Arm weg. »Klüngel«, zischte

sie erbost, »überall nur Klüngel! So darf man nicht denken – wenigstens nicht immer. Und wenn ich –«

»Um auf was anderes zu kommen«, unterbrach Friedel, »in Deutz wohnt ein berühmter jüdischer Chirurgus. Der hat zugestimmt, sich Agnes' Beine einmal anzusehen. Möglicherweise erreicht er mit seiner Kunst, daß sie eines Tages wieder ohne Schmerzen gehen kann. Da wäre doch herrlich, nicht?«

»Ja«, sagte Gret, irritiert und aus dem Konzept gebracht. »Aber –«

»Gret«, diesmal wandte Agnes ihr das tränenfeuchte Gesicht zu, »du hast dafür gesorgt, daß kein Kind mehr von diesem Unhold ermordet werden kann. Martin und Liesbeth sind gerettet. Auch wenn für Rutger jede Hilfe zu spät kam und er sterben mußte – begrab' deinen Zorn mit den Toten. Ich hab' es schon getan. Das Leben geht weiter ...«

Darauf konnte Gret nicht antworten. Agnes hatte natürlich unrecht, aber ... sie dachte praktisch. Was nicht zu ändern war, das war eben nicht zu ändern. Man konnte jetzt nur noch hoffen, daß Gott Rache übte und den flüchtigen Mörder strafte ...

»Wo habt ihr Rutger und die anderen Kinder bestattet?« fragte sie und atmete tief durch, um ihre Gelassenheit zurückzugewinnen.

»Rutger liegt bei Sankt Columba«, sagte Friedel, »die anderen sind zum Elendsfriedhof gebracht worden. Sie hatten ein langes Totengeleit ... es war sehr feierlich.«

Gret nickte. Der welsche Jakob legte ihr die

schmuddelige Hand auf den Arm. »Und deinen 'und«, sagte er leise, »den 'aben wir Kinder beerdigt – der Pädsappel, der Hasenköttel und isch. Er liegt draußen unterm Apfelbaum. Es war dir doch rescht ...?«

Gret schossen die Tränen in die Augen. »Schnüß«, flüsterte sie, »brave, tapfere Schnüß!« Sie küßte den kleinen Schmutzfinken spontan auf beide Wangen. »O ja, es ist mir sehr recht. Das habt ihr gut gemacht!«

»Wir 'aben auch die andern beiden 'unde nischt einfach liegen lassen«, setzte Jakob verlegen hinzu, »wir fanden es ungerescht, sie nischt zu begraben, weil ... weil ...«

»Ich verstehe dich schon«, sagte Gret, »sie konnten ja nichts dafür.«

Der welsche Jakob nickte. In diesem Augenblick öffnete sich die Tür. Mit wallendem Mantel und wehendem Haupthaar rauschte Doctor Minutus herein. In der hocherhobenen Rechten schwenkte er ein Glas mit einer klaren, bräunlichen Flüssigkeit. »Nun ist es verifiziert«, verkündete er mit Stentorstimme, »ich habe meine Diagnosis abgeschlossen. Conclusio est: Grundlin hat das hitzige Nervenfieber. So traurig es ist – dieser Morbus endet immer mit dem Exitus.«

Er sah sich traurig und zugleich triumphierend um. »Im weiteren Verlauf des Leidens wird sie schäumen, phantasieren, schreien und um sich schlagen. Mit diesem Betäubungstrank«, er schwenkte noch einmal das Glasgefäß, »kann ich ihr solche unnötigen

Qualen ersparen. Ihr Leben retten kann ich leider, leider nicht …«

Gret ließ den kleinen Jakob los und drehte dem Doctor ihr Gesicht entgegen. »Ach, nein?« sagte sie gedehnt. »Na, es gehört wohl nicht in den Bereich der Phantasie, wenn Ihr die Agnes mal in Eure Küche laßt, damit sie mir was zu essen macht. Ich hab' nämlich einen fürchterlichen Hunger.« Sie räusperte sich heftig. »Aber in einem liegt Ihr mit Eurer Diagnose völlig richtig«, fuhr sie fort: »Wenn Ihr nicht sofort eins von den Kindern zum Apotheker schickt und mir für meinen wunden Hals einen kräftigen Tee aus Pfefferminze, Salbei und Thymian mischen laßt, dann … dann kann es durchaus sein, daß ich schäume, schreie und um mich schlage!«

Doctor Minutus war sprachlos. Die anderen gluckststen. Hans Stellmacher nahm Gret lächelnd in die Arme. »Das freut mich, daß es meinem Gretchen besser geht«, sagte er, »nur – nach dem Essen möchte ich doch von dir wissen, wieso du auf dem Rathaus umgekippt bist und was du eigentlich mit dieser schrecklichen Mordgeschichte zu tun hattest!«

Gret lachte. In dem verwirrten, weitäugigen Blick des würdigen Medicus, der wieder einmal völlig aus dem Konzept gebracht war, und in Hans' liebevoll-unwissender Besorgnis sah sie endlich wieder einen echten Grund zur Heiterkeit.

Barbara von Bellingen

Mord und Lautenklang

Ein Kriminalroman

304 Seiten

Als auf der Burg derer von Eichen einige Mitglieder des Hauses heimtückisch vergiftet werden, setzt sich die junge Wirtschafterin Gret Grundlin auf die Spur des Mörders. Trotz mehrerer Anschläge auf ihr Leben spürt sie ihm unerschrocken nach – und macht eine schockierende Entdeckung.

Margaret Frazer

DIE NOVIZIN

Ein Kriminalroman
aus dem Mittelalter

320 Seiten

Die Ruhe im friedlichen Benediktinerkloster St. Frideswide wird durch die plötzliche Ankunft der reichen Protektorin Lady Ermentrude gestört. Eine Kammerzofe der Lady stirbt plötzlich, ein paar Tage darauf auch die Lady selbst, nach Luft ringend und mit Schaum vor dem Mund. Die junge Novizin Thomasine wird verdächtigt, die beiden vergiftet zu haben. Doch sie beteuert ihre Unschuld und berichtet von einer kleinen schwarzen Hand, die aus dem Dunkeln nach Lady E. griff ...

ECON Taschenbuch Verlag
Postfach 30 03 21 · 40403 Düsseldorf